MINHAS MENINAS

SALLY HEPWORTH

MINHAS MENINAS

TRADUÇÃO
Cristiane Maruyama

TÍTULO ORIGINAL *Darling Girls*

© 2024 by Sally Hepworth International Pty Ltd as trustee
for the Sally Hepworth International Unit Trust. All rights reserved.
© 2025 VR Editora S.A.

GERENTE EDITORIAL Tamires von Atzingen
EDITORA Marina Constantino
ASSISTENTE EDITORIAL Michelle Oshiro
PREPARAÇÃO Gabriele Fernandes
REVISÃO Luana Negraes e Milena Varallo
DESIGN DE CAPA E DIAGRAMAÇÃO Pamella Destefi
PRODUÇÃO GRÁFICA Alexandre Magno

Dados Internacionais de Catalogação na Publicação (CIP)
(Câmara Brasileira do Livro, SP, Brasil)

Hepworth, Sally
Minhas meninas / Sally Hepworth; tradução Cristiane
Maruyama. - São Paulo: VR Editora, 2025.

Título original: Darling Girls
ISBN 978-85-507-0682-5

1. Ficção policial e de mistério (Literatura australiana)
I. Título.

25-267740	CDD-A823.92

Índices para catálogo sistemático:
1. Ficção policial e de mistério:
Literatura australiana A823.92
Cibele Maria Dias - Bibliotecária - CRB-8/9427

Todos os direitos desta edição reservados à
VR Editora S.A.
Av. Paulista, 1337 – Conj. 11 | Bela Vista
CEP 01311-200 | São Paulo | SP
vreditoras.com.br | editoras@vreditoras.com.br

Para Jen Enderlin.
Por sua causa, virei escritora.
Nunca conseguirei demonstrar
toda a minha gratidão a você.

O CONSULTÓRIO DE PSIQUIATRIA DO DR. WARREN

O dr. Warren está sentado confortavelmente em uma cadeira dobrável cinza com as pernas cruzadas, apoiando o tornozelo sobre o joelho da outra perna. Veste terno marrom e gravata vermelha. Seus óculos de aro fino repousam sobre o peito, pendurados em uma corrente. Quando bato à porta aberta, ele aponta para a cadeira vazia diante de si, sem desviar os olhos de uma antiga pasta de papel pardo em seu colo. A cabeça calva, manchada pela idade, brilha como um carro esportivo que acabou de ser polido.

— Olá — digo.

Não há resposta. Após uma breve hesitação, atravesso o cômodo com meus tênis barulhentos e me sento.

O dr. Warren continua debruçado sobre os papéis.

A sala está vazia, exceto pelas cadeiras, um vaso de planta e uma mesa de centro de madeira já bem gasta. Enquanto espero que ele se volte para mim, observo alguns pardais lá fora, bicando a tinta descascada no parapeito da janela.

— Com licença — digo, depois de alguns minutos, ao notar que o dr. Warren ainda não me cumprimentou. O relógio de parede indica que já se passaram cinco minutos desde o início da sessão.

Ele levanta os olhos, um pouco irritado.

— Sim?

— Vamos... — Me sinto meio boba — ... começar?

O dr. Warren verifica o relógio e depois volta a olhar para seus documentos.

— Quando você quiser.

Nunca fiz terapia antes, mas isso não me parece nada convencional. Talvez ele seja um daqueles terapeutas que usa métodos não tradicionais para alcançar um resultado específico — como não oferecer uma cadeira porque talvez acredite que as pessoas chegam ao cerne das questões mais rapidamente quando estão desconfortáveis.

Ou talvez o dr. Warren seja apenas um idiota.

— Então eu só... falo?

— Sim.

— Sobre o quê?

Ele suspira.

— É você que decide. Mas eu sugeriria que falasse sobre o que aconteceu em Wild Meadows.

Não deveria ser perturbador ouvir o nome da casa onde cresci sendo mencionado de maneira tão familiar. Hoje em dia, todo mundo conhece Wild Meadows. A mídia adora a justaposição entre a encantadora propriedade rural e as atrocidades que ali aconteceram. Também amam qualquer coisa relacionada a crianças que cresceram em lares de acolhimento. As manchetes praticamente se escreveram sozinhas.

Wild Meadows ou Casa dos Horrores?
Os segredos bem enterrados em Wild Meadows
O que está escondido em Wild Meadows

Essas manchetes colocaram Wild Meadows no mapa. Aparentemente, muita gente viaja para ver a casa... ou o que restou dela. Mas, enquanto para a maioria das pessoas se trata apenas de uma manchete ou de uma novidade, para mim diz respeito à minha vida. Ao lugar onde aprendi o significado da perda, da vergonha... e do ódio.

— Não posso falar sobre Wild Meadows — respondo. — Ainda não. Talvez nunca possa.

O dr. Warren se reclina na cadeira, claramente desapontado. Não gosto de desapontar as pessoas. E, ainda assim, mesmo que eu fale, ele não entenderá. Ninguém entende como foi crescer em Wild Meadows. O sofrimento que aquela mulher me causou. Os únicos que entendem são os que vivenciaram o mesmo.

— Bem, podemos apenas ficar aqui sentados se você preferir.

Ele volta a olhar para seu prontuário, que agora percebo estar dobrado para esconder um jornal. Isso confirma algo que suspeitei durante a maior parte da minha vida: ninguém se importa.

1

JESSICA

SEIS MESES ANTES...

— *Jessica!*

Jessica estava prestes a sair pela magnífica porta dupla da casa de Debbie Montgomery-Squires quando ouviu seu nome. Outra vez.

Ela tinha acabado de terminar uma "transformação de ambiente". Foram três horas de meticulosa organização dos armários do banheiro da cliente, transformando-os em uma visão digna do Pinterest, com recipientes coloridos, rotulados e empilháveis. O resultado ficou espetacular — foi o que todas as amigas de Debbie disseram. O fato de todas as amigas de Debbie estarem presentes para elogiar era a razão pela qual Jessica estava muito perto de se atrasar para o próximo compromisso... mesmo com os quinze minutos de sobra que tinha planejado em sua agenda.

Seu primeiro instinto foi continuar andando. Nada — nada mesmo! — a irritava mais que atrasos. Exceto, talvez, a bagunça. E gente que vive dando "um jeitinho" ou pessoas que não confirmam a presença em eventos. Jessica sempre enviava uma confirmação assim que um convite chegava, por escrito ou virtualmente. Em seguida, anotava o compromisso na agenda, adicionava uma nota em seu aplicativo de organização pessoal para comprar um presente, se necessário, e separava um tempo para planejar a roupa adequada para a ocasião. Com uma antecedência de pelo menos quarenta e oito horas, ela escolhia o transporte apropriado e calculava o tempo que levaria para chegar (incluindo quinze minutos de sobra para imprevistos).

Jessica aceitara o trabalho daquele dia apenas como um favor para Tina Valand, uma cliente adorada, que tinha comprado o voucher para Debbie como presente de aniversário e implorado para que a própria Jessica comparecesse (em vez de enviar um de seus excelentes funcionários), porque Debbie era uma "amiga muito querida".

Àquela altura, Jessica podia se dar ao luxo de escolher. Desde que seu negócio de organização de ambientes decolara, alguns anos antes, Jessica deixou o trabalho pesado para sua equipe enquanto se concentrava em se posicionar como a principal especialista em organização da Austrália, aparecendo nos programas *The Morning Show* e *Better Homes and Gardens* com dicas práticas para uma vida mais estruturada.

Quando Debbie finalmente agendou o horário com Jessica, escolheu o mesmo dia em que receberia sua turma de pilates para um café da manhã depois da aula. Jessica não teria se incomodado caso Debbie não tivesse achado apropriado levar todas as mulheres ao banheiro, uma de cada vez, anunciando "Jessica é minha especialista em organização de lares" e, logo em seguida, pedindo à convidada que contasse a Jessica detalhes sobre suas próprias dificuldades relacionadas à organização.

— Você não se importa, não é, Jessica?

— Claro que não, sra. Montgomery-Squires — ela respondia.

Jessica se importava, é claro. Agora, estava atrasada para seu próximo trabalho.

— Jessica! — Debbie chamou novamente, correndo para alcançá-la junto à porta.

Jessica suspirou. Colocou um sorriso no rosto. Virou-se.

— Isso é um pouco constrangedor — disse Debbie —, mas notei a falta de alguns itens do banheiro. Eu me sinto horrível por ter que falar isso...

Debbie não se sentia horrível. Ela mal conseguia respirar direito de tanta satisfação. Atrás dela, na sala de estar, sete mulheres de roupas de ginástica tomavam latte e fingiam não ouvir. A oitava se inclinava para a frente na cadeira, observando sem disfarçar.

— Eu reorganizei os armários do banheiro — falou Jessica, tentando ser paciente —, o que significa que quase tudo mudou de lugar. Deixei um guia com instruções de...

— Eu reparei — ela interrompeu. — Mas olhei com cuidado.

Jessica se perguntava quão cuidadosamente Debbie poderia ter olhado nos quatro minutos que se passaram desde que ela saíra do banheiro. Também se perguntava se havia uma forma de voltar no tempo, para o momento em que aceitara o trabalho, e se dar um tapa na cara.

— Posso perguntar o que sumiu?

Debbie olhou para suas amigas do pilates, nitidamente menos confiante. Baixou a voz e se aproximou:

— Um frasco de diazepam.

Jessica se ergueu do alto de seu um metro e meio de altura. Sentia-se humilhada, assim como horrorizada por toda a categoria dos prestadores de serviços.

— Senhora Montgomery-Squires, posso lhe garantir que não peguei nada do seu banheiro. Mas, se estiver preocupada, fique à vontade para revistar minha bolsa.

Ela estendeu a bolsa, virando o rosto de lado como se não suportasse acompanhar aquilo. Por um momento chocante, Jessica pensou que Debbie realmente pudesse revistá-la. Mas a outra mulher afirmou:

— Não é preciso.

Após um breve impasse, o celular de Jessica começou a tocar, salvando ambas do constrangimento.

— Bem — disse ela —, se não houver mais nada, preciso ir para o meu próximo compromisso.

Jessica esperou um pouco. Como Debbie não respondeu, virou-se e saiu apressada.

— Serviços de Organização Love Your Home — disse ao deslizar para o banco de couro de seu novo Audi. Se, por um milagre, pegasse todos os semáforos abertos, ainda tinha chance de conseguir chegar a tempo. Jessica ligou o carro. — Aqui quem fala é Jessica Lovat.

— Srta. Lovat? Aqui é a...

Houve uma pausa enquanto o celular se conectava aos alto-falantes do carro.

— Desculpe — Jessica disse, entrando no tráfego. — Não consegui te ouvir. Quem fala?

— É a detetive Ashleigh Patel.

Não!, Jessica queria gritar. *Não, não, não.*

Havia apenas uma razão para que detetives a contatassem. Norah. Mas Jessica não tinha tempo para isso naquele dia. Já tinha usado seu tempo extra de quinze minutos!

— O que posso fazer por você, detetive? — ela perguntou.

Da última vez que a polícia ligara, sua irmã tinha agredido um menor de idade. No decorrer das investigações, Jessica descobriu que o "menor" era um garoto de quinze anos que ela acertara com um cabo de vassoura depois de pegá-lo espiando pela janela enquanto ela se vestia uma manhã. Ainda assim, não era a primeira agressão de Norah, e suas motivações nem sempre eram tão razoáveis. Sua sentença foi uma ordem de prestação de serviços comunitários; se ela cometesse outra infração dentro de um período de doze meses, a pena seria consideravelmente mais severa.

— É hora de parar com esse padrão de comportamento — o juiz dissera para Norah. — Se eu te vir novamente neste tribunal, será para decidir quanto tempo você vai passar na prisão.

— Você ouviu, Norah? — Jessica gritou no caminho de volta para casa. — Da próxima vez, você vai para a cadeia! No mundo real, não se pode usar violência para lidar com os sentimentos.

— E como se lida com os sentimentos no mundo real? — Norah perguntou.

— Reprimindo — Jessica respondeu. — Guardando bem fundo.

Era uma filosofia que Jessica sempre seguira. Mas, algumas semanas antes, deparara com um artigo afirmando que reprimir sentimentos tóxicos poderia causar câncer. Imediatamente, chegou à conclusão de que devia estar doente. Afinal, ninguém reprimia tantas emoções tóxicas como ela. Havia um certo apelo perverso na ideia de que seu sofrimento pudesse se manifestar fisicamente. Jessica se viu contemplando suas vísceras, admirando os dejetos.

— Você surgiu quando tive que tirar Norah da cadeia pela milésima vez — ela diria ao tumor em seu baço. — E vocês — falou aos nódulos em seus ovários — são o resultado de todas as vezes que me preocupei com Alicia. E vocês — diria aos tumores salpicados como confetes em seu pâncreas — são o produto da minha infância.

Jessica quase ficou desapontada quando o médico atestou sua saúde física. Toda aquela raiva reprimida e nada a ganhar com ela.

Desde então, Jessica vinha reprimindo essa nova raiva.

— Espero não ter ligado em um mau momento — disse a detetive. Ela soava jovem, educada e nada ameaçadora, o que, Jessica supunha, já era alguma coisa.

— Tenho alguns minutos — falou Jessica. Deu seta para mudar de faixa. — Como posso ajudar?

Um motorista novato jogou o carro na frente do de Jessica, e ela teve que frear bruscamente para não bater. A mãe acenou, se desculpando, e Jessica acenou de volta, reprimindo sua raiva mais uma vez.

— É um assunto um pouco delicado, para ser honesta — a detetive respondeu. — Se estiver dirigindo, é melhor encostar.

— Não estou dirigindo — Jessica mentiu. Tinha dezessete minutos para chegar ao seu destino e nenhuma margem para imprevistos. Poderia ouvir a detetive e dirigir.

— Ótimo. Estou ligando para pedir ajuda com uma investigação em que estou trabalhando.

Jessica franziu a testa. Uma investigação? Talvez fosse como da última vez que foi convocada para um júri. Um homem estava sendo julgado por assassinato após estrangular a esposa na frente dos três filhos pequenos do casal. Claro, Jessica tinha sido selecionada como jurada. Uma mulher pequena, arrumada, na casa dos trinta anos, com olhos castanhos sinceros, moral rigorosa e sapatilhas nude de bom gosto — ela tinha nascido para aquilo. Talvez o juiz a tivesse recomendado a essa detetive.

— O que você está investigando?

— É verdade que você morou na fazenda Wild Meadows quando ainda era um lar de acolhimento, na década de 1990?

Jessica freou bruscamente. Uma cacofonia de buzinas soou atrás dela.

De repente entendeu por que a detetive perguntou se ela estava dirigindo.

— Você está bem?

— Estou — Jessica respondeu num tom agudo. Ela encostou o carro, sentindo-se estranhamente fora do próprio corpo.

— Não sei se você ouviu falar, mas Wild Meadows foi recentemente demolida para dar lugar a um McDonald's.

Sim, Jessica tinha ouvido falar disso. Mesmo agora morando no centro de Melbourne, a duas horas de carro — e a um mundo de distância — da cidade rural onde cresceu, o nível meticuloso de organização em todos os aspectos de sua vida garantia que ela se mantivesse a par de tudo o que precisava saber — e de muitas coisas que não precisava. Jessica provavelmente sabia mais dos acontecimentos de Port Agatha do que a maioria dos moradores de lá.

— Bem — continuou a detetive —, os escavadores tiveram que cavar bem fundo para abrir espaço para o estacionamento e... encontraram algo.

Jessica achou que fosse vomitar. Tinha ouvido falar desses momentos. Num minuto, você está vivendo sua vida, imersa nas pequenas tensões cotidianas; no outro, é pega de surpresa por uma crise completa.

Começou a procurar algo na bolsa.

— Receio que o que eu tenho para te contar seja bastante perturbador — disse a detetive. — Realmente não há como amenizar isso...

Os dedos de Jessica se fecharam sobre o frasco que ela tinha escondido no compartimento secreto da bolsa. Com dois comprimidos de diazepam na mão, ela pegou a garrafa d'água. *Graças a Deus*, pensou, *graças à sra. Montgomery-Squires.*

— O que vocês encontraram? — perguntou à detetive.

2

NORAH

Em uma mesa isolada no fundo de um restaurante mexicano barato que ficava bem em frente à linha do trem, Norah contabilizava as decepções provocadas por seu encontro. Primeira: em seu perfil no aplicativo de namoro, Kevin professou ser "interessante", mas já havia mencionado duas vezes sua paixão por *Dungeons & Dragons*. Segunda: ele se autointitulou "inteligente", mas tinha o sorriso bobo e sem graça de alguém simplório (é de conhecimento comum que, em média, pessoas sorridentes têm um QI significativamente mais baixo do que as que não sorriem). Três (a mais gritante das decepções até agora): em sua foto de perfil, ele se parecia com Harry Styles, mas o homem que estava diante dela tinha uma semelhança impressionante com uma marmota.

— Então — disse Kevin, sorrindo como um tolo. — Notei que seu Norah é com H. O que significa isso?

Norah o encarou.

— Notei que você é Kevin sem H — ela respondeu. — O que significa isso?

— Um H? — Kevin perguntou, perplexo. — Em "Kevin"?

Ela fechou os olhos. Quatro: o autoproclamado "grande senso de humor" dele parecia estar nos olhos de quem vê.

Norah estava começando a se perguntar se valia a pena. Tudo que queria era que alguns pequenos serviços fossem feitos. Provavelmente bastariam apenas algumas horas de trabalho.

Alguns anos antes, quando descobriu que poderia cuidar da maior parte da manutenção da casa de forma fácil — e, mais importante, barata — jantando com um homem e insinuando sutilmente a possibilidade de sexo, ela se achou genial. Em especial porque raramente tinha que cumprir com a promessa de sexo. Mesmo nas ocasiões em que o fazia, valia a pena; tendo crescido com uma mentalidade de escassez, Norah era bem econômica. E como Kevin tinha se autodenominado um "faz-tudo" em seu perfil (algo que, era inevitável, seria a quinta decepção), ela pensou que essa fosse ser uma transação bastante simples. Depois que os dois acordassem na manhã de sábado, ele faria alguns serviços e iria embora antes do almoço.

Nada disso.

O terapeuta de Norah, Neil, vivia lhe dizendo que ela tinha uma atitude disfuncional em relação ao sexo.

— Na verdade — ela disse —, é o oposto. Durmo com um homem, e ele conserta meu aquecedor de água. Ou limpa as calhas. Ou paga uma conta. Sexo, literalmente, me permite ser funcional.

Neil não se deixou abalar.

— O sexo não deve ser moeda de troca, Norah.

— Não? Então, o que deve ser? — refletiu.

Neil não respondeu de imediato, o que a fez pensar que tivesse vencido. Mas, na verdade, ele estava apenas demorando para responder, fingindo estar pensativo quando provavelmente só se aproveitava do fato de ser pago por hora.

— É um ato de prazer mútuo — ele falou por fim.

— Exatamente — Norah concordou. — O cara sente prazer com o sexo, e eu sinto prazer com a ajuda grátis em casa.

Neil ficou exasperado.

— Norah, suspeito que sua ideia distorcida de sexo e do poder atrelado a ele seja oriunda da sua infância. Você quer falar um pouco sobre isso?

— Não. — Norah queria continuar argumentando. Sabia que poderia aguentar mais algumas rodadas com Neil, sempre reforçando o fato de que sexo era, na verdade, uma transação. Em vez disso, Neil queria falar sobre a infância estúpida dela. Era uma pena.

— Você gosta de crianças? — Kevin perguntou animadamente.

— Não — ela respondeu. — Eu gosto de cachorros.

Mais especificamente, gostava dos grandes e bobos, aqueles que latiam para o vento e se metiam no caminho, derrubando o dono toda vez que ele entrava pela porta. Norah tinha três cachorros assim — um que era uma mistura de galgo com dogue alemão chamado Converse, um galgo comum chamado Sofá e um vira-lata chamado Calçola, que com certeza tinha mistura com bullmastiff. Todos foram batizados com o nome do primeiro item que destruíram após virem morar com Norah.

Kevin sorriu, revelando dentes da frente cômicos e grandes. Ele parecia uma caricatura feita por um artista de rua.

— Eu tenho um jack russell terrier chamado Harvey!

Pelo amor de Deus.

Em sua última sessão, ela dissera a Neil que a pior parte dos encontros — muito pior do que o sexo, se acontecesse — era a conversa. Não era apenas tediosa, mas também sem sentido, dado que se *por acaso* eles se tornassem parceiros de vida, provavelmente passariam os próximos trinta ou quarenta anos encarando a televisão ou o próprio celular em silêncio, um ao lado do outro. Por que não praticar um pouco desse silêncio agora, para sentir como seria? Ver se o silêncio parecia *encaixar*.

Norah sinalizou para o garçom, que estava à espreita nas proximidades.

— Gostaria de algo, senhora?

— Uma lobotomia — Norah respondeu. — Dose dupla.

O garçom sorriu.

Do lado de fora da janela, alguns cães da raça dachshund passeavam com seus donos. Norah acenou para eles. Kevin pediu uma margarita.

— O que você faz da vida, Norah? — Kevin perguntou enquanto o garçom se afastava.

— Tenho meu próprio negócio.

— Sério? — Kevin se inclinou para ter uma visão melhor dos peitos dela. — Que tipo de negócio?

— Faço testes de QI e psicométricos online em nome de idiotas que estão se candidatando a vagas de emprego.

O rosto perplexo de Kevin demonstrou que claramente precisaria dos serviços de Norah se as circunstâncias surgissem. Ela se perguntou se deveria lhe oferecer seu cartão de visita. — Testes psicométricos? — ele repetiu.

— Hoje em dia as empresas são burras o suficiente para pensar que vão conseguir os melhores funcionários se os obrigarem a passar por uma triagem rigorosa de testes ridículos — Norah explicou. — Em vez disso, elas conseguem atrair os trapaceiros mais inventivos. O que, para ser sincera, muitas vezes se traduz em sucesso no trabalho...

— Então você faz o teste por eles?

— Aprovação garantida ou seu dinheiro de volta — respondeu ela com uma voz sedutora de locutora publicitária. Gostava dessa voz e vivia se perguntando se deveria fazer um teste para usá-la de modo profissional. — Geralmente erro algumas questões para que não pensem que a pessoa é um gênio. Isso seria irresponsável.

— Como funciona? — Kevin perguntou.

— É bem fácil. Uso uma VPN que coloca meu endereço de IP na localização do cliente, então me conecto ao mesmo tempo que o candidato e faço o teste enquanto ele apenas fica por lá. A pessoa preenche todos os dados dela e envia o teste do próprio computador. Para essa regalia, cobro trezentos dólares por teste.

— Trezentos dólares? Você deve ser muito boa nesses testes.

— O que é chocante é quão *mal* a maioria das pessoas se sai. Isso me deixa preocupada com o mundo, de verdade.

Ela estava gostando de seu monólogo — Norah adorava falar sobre como as pessoas eram idiotas —, mas seu humor mudou quando percebeu Kevin a encarando. Os olhos dele se derretiam sobre ela.

— O que foi?

Kevin mostrou os dentes ao sorrir com cara de bobo.

— É que... você é realmente muito bonita.

Norah sabia que era atraente. Tinha espelho em casa e, ao contrário de Kevin, não era uma cabeça-oca. Ela tinha um metro e oitenta — com amplo destaque para as pernas —, uma impecável pele oliva e cabelo castanho ondulado, cortesia de sua mãe libanesa. Também tinha olhos azuis brilhantes — incomuns para alguém com essa origem. Seus olhos eram *enlouquecedores*, e muitas vezes as pessoas a paravam na rua para comentar isso — ou pelo menos tentavam, mas geralmente Norah as interrompia, dizendo: "Sim, eu sei que tenho olhos incríveis, obrigada por notar". Provavelmente herdara a cor dos olhos do pai, mas, como não o conhecia, nunca poderia agradecer.

Ela se espantava que seus seios não recebessem mais atenção. Eram, objetivamente falando, um exemplo de simetria, escala e forma perfeitas. Alguns anos antes, quando Neil lhe pedira para pensar em uma coisa pela qual era grata, Norah não hesitou. "Meus seios", disse olhando para baixo. Neil parecia confuso, então ela levantou a blusa. Depois disso Norah teve que aguentar um longo discurso sobre "comportamento apropriado na terapia".

Kevin ainda estava sorrindo para ela.

— Eu simplesmente... não consigo acreditar que você saiu comigo.

Norah tinha acabado de concluir que nenhuma ajuda com a casa valia o tempo gasto com Kevin quando seu celular começou a tocar. Os deuses, naquele momento, sorriram para ela.

— Preciso atender — disse, pegando o celular. — Alô?

— Falo com Norah Anderson?

— Sim. — Com a mão livre, Norah tampou o ouvido para conseguir escutar melhor. — Quem é?

— Aqui quem fala é a detetive Ashleigh Patel.

Norah franziu a testa. O fato de não se lembrar de ninguém com aquele nome não significava nada. Para alguém como Norah, que vivia tendo problemas com a polícia, os nomes e as vozes se misturavam todos.

— Desculpe, detetive — Norah gritou. — Estou em um restaurante e está um pouco difícil de ouvir. Vou lá para fora.

Ela acenou para Kevin, que assentiu com a cabeça, saiu do restaurante e caminhou pela rua movimentada.

— Certo, pode falar. Do que se trata?

— É sobre uma investigação que estou conduzindo.

— Que investigação? — Norah continuou se afastando do restaurante. Não planejava voltar. Duvidava que Kevin pudesse consertar o exaustor do banheiro dela, de qualquer forma.

— Faço parte da equipe que está investigando um crime que acreditamos ter acontecido por volta da época em que você morava em Wild Meadows.

Norah parou tão abruptamente que um homem deu um encontrão em suas costas. Ela se virou e o empurrou, fulminando-o com o olhar enquanto ele a xingava de "vadia psicopata".

— Você está bem? — a detetive perguntou.

Norah não respondeu de imediato. Não conseguia. Podia escutar as batidas do coração, como acontecia quando nadava.

— Sim.

— O que tenho para te contar é um pouco perturbador — avisou a detetive. — Seria melhor se você estivesse com alguém agora.

— Norah!

Ela olhou por cima do ombro. Kevin estava se aproximando. Merda.

— Cresci num lar de acolhimento — disse à detetive enquanto andava mais rápido. — Lido bem com coisas perturbadoras. Pode falar.

Norah passou a correr.

— Ei! — Kevin chamou. — Espere!

— Tem *certeza* de que está bem? — a detetive insistiu.

— Estou bem. — Norah desacelerou, um pouco por causa da surpresa e em parte porque estava sem fôlego. Não corria desde a última vez que foi perseguida pela polícia, e estava fora de forma.

— Bem, fizeram algumas escavações em seu antigo lar de acolhimento. E, enquanto estavam lá embaixo, os operários descobriram...

— Norah! — Kevin chamou novamente, aproximando-se dela.

Puta que pariu.

Ela parou bruscamente. Era demais. Polícia. Wild Meadows. Kevin. Coisas demais na equação.

— Um momento — Norah disse para a detetive. Ela baixou o celular e esperou até que Kevin estivesse bem atrás dela. Em seguida se virou e o derrubou com um gancho de direita. Certeiro. Forte o suficiente para aliviar sua tensão.

Caído e com sangue jorrando do nariz, Kevin a olhou do chão.

— Meu Deus! Por que você fez *isso*?

— Norah, você está aí? — Escutou a detetive perguntar.

Norah colocou o celular de volta no ouvido.

— Sim. Desculpe. Pode continuar.

3

ALICIA

Sete horas. Esse é o tempo que se passou desde que Alicia pegou Theo, de dois anos e meio, na delegacia e o levou para seu novo lar de acolhimento. *Sete horas* desde que ele escapuliu de seu alcance e desapareceu para baixo da mesa de jantar. *Sete horas* desde que Alicia se sentou no chão de linóleo e prometeu que esperaria até ele estar pronto para sair de lá. Alicia sempre cumpria as promessas que fazia para as crianças. O que significava que agora ela poderia muito bem esperar até a morte naquele piso de linóleo.

— Ei, carinha, acho que pode estar passando *Bluey* na TV — Alicia tentou, sem muita esperança. — O que acha de darmos uma olhada?

Theo não virou a cabecinha loira e continuou olhando para a parede. Alicia tinha que admirar sua determinação. Desde que chegaram, ele não abrira a boca, recusara toda oferta de comida e bebida e, se o cheiro era um indicativo, havia sujado a fralda. Ainda assim, não se movia.

Na noite anterior, fora levado para a delegacia por um vizinho que o encontrara brincando na rua à meia-noite, vestindo apenas uma fralda suja. Aparentemente, seu pai estava bêbado demais para perceber seu sumiço. A mãe ainda não havia sido encontrada nem parecia que ia ser.

Ao levar Theo de volta à casa de Trish, onde ele passara alguns meses no início do ano, Alicia esperava transmitir alguma segurança para o garoto; mas, ela sabia, a compreensão de Theo do que estava acontecendo só piorava as coisas. Ele continuava de cabeça baixa, com os bracinhos delicados colados rígidos junto ao corpo.

— Você gosta de chocolate? — ela perguntou, enquanto outro jovem acolhido, Aaron, entrava na cozinha e começava a abrir os armários, presumivelmente procurando o que comer. — Tenho um KitKat aqui. Quer um pedaço?

Alicia partiu o chocolate e o ofereceu um pedaço para Theo, ainda embaixo da mesa. Para sua alegria, ele rastejou pelo chão para inspecioná-lo.

— Ai! — ela gritou, ao sentir os afiados dentes de leite mordendo com força seus dedos.

— Ele te pegou — Aaron disse, sentando-se à mesa e devorando um pacote de batatinhas.

O comentário de Aaron a agradou demais. Aprendera que, quando as crianças se sentiam confortáveis o suficiente para desafiar você, era um indício de que estava fazendo algo certo. Quanto à mordida, Alicia já sofrera piores. Verdade seja dita: é preciso ser um tipo especial de pessoa para escolher uma carreira mal remunerada e pouco valorizada, na qual a maioria daqueles com quem se lida quer lhe causar dano físico. Alicia não culpava as crianças por não gostarem dela — afinal, em boa parte dos casos, ela era a responsável por separá-las dos pais. Claro que elas iam querer cuspir e bater nela. Chutá-la também. Com o tempo, isso acabava desgastando muitos assistentes sociais, mas para Alicia era o oposto: saber que essas crianças ainda eram capazes de lutar a animava. Se tinha uma coisa de que as crianças acolhidas precisavam era lutar.

Além disso, havia muito tempo que Alicia aprendera a aceitar ser maltratada. Era algo familiar e, de certa forma, até reconfortante. Como voltar para casa.

— Ah, é? — Alicia disse a Aaron. — Você acha que consegue fazer melhor?

— Por cinco dólares, sim.

— Que tal dez? — Francamente, Alicia pagaria cem, mas Aaron lhe estendia a mão, então Alicia a apertou.

Alicia não era a assistente social de Aaron, mas tinha um carinho especial por ele. Aos dezessete anos, Aaron havia chegado aos meses incertos antes de atingir a maioridade e sair do sistema de acolhimento, e ela sempre sentia uma empatia por jovens nessa fase. Da última vez que vira Aaron, deu-lhe seu cartão e disse a ele para entrar em contato se quisesse informações sobre auxílios e programas para jovens em vias de alcançar a maioridade, ou sobre bolsas de estudo se estivesse interessado em ir para a universidade. Até agora ele não tinha entrado em contato, e ela suspeitava que seu cartão estivesse no lixo, mas sempre havia esperança.

— Observe e aprenda — Aaron falou, pegando um punhado de batatinhas e segurando embaixo da mesa, com a palma voltada para cima, como uma criança alimentando um animal em uma fazendinha.

— Cuidado — Alicia alertou. — Os dentes dele são afiados.

Enquanto Theo olhava para a palma da mão de Aaron, o celular de Alicia tocou. Normalmente, ela não atenderia o telefone numa situação dessas, mas, como parecia que não sairia de lá tão cedo, decidiu abrir uma exceção.

— Dez dólares — disse a Aaron. Ela se levantou e atendeu a chamada. — Alô?

— Falo com a Alicia Connelly?

— Não se você estiver cobrando dívidas — Alicia respondeu. — Se eu ganhei na loteria, sim.

Ela fitou Aaron, que revirou os olhos. Theo observava a palma estendida de Aaron.

— Alicia, aqui é a detetive Ashleigh Patel — disse a mulher. — Você tem um minuto?

Alicia olhou para o relógio. Seis da tarde. Já recebera chamadas mais tardias para resolver crises, mas era tarde o suficiente para ser difícil encontrar uma família disposta a receber uma criança na mesma noite. Normalmente, era um gerente de casos que ligava para lhe dar os detalhes da situação da criança, mas às vezes ela recebia ligações diretamente da polícia. Alicia pegou seu caderno e deu um clique na caneta, esperando a enxurrada de informações horríveis — sobre o estado físico e emocional da(s) criança(s), a idade e qualquer dado dela no histórico do sistema de acolhimento.

— Claro. O que você tem para me passar?

Uma pausa.

— Na verdade, é sobre uma investigação que estou conduzindo. Espero que você possa me ajudar.

Alicia deu outro clique na caneta.

— Que investigação?

Theo começou a comer as batatinhas diretamente da mão de Aaron, como um cabrito. Aaron fez cara de nojo, mas manteve a mão parada. Ele estendeu a outra mão para Alicia, esfregando o dedo indicador no polegar.

— Dez dólares — murmurou. Alicia pôs a mão no bolso para pegar a carteira.

— É sobre uma descoberta feita na casa de acolhimento Wild Meadows, em Port Agatha. Você cresceu lá, não foi?

Alicia congelou, com a mão ainda no bolso.

— O quê?

— Eu disse que é sobre…

— Sim, desculpe. Eu ouvi. — Foi até o balcão da cozinha e se apoiou nele. — E, sim… eu… eu vivi alguns anos na casa de acolhimento Wild Meadows quando era criança.

Alicia sentiu um aperto no peito. Esperava por essa ligação havia vinte e cinco anos. Não *ansiava* por isso… mas esperava. Era aterrorizante e emocionante e importante. Como a parte do filme em que a verdade começa a vir à tona e o prisioneiro passa a acreditar que pode ter uma chance de escapar da pena de morte.

— Bem, não sei se você sabe, mas Wild Meadows foi demolida recentemente. E, enquanto escavavam, os operários descobriram…

Aaron baixou outro punhado de batatinhas para Theo. Havia sal e migalhas por todo o chão e pelo rosto do menino.

— ... restos humanos. Ossos, na verdade. Parece que estão lá há algum tempo. Possivelmente desde a época em que você morava lá.

Alicia começou a tremer. Pode ter esperado por essa ligação durante anos, mas isso não significava que estava preparada para ela. Como alguém poderia se preparar para algo assim? Algo que poderia, e ia, de fato, abalar toda a sua vida?

— Ainda está aí? — perguntou a detetive.

— Estou. — Mas não estava, não de verdade. Já tinha voltado a Wild Meadows, revivendo, com um novo olhar, tudo o que acontecera naquele lugar havia vinte e cinco anos.

4

JESSICA

Após a ligação da detetive Patel, Jessica cancelou seu compromisso da tarde (alegando uma intoxicação alimentar e oferecendo ao cliente uma sessão gratuita de Organização da Garagem, que normalmente custava 599 dólares — uma compensação um pouco excessiva, talvez, mas justificada, dadas as circunstâncias) e foi direto para casa. Quando chegou lá, as irmãs já estavam esperando na sala de estar.

Jessica não lhes mandara vir; elas simplesmente apareceram. Não era surpresa, as irmãs sempre se reuniam na casa de Jessica — talvez porque fosse a mais bem localizada, no centro, mas também porque era a mais bonita. Norah e Alicia viviam felizes em lugares que lembravam residências estudantis, enquanto Jessica morava em uma casa estilo eduardiano toda reformada, com três quartos, rosetas decorativas de gesso no teto, duas lareiras originais e janelas que iam do chão ao teto, voltadas para uma piscina de azulejos azuis brilhantes que ela nunca usava e, verdade seja dita, até achava difícil de encarar. (Jessica odiava piscinas. De vez em quando, considerava a ideia de enchê-la.)

— De quem você acha que pode ser? — perguntou Alicia.

Norah franziu a testa.

— De quem eu acho que pode ser *o quê?*

— O corpo, sua boba.

— Ah. Certo. Não sei.

Jessica olhou para as irmãs, cada uma *estirada* sobre algum móvel. Não fazia ideia de como elas podiam agir assim naquelas circunstâncias. Jessica nunca se *estirava*. Jessica permanecia em pé. Normalmente, ao mesmo tempo que arrumava ou limpava algo, ou mesmo enquanto organizava uma papelada. *Ocupando-se.* Mesmo quando estava sozinha em casa, sentava-se ereta, com os pés no chão ou recolhidos embaixo de si. Alguns anos antes, Norah dissera a Jessica que sempre precisava tirar uma soneca depois de passarem um tempo juntas porque a energia de Jessica a exauria. Sem dúvida isso era verdade, porque algumas semanas antes Norah *tirara* uma soneca durante uma visita, o que, francamente, era um pouco demais, já que o propósito do encontro era Jessica fazer a declaração de imposto de renda de Norah (embora, assumidamente, Jessica preferisse trabalhar sozinha).

— Jess? — Alicia chamou, sentando-se. Seu cabelo estava preso em um coque, e o rosto era emoldurado por cachos ruivos frisados. — De quem você acha que é?

— Como vou saber? — Jessica retrucou. — Wild Meadows é uma antiga casa de fazenda. Até onde sabemos, esses ossos podem estar enterrados lá há mais de cem anos. Podem ser de qualquer pessoa!

— Ok — Alicia respondeu, com as mãos erguidas como se estivesse tranquilizando um cavalo assustado. — Vamos nos acalmar.

Jessica riu. *Acalmar?* Ela não conseguia lembrar a última vez que tinha se sentido calma. Pânico era seu estado constante, tão familiar quanto respirar. Ela imaginava que, mesmo ainda recém-nascida, acordava todos os dias com o coração na boca, querendo saber: *Como será o dia de hoje? Vou esquecer alguma coisa ou dizer uma besteira? Como posso fazer todos felizes? E se eu não conseguir?*

Apesar do pânico que sentia, um relance no espelho acima da lareira a informou que ela parecia totalmente inabalada. Sua maquiagem discreta permanecia impecável, seu cabelo preto estava brilhante e liso, e não havia um pingo de cor em suas bochechas. Seu vestido branco parecia tão alinhado como estivera naquela manhã, quando ela o colocou. Claro que parecia. Alicia uma vez brincou que as camisas de linho de Jessica tinham medo de se amassar. *É verdade*, Jessica pensou. Elas não se atreveriam.

Enquanto Jessica inspirava fundo, lembrou-se de um episódio do podcast de Mel Robbins que tinha ouvido fazia pouco tempo. Era sobre como lidar com o pânico. Aparentemente, o pânico se parecia bastante com a empolgação, e, se você dissesse a si mesmo que estava empolgado, poderia enganar seus sentimentos. Decidiu tentar.

Estou empolgada porque encontraram ossos enterrados em Wild Meadows. Uhuu.

Ótimo. Agora ela era uma psicopata.

— A detetive quer que a gente vá para Port Agatha — Norah comentou. — Amanhã.

Seu tom era neutro, quase indiferente, mas havia pequenos indícios de nervosismo. O balanço incessante da perna direita. A unha do polegar roída até a carne.

— Amanhã? — Jessica indagou. — Não podemos simplesmente largar tudo e ir para Port Agatha.

— É uma investigação policial, Jess — disse Alicia. — Acho que não temos muita escolha. Além disso, amanhã é sábado.

— Claro que temos escolha! — Jessica sentiu o calor subir pelo pescoço. — Não estamos presas. Não precisamos ir só porque eles pediram.

Alicia, como de costume, manteve a calma.

— Estou apenas dizendo que talvez devêssemos considerar obedecer. Afinal, não fizemos nada de errado. Se nos recusarmos a ir, o que vai parecer?

Jessica sentiu as lágrimas se acumulando. Não era assim que ela planejara passar a noite. Odiava mudar seus planos; odiava surpresas e ligações inesperadas, mesmo quando se tratava de uma boa notícia. E naquela não havia nada de bom. Era o seu pior pesadelo.

— É só que… me sinto incapaz de voltar lá.

Houve um longo momento de silêncio, interrompido apenas pelo tilintar das chaves de Phil na porta. De onde estava, Jessica ouviu-o jogar as chaves, errar a tigela e depois ir atrás delas enquanto deslizavam pelo chão de mármore do hall de entrada.

— Oi, Phil — Alicia e Norah disseram em uníssono quando ele apareceu em seguida na sala de estar com a camisa polo do Victoria Golf Club. Phil trabalhava na manutenção do clube havia dez anos, e provavelmente continuaria fazendo isso por mais vinte. Jessica se irritava com sua falta de ambição, mesmo invejando a satisfação dele. E, se havia uma coisa que Phil irradiava, era contentamento.

— Oi. — Ele sorriu. — Achei mesmo que o carro ocupando toda a entrada da garagem era seu, Norah.

Disse isso de modo alegre, e Norah confirmou, com a mesma alegria, que era de fato o carro dela. Ela não se ofereceu para movê-lo, e Phil tampouco pediu que ela fizesse isso. "Ele é tão tranquilo", era o que todos sempre diziam. Os amigos dele o chamavam de "Phil Tranquilão".

Naquele instante, por exemplo, ele parecia muito feliz por ver todas juntas. E era uma *felicidade real*, não do tipo educada e forçada. Jessica vivia tentando imitar seu comportamento alegre, desde que, alguns anos antes, os dois fizeram uma sessão de terapia de casal e Phil comentou: "Você nunca parece feliz em me ver. Adoraria que você me olhasse como olha para suas irmãs. Que se importasse comigo da mesma maneira".

Ela se sentiu péssima quando ele disse isso. Particularmente porque, em geral, ficava feliz em vê-lo. Gostava de sua presença desengonçada e morosa na casa, de seus comentários ponderados sobre o que tinha ouvido no rádio voltando do trabalho. Ela gostava de cuidar dele — preparar seus pratos favoritos, planejar finais de semana de golfe ou surfe, comprar apenas lençóis feitos com cem por cento de algodão, porque qualquer outro tipo de tecido irritava sua pele. Mas o relacionamento dos dois nunca conseguiria competir com o que Jessica tinha com as irmãs. Nada conseguiria. Podiam não ser irmãs biológicas, mas seu tempo juntas no sistema de acolhimento as aproximou mais do que a genética seria capaz de permitir.

— É uma coisa de irmãs — Jessica dissera uma vez, olhando para a terapeuta em busca de apoio. — Ninguém ama o marido mais do que ama as próprias irmãs, não é mesmo?

A terapeuta claramente não tinha irmãs, Jessica percebeu isso na hora.

— Eu não diria "ninguém", mas é interessante que você pense assim.

Jessica e Phil pararam com a terapia pouco depois, porque Jessica estava muito ocupada ajudando Alicia a mudar de casa e lidando com os ataques de raiva de Norah para comparecer às consultas.

— Tem lasanha no forno — Jessica disse a Phil. — Pode comer, eu não vou jantar.

— Não precisava ter cozinhado para mim — ele falou.

Toda vez era a mesma história: Phil fingindo que sabia cozinhar, Jessica fingindo que não teria um ataque de ansiedade se Phil começasse a mexer na cozinha dela. Na cozinha *deles*.

— Não me incomoda cozinhar — Jessica disse. — Mas, Phil, você se importaria de nos dar um minuto? Estamos lidando com alguns assuntos de família.

— Sem problemas — ele respondeu, caminhando em direção à cozinha sem dizer mais nada. Phil Tranquilão.

— Obrigada! — Jessica gritou depois que ele se afastou, forçando um sorriso.

— Precisamos ir para Port Agatha — Alicia disse usando um tom mais incisivo. — Se formos de manhã, estaremos lá na hora do almoço, e você pode estar de volta em casa à noite. É só um dia. A gente consegue fazer isso.

— Estaremos juntas — Norah acrescentou.

Jessica olhou para as irmãs. Elas tinham enlouquecido.

— Se formos para Port Agatha, eles vão examinar cada detalhe de nossa infância e analisar todas as memórias que temos de Wild Meadows! — Jessica gritou. — Vocês se esqueceram do que aconteceu da última vez que fizemos isso?

— Eles não acreditaram na gente — Alicia admitiu.

— Acharam que éramos loucas de pedra — Norah acrescentou.

— Exatamente. Então, me perdoem por eu não querer voltar correndo para lá depois de um telefonema que não disse a que veio.

Jessica se sentou para tentar demonstrar o caráter definitivo de sua decisão. Para ela, a questão estava resolvida. Não havia necessidade de ir a Port Agatha. A descoberta dos ossos era trágica, mas elas não tinham nada a ver com isso. Jessica e as irmãs não poderiam esclarecer nada, mesmo que quisessem.

— Mas e se *não* estivéssemos loucas? — Alicia perguntou em voz baixa.

Norah e ela não estavam mais estiradas. Sentavam-se eretas, com a coluna alinhada, de olhos arregalados como os das meninas vulneráveis que já foram um dia.

— Alicia — Jessica advertiu, mas era tarde demais. A caixa de Pandora estava aberta. Talvez estivesse aberta desde o momento em que a detetive havia ligado.

— Se não estivéssemos loucas — disse Norah, quase para si mesma —, isso explicaria por que encontraram ossos humanos enterrados em Wild Meadows.

Era exatamente isso o que Jessica temia.

5

JESSICA

ANTES

Jessica se lembrava de pouca coisa anterior a Wild Meadows. De acordo com seu assistente social, ela morava em um estúdio que ficava acima da loja onde sua mãe — uma imigrante chinesa — trabalhava como costureira. Quando Jessica tentava se lembrar dessa época, conseguia recuperar apenas alguns detalhes — o cheiro de macarrão instantâneo cozinhando no micro-ondas; o som arrastado dos chinelos da mãe no chão da cozinha; as mulheres de pé nas cadeiras enquanto sua mãe ajustava as barras de suas saias e calças. Quanto ao pai, sempre o associava ao cheiro de cigarros e ao toque de sua barba quando a beijava na bochecha, mas poderia muito bem ter inventado tudo isso. Não havia informações sobre ele no prontuário do assistente social.

Ela se lembrava com clareza do dia em que a mãe morreu. Jessica estava na creche. Quando o policial entrou na sala, ela pensou que seria como a visita do bombeiro que haviam tido na semana anterior. Mas o policial falou apenas com a professora, que imediatamente olhou para ela.

Disseram a Jessica que sua mãe estava muito triste, e por isso ela morreu. Jessica não sabia que uma pessoa podia morrer de tristeza. Lembrava-se de tomar muito cuidado para não chorar pela mãe, com medo de morrer também. A fim de se distrair da dor, ela se concentrou em questões práticas. Jessica não tinha tios ou tias, e ninguém sabia nada sobre os pais de sua mãe.

— Quem vai cuidar de mim?

— Onde eu vou morar?

— O que terei de fazer para conseguir dinheiro?

Jessica não conhecia o sistema de acolhimento naquela época, claro. Imaginava-se vivendo em uma caixa de papelão na rua. Já estava se perguntando se poderia voltar para casa e pegar algumas almofadas e cobertores quando Scott, o assistente social, lhe deu a "boa notícia". Ele tinha encontrado um lugar para Jessica — ela era sortuda, não?

A reação de Jessica foi concordar com ele. Sim. Era muito sortuda.

— Ela é uma mulher solteira, sem filhos biológicos. Vive em uma propriedade rural chamada Wild Meadows, que tem cavalos e uma piscina!

O assistente social arregalou os olhos, como se Jessica tivesse ganhado um prêmio. Jessica se lembrou de forçar um sorriso. Não queria desapontá-lo. E não queria ficar triste, para não morrer.

Mais tarde naquele mesmo dia, quando chegou a Wild Meadows, Jessica sorriu novamente — e não apenas porque não queria desapontar Scott, o assistente social. A casa parecia saída de um conto de fadas. Uma clássica casa de fazenda feita de madeira e pintada de branco, com persianas e uma varanda ampla, com vista para os pastos e estábulos, além de uma piscina enorme. Ainda assim, apesar da opulência da propriedade, Jessica sentiu uma pontada de saudade da mãe e do pequeno apartamento aconchegante onde viviam.

— Eu vou morar *aqui*? — ela perguntou.

— Que sorte, hein? — Scott respondeu, repetindo aquela palavra. Isso fez Jessica refletir. No passado, ela pensava que ser uma pessoa sortuda fosse, sem dúvidas, algo bom. Mas ela percebeu que havia o outro lado disso. Ser uma pessoa sortuda implicava que sua fortuna não tinha sido conquistada por mérito. Você não podia questioná-la nem a considerar como algo garantido. Precisaria demonstrar *gratidão*. Porque o que lhe foi dado poderia ser facilmente tirado.

A mulher em pé na varanda parecia uma princesa dos contos de fadas. Tinha olhos azuis, cabelo dourado e ondulado, e usava um vestido branco coberto de florzinhas da mesma cor. Estava descalça e *cheirava* a flores.

— Minha menina — disse ela, agachando-se. — Pode me chamar de srta. Fairchild.

Para a surpresa de Jessica, a mulher a envolveu em um abraço. Era a primeira vez que alguém a abraçava desde a morte de sua mãe. Isso a deixou com os olhos marejados. Quando ela se afastou, a mulher viu suas lágrimas.

— O que aconteceu?

— Sinto falta da minha mamãe.

— Eu sei, querida — disse a srta. Fairchild, beijando cada uma das pálpebras de Jessica. Sua voz era doce como mel. — Mas prometo que vou fazer tudo ficar melhor.

— Vai mesmo?

Jessica sentiu um surto de otimismo agonizante. Ninguém — nem a professora da creche, nem o policial, nem o assistente social — lhe dissera aquilo. Será que aquela mulher *podia* fazer tudo melhorar? Talvez ela pudesse trazer sua mãe de volta e fazer tudo ficar bem outra vez.

A srta. Fairchild deu um sorriso radiante.

— Vou fazer você se esquecer totalmente da sua mamãe — disse. — Espera só para ver. Antes que você perceba, nem vai lembrar que ela existiu.

A srta. Fairchild invadiu o mundo de Jessica com tudo o que uma menina de quatro anos precisa. Amor, segurança, devoção. Gestos grandiosos, como permitir que ela tivesse um quarto pintado de rosa com listras roxas, e pequenos gestos, como deixar cartinhas da fada dos dentes. Era difícil não se deixar levar por isso. Jessica nem tentou resistir. Afinal, ela era *sortuda*.

Ela não desgrudava da srta. Fairchild. Se a mulher estivesse varrendo as folhas do jardim, Jessica também estava. Se estivesse fazendo compras, limpando a casa ou no banheiro, Jessica estava ao seu lado. A srta. Fairchild brincava que o único momento em que se separavam era quando Jessica dormia, mas nem isso era verdade, porque, na maioria das noites, Jessica atravessava o corredor até o quarto da srta. Fairchild, subia na cama e se aconchegava bem perto dela.

A srta. Fairchild não parecia se importar com a dependência de Jessica. Na verdade, parecia incentivá-la. Até se vestiam iguais.

— Assim parecemos mãe e filha — ela explicava, ainda que os vestidos fossem a única semelhança entre as duas. O cabelo da srta. Fairchild era dourado e encaracolado, enquanto o de Jessica era escuro e liso; seus olhos eram azuis, e os de Jessica, castanhos.

— Aquela menina não botou os pés no chão desde que chegou — diziam as pessoas da cidade. Ou, pior, quando a srta. Fairchild a conduzia pela rua principal em um carrinho que já estava pequeno demais, declaravam: "Você a mimou". Jessica sempre quis mandar que cuidassem da própria vida. Ela amava aquele carrinho, amava ser pega no colo pela srta. Fairchild ou sentar no antigo cadeirão enquanto a srta. Fairchild lhe dava de comer na cozinha. Isso a fazia sentir-se segura. Mas se Jessica temia que a srta. Fairchild mudasse seu comportamento em resposta aos comentários das pessoas, não precisava se preocupar. No máximo, isso aumentava a determinação da srta. Fairchild.

— Minha menina — ela dizia —, eu não pude te levar no carrinho, te segurar ou te alimentar quando você era bebê, então agora viveremos o nosso tempo juntas, e ninguém vai tirar isso de nós.

Era exatamente do que Jessica precisava. Ela tinha apenas uma coisa a oferecer em troca, e a deu de bom grado: sua completa devoção.

— Uma festa digna de uma princesa — disse a srta. Fairchild.

Era o quinto aniversário de Jessica e ela estava toda combinando, usando uma saia de tule, batom e tiara cor-de-rosa. A srta. Fairchild usava um vestido rosa sem mangas, com cintura baixa e uma saia cheia de babados que ela mesma tinha feito em sua máquina de costura. Nos últimos meses, Jessica aprendera a ficar empolgada sempre que ouvia o zumbido da máquina vindo da cozinha.

A festa foi realizada no jardim. A varanda estava cheia de balões rosa, as mesas dobráveis estavam cobertas com toalhas rosa. Os guardanapos, o bolo, a *piñata* e as sacolinhas de lembrancinhas, tudo era rosa. Rosa era a cor favorita da srta. Fairchild — e por isso virou a cor favorita de Jessica também.

A srta. Fairchild convidou todas as crianças da cidade, e Jessica não conhecia a maioria delas. Muitas tentaram brincar com ela, mas Jessica estava tímida, preferindo se enrolar nas dobras da saia rosa da srta. Fairchild. Jessica estava grata pela festa, assim como era grata por tudo que a srta. Fairchild fazia por ela. Mas preferia quando eram só as duas, limpando e organizando a casa.

No fim da tarde, os convidados fizeram fila para agradecer à srta. Fairchild pela linda festa.

— Qualquer coisa para a minha menina — repetia a srta. Fairchild para todos.

Naquela noite, quando estavam na cama, Jessica sussurrou:

— Eu gostaria de ser realmente sua menina.

Não conseguiu olhar para a srta. Fairchild enquanto dizia isso. Por mais próximas que fossem, e por mais que a srta. Fairchild a mimasse, Jessica entendia a natureza tênue da relação delas. Ela não era sua mãe. Não havia nenhum acordo permanente. Isso perturbava Jessica, e ela sabia que perturbava a srta. Fairchild também.

— Podemos fingir que é — disse a srta. Fairchild.

— Sério? — Jessica sussurrou.

— Por que não? Você pode me chamar de mamãe. Gosto como soa. Você não gosta?

Jessica *adorava* como soava.

— Diga agora — instruiu a srta. Fairchild.

— Mamãe. — Jessica riu.

— Diga de novo!

— Mamãe!

— Grite!

— Mamãe! Mamãe! Mamãe! — Jessica gritou a plenos pulmões.

— Sim — concluiu a srta. Fairchild, concordando com a cabeça. — Adorei. Está decidido, minha menina.

Jessica estava tão feliz que achava que seu coração poderia explodir de felicidade.

6

JESSICA

ANTES

A escola foi um choque para Jessica e para a srta. Fairchild.

— Não quero ir — Jessica disse no primeiro dia. Seus braços estavam firmemente abraçados às pernas da srta. Fairchild, como se fossem algemas. — Eu *não* vou.

A sala de aula parecia barulhenta, desordenada e caótica, fazendo Jessica desejar estar em casa, um lugar em que sabia onde tudo estava e conhecia quem cuidaria dela. Comparada a Wild Meadows, a escola parecia um ambiente selvagem.

— Está tudo bem, querida — garantiu a srta. Ramirez, a professora. Ela se agachou ao lado de Jessica, que escondia o rosto na saia da srta. Fairchild. — Vamos nos divertir muito. E, no fim do dia, a mamãe estará aqui para te buscar, certo?

Jessica olhou para ela. A srta. Fairchild assentiu com a cabeça; seus olhos também estavam marejados.

— Talvez eu devesse ficar um pouco mais… — começou a dizer, mas a srta. Ramirez foi firme.

— Não. Vamos começar do jeito certo.

Jessica berrou enquanto a srta. Fairchild se afastava. E, pelas próximas horas, ficou olhando pela janela, esperando ver sua mãe voltar e declarar que tudo não passava de um mal-entendido. Só quando a srta. Ramirez pediu que ela organizasse os lápis de cor em caixas foi que Jessica se afastou da janela. Já que estava presa ali, poderia pelo menos ajudar.

Depois dos lápis, organizou os gizes de cera e as canetinhas. Quando terminou, perguntou à srta. Ramirez se havia mais alguma coisa para organizar.

— Jessica! — exclamou a professora. — Você fez tudo isso? Meu Deus, você é um *anjo*. Turma, o que devemos dizer para a Jessica por organizar todas as nossas coisas de forma tão maravilhosa?

— Obrigado, Jessica — todos responderam em uníssono.

Jessica teve que admitir que não detestou aquilo.

No fim do dia, o armário de materiais estava em perfeita ordem. Jessica sentiu um aperto no peito quando ouviu que, no dia seguinte, precisariam tirar as coisas de lá novamente. Justo quando estava tudo tão arrumado!

Quando deixaram a sala de aula, a srta. Fairchild estava à frente de um grupo de mães ansiosas esperando junto ao portão. Jessica correu para os braços dela.

— Eu estava tão preocupada! — disse a srta. Fairchild, inclinando-se para cobrir Jessica de beijos. — Você está bem?

— Sim! — respondeu Jessica. — Organizei o armário de materiais, lavei os pincéis e separei os papéis por cores. E fiz uma amiga! A Bonnie e eu pintamos o desenho de um peixe!

— Bonnie? — A srta. Fairchild ergueu-se, piscando. — Que maravilha.

Jessica deu a mão para a srta. Fairchild, pronta para responder a todas as perguntas dela e descrever cada minuto do seu dia. Mas a srta. Fairchild não disse mais nada. Não fez uma única pergunta sobre a escola. Caminharam os quarenta e cinco minutos até chegar em casa em silêncio.

■■■

Naquela tarde, a srta. Fairchild sugeriu que fossem nadar.

— Não — disse Jessica. Ela tinha medo de nadar. Tinha medo da maioria das coisas que não sabia fazer. Havia entrado na piscina apenas algumas vezes, e somente sob coação, usando boia. A srta. Fairchild sempre dizia: "Na próxima vez, sem boia, está bem?"

— Vamos, você precisa aprender a nadar — ela insistiu. — Todo mundo na escola deve saber nadar. Você não quer ser a única que não sabe, quer?

Era uma boa estratégia. Jessica queria se encaixar. Com certeza não gostaria de ser a única que não sabia fazer algo. Mas, principalmente, queria agradar à srta. Fairchild.

— Tudo bem — disse Jessica. — Mas quero usar minha boia.

A srta. Fairchild concordou, mas encheu a boia com tão pouco ar que Jessica duvidava que ela fosse ser muito útil.

— Precisa de mais ar! — Jessica reclamou.

Mas a srta. Fairchild foi firme.

— Não vou deixar você afundar. Confia em mim, não confia?

Jessica assentiu, mas hesitou quando chegou à beira da piscina.

— Vamos — disse a srta. Fairchild, com os braços estendidos. — Não tenho todo o tempo do mundo.

Jessica pulou. Atravessou a superfície da água e mergulhou no silêncio espesso e azul-esverdeado. Parecia estar demorando uma eternidade para subir à tona. O pânico se instalou rápida e intensamente. Através da água, podia ver as pernas magras e pálidas da srta. Fairchild e seu maiô azul-marinho com babados. Jessica batia os braços desesperadamente, tentando se aproximar da mãe. E funcionou — ela estava chegando mais perto. Mas, justo quando Jessica lhe estendeu a mão, o último fôlego esvaindo de seu peito, a srta. Fairchild *se afastou*.

Jessica bateu os braços com mais força. Cada vez que ela se aproximava, a srta. Fairchild recuava.

Isso se seguiu até que Jessica começou a se sentir tonta. Seu pânico começou a se transformar em algo mais sombrio. Seus braços pararam de se mover. Seus pulmões se encheram. E então... ela rompeu a superfície da água.

— Você conseguiu! — A srta. Fairchild a segurava dando um sorriso largo, gotículas de água brilhando em sua testa.

Jessica tossiu, em seguida vomitou — uma vez e depois outra. Quando por fim conseguiu voltar a respirar, ela descansou a cabeça no peito da mamãe.

— Você conseguiu nadar, minha menina — declarou a srta. Fairchild.

— A boia não funcionou — Jessica lhe disse quando finalmente conseguiu falar, ainda balbuciando ofegante.

— Não — respondeu a srta. Fairchild. — Boias podem te deixar na mão. Assim como as pessoas. Mas a mamãe nunca deixará nada acontecer com você.

Jessica tossiu mais água.

— Você não pode contar com ninguém nem com nada além da mamãe.

Jessica estava tão cansada que não respondeu, apenas se agarrou ao pescoço da mãe. Pelo sorriso da srta. Fairchild, pareceu ser uma resposta suficiente.

Os meses se passaram, e o mundo de Jessica foi ficando cada vez menor. Não havia mais amigos, festas, nem mesmo visitantes em Wild Meadows além do carteiro. Fora da escola, Jessica não via ninguém, exceto a srta. Fairchild. Aos poucos, ela tornou-se todo o universo de Jessica.

A menina se tornou intimamente sintonizada com as oscilações de humor da srta. Fairchild. Aprendeu a agradá-la, a encantá-la, a acalmá-la. Sabia quando era um bom momento para pedir algo e quando aceitar que não havia nenhuma chance. A srta. Fairchild era o centro de sua vida, tudo para ela. E, caso se mantivesse assim, seria recompensada com amor, que era tudo o que Jessica queria.

Elas tinham uma rotina rígida em Wild Meadows, com muito tempo dedicado à limpeza. Todas as manhãs, depois de acordarem, arrumavam as camas, limpavam a pia e o espelho dos banheiros e desciam a roupa suja. Então, varriam a varanda e o caminho, tiravam o pó, aspiravam e poliam, tudo antes do café da manhã. Só quando a roupa suja estava na máquina de lavar podiam começar a pensar no café.

— Você é a melhor ajudante, minha menina — a srta. Fairchild vivia dizendo.

Jessica sempre levantava correndo após o café da manhã para lavar, secar e guardar a louça (a srta. Fairchild não gostava de deixar a louça secando no escorredor). Depois disso, penduravam a roupa, que era recolhida, dobrada e guardada assim que secasse. Qualquer cômodo que não fosse usado ao longo do dia era limpo à tarde, antes do jantar.

Aos oito anos, Jessica conseguia limpar Wild Meadows de cima a baixo sozinha. Não era um fardo. A rotina de limpeza dava a ela um senso de propósito difícil de descrever.

Se o propósito de Jessica era limpar, o da srta. Fairchild era equilibrar as finanças. Ela era obcecada por isso.

— As pessoas veem este lugar e pensam que somos ricas — dizia a srta. Fairchild. — Mas se não mantivermos o controle de nossas despesas, podemos perder tudo em um piscar de olhos, entende?

Jessica não entendia muito bem, mas concordava com a cabeça, como sempre fazia quando a srta. Fairchild dizia algo. Sabia que a srta. Fairchild era cuidadosa com o dinheiro. Ela obtinha uma pequena renda alugando pastagens para fazendas vizinhas e recebia um valor fixo para cuidar de Jessica, mas não era muito. Para que o dinheiro rendesse, precisavam ser econômicas. Energia elétrica e gás eram um luxo. A comida tinha que ser comprada em promoção ou perto do prazo de validade. Roupas eram adquiridas em brechós ou costuradas na máquina.

— Quem não economiza passa necessidade — Jessica dizia, repetindo uma das frases favoritas da srta. Fairchild.

— Exatamente, minha menina.

Quando Jessica tinha dez anos, as preocupações financeiras da srta. Fairchild estavam se tornando um problema cada vez maior. As taxas de juros estavam subindo e, segundo ela, era necessário apertar ainda mais o cinto. Mas elas viviam de forma tão econômica que até a srta. Fairchild precisou admitir que não tinha muito o que apertar.

— Eu paguei a conta de luz? — ela perguntava de vez em quando, com os olhos arregalados enquanto tentava se lembrar. A srta. Fairchild sempre tinha pagado, e Jessica tentava tranquilizá-la quanto a isso, mas a mulher nunca relaxava até verificar por si mesma.

— Paguei — dizia depois de checar, como se alguém a estivesse repreendendo. — Viu? Eu paguei.

Quando as coisas pioraram de verdade, a srta. Fairchild parou de dormir. Jessica sabia disso porque com frequência a percebia levantar da cama à noite e descer as escadas na ponta dos pés para "organizar as contas". Muitas vezes, nessas noites, ela não voltava mais para a cama.

Um dia, depois da escola, a campainha tocou.

Foi… uma surpresa. Não recebiam visitas em Wild Meadows. A campainha só tocava quando uma encomenda chegava, e isso sempre acontecia de manhã cedinho.

Jessica ficou tão surpresa que chegou a gritar.

— *Quem é?*

A srta. Fairchild sorriu e afastou o cabelo do rosto de Jessica.

— Não precisa exagerar, minha menina. Vamos atender?

Era Scott Michaels, o assistente social de Jessica.

Aquilo era estranho. Normalmente, quando Scott agendava uma visita, a srta. Fairchild fazia questão de que a casa estivesse em perfeita ordem — ainda mais do que o habitual — e de que Jessica estivesse usando suas melhores roupas. Não naquele dia. Agora que Jessica pensava nisso, fazia um tempo desde a última vez que Scott estivera em Wild Meadows. No início, ele vinha a cada poucos meses. Nessas ocasiões, eles se sentavam sozinhos na sala de estar enquanto ele lia para ela perguntas de uma folha, marcando cada item de sua lista com um lápis. Jessica sempre elogiava a srta. Fairchild. A menina supunha que por isso ele decidira que não precisava aparecer mais.

— Olá, Jessica — Scott lhe disse, sorrindo e mostrando os dentes pequenos e amarelados. Estava exatamente como ela se lembrava: alto e esquelético, com sujeira sob as unhas. Como de costume, sua camisa estava mais desabotoada do que deveria, deixando aparecer um tufo de pelos do peito, o que Jessica achava nojento.

A menina sempre se sentiu desconfortável perto de Scott. Não conseguia identificar o motivo — ele sempre fora educado, e certamente encontrou um lar maravilhoso para ela. No entanto, o sentimento persistia. Por isso, quando a srta. Fairchild lhe disse para ir brincar enquanto conversava com Scott na sala de estar, Jessica se sentiu aliviada. Ela não foi brincar, é claro. Jessica era uma criança boa e bem-comportada, mas podia espiar tão bem quanto qualquer outra criança.

— Há uma menina disponível, mais ou menos da idade da Jessica.
— Ela ouviu Scott dizer. — Quanto ao pagamento, a ajuda seria a mesma que você recebe por Jessica. Começará no dia em que ela vier morar com você.

Então era isso o que Scott estava fazendo ali, Jessica percebeu. Era *assim* que a srta. Fairchild ia resolver suas preocupações financeiras.

— Preciso ser honesto, no entanto — continuou o assistente social.
— Ela é bastante problemática. Vive em lares temporários desde os seis anos de idade e teve vários episódios violentos. Alegou problemas de conduta por parte de seu atual pai adotivo, mas devo admitir que tenho minhas dúvidas. Acho que ela pode ser…

— Eu a aceitarei — interrompeu a srta. Fairchild.

Scott riu.

— Sei que você está desesperada, mas talvez queira dar uma olhada no relatório sobre ela antes de concordar com qualquer coisa.

— Eu disse que a aceitarei.

— Tudo bem, então — ele declarou, como se achasse que ela estava louca. — Vou tomar as providências necessárias.

Jessica percebeu pelos ruídos na sala que Scott estava se levantando. Ela se esgueirou para fora do corredor e entrou na cozinha. Enquanto os dois adultos caminhavam em direção à porta da frente, ela ouviu Scott dizer:

— Também posso providenciar que o auxílio para roupas e despesas diversas seja liberado imediatamente, se isso ajudar.

— Seria ótimo — respondeu a srta. Fairchild.

Quando fechou a porta, ela a chamou:

— Jessica, pode vir!

Jessica apareceu no corredor.

— Presumo que você tenha ouvido a conversa, certo?

— Outra menina vai vir morar conosco?

A srta. Fairchild assentiu.

— Tenho certeza de que isso parece estranho, e será estranho por um tempo. Mudanças são difíceis para todos. Será especialmente difícil para essa nova menina.

— Precisamos mesmo fazer isso? — Jessica perguntou, olhando para a srta. Fairchild. — Scott disse que a menina é problemática. Violenta!

— Nem todo mundo teve a sua sorte, Jessica — ela disse, com um tom cortante. — Está na hora de mostrarmos um pouco de caridade para pessoas menos favorecidas.

— Você está certa — Jessica afirmou sem demora, em resposta ao seu tom. Não havia nada que ela odiasse mais do que ter a srta. Fairchild descontente com ela. — Estou sendo boba. *Claro* que devemos ajudar essa menina. Eu sempre fui tão sortuda.

Devia ter sido a resposta certa, porque a srta. Fairchild se aproximou e beijou o topo da cabeça de Jessica. Mas havia algo robótico no gesto. Era como se ela já tivesse se distanciado de Jessica e estivesse pensando em sua nova filha — aquela menina problemática e violenta que iam salvar de uma vida infeliz.

■■■

O CONSULTÓRIO DE PSIQUIATRIA DO DR. WARREN

— Certo — diz o dr. Warren.

Ele está com uma gravata diferente hoje — verde —, mas o restante é igual: o terno marrom, as pernas cruzadas, a pasta de papel pardo no colo. Estou sentada em silêncio há seis minutos, então me surpreendo quando, do nada, ele dirige a palavra a mim. Pisco, voltando a mim mesma.

— Certo... o quê?

— Certo... você está pronta para falar sobre Wild Meadows?

Quando faço que não com a cabeça, ele suspira resignado. Com certeza quer ouvir o que aconteceu lá. Quem não gostaria? Apesar de seu comportamento desinteressado, ele provavelmente acha que é um grande feito poder falar comigo. Isso me faz pensar no tipo de pessoa que trabalha com um trabalho desses. No tipo de histórias que ele deve ouvir, dia após dia... imagino que seja impossível não ser afetado.

— Neste caso — ele diz —, você pode falar sobre outra coisa.

Ele anota algo em seu prontuário. Provavelmente está jogando sudoku ou fazendo palavras cruzadas. Se eu estivesse no lugar dele, talvez fizesse o mesmo.

— Como o quê? — pergunto.

— Sua infância? — ele diz encolhendo os ombros, como se estivesse improvisando. — Conte-me sobre um momento em que se sentiu feliz.

— Certo. — Quando se teve uma infância horrível, apontar os momentos felizes é fácil. — Nos primeiros anos da minha vida, acredite ou não, eu era mimada. Ninguém me obrigava a comer vegetais, a arrumar a cama ou a fazer muitas tarefas domésticas.

Tento avaliar a reação do dr. Warren, mas ela é mínima. Cuidadosamente neutra, ou talvez ele esteja entediado. Meu sexto sentido me diz que ele preferiria ouvir sobre as partes sangrentas.

— Eu era filha única — continuo. — Meu pai era meu herói. Quando era pequena, queria ir aonde ele fosse. Logo ao amanhecer, assim que ele se levantava para ordenhar as vacas, eu já estava ao seu lado. Minha mãe gostava de dormir até mais tarde, então esse momento era só nosso. Quando cresci e comecei a frequentar a escola, não pude mais ir com ele ordenhar as vacas, mas ainda ficava na varanda todas as manhãs e acenava quando ele saía. Fiz isso por anos. Então, uma manhã, ele não voltou. Um ataque cardíaco fulminante, ao que parece. E isso é mais ou menos o que tenho de memórias felizes.

O dr. Warren anota algo. Uma nota sobre mim, ou talvez ele tenha apenas resolvido uma linha da cruzadinha.

— Depois disso, éramos só eu e a mamãe — continuo. — A comunidade se mobilizou, como os moradores do campo costumam fazer. As pessoas trouxeram comida e vieram ajudar na fazenda. Foi um alívio, porque a mamãe não tinha a menor ideia de como administrar uma fazenda, já que ela era da cidade. Ouvi alguns vizinhos dizendo que achavam que fôssemos acabar nos mudando para a cidade eventualmente. Eu esperava que estivessem certos. A ausência do papai era sentida a cada dia. Achava que um recomeço fosse ser bom para nós. Mas seis meses se passaram, e a mamãe não sugeriu uma mudança. Quando eu trouxe isso à tona, ela disse: "Quem sabe".

O dr. Warren está me observando agora. Não sei se é intencional ou se apenas estou no seu campo de visão.

— Ela dormia muito — continuo. — Parou de tomar banho, começou a beber e a tomar remédios. Enxotava as pessoas que vinham ajudar com as tarefas, mesmo que elas precisassem ser feitas e ela mesma não tentasse fazê-las. Parou de abrir as contas e avisos que chegavam pelo correio, cada um mais urgente que o anterior. Quando eu os mencionava, ela os jogava no fogo. — Mesmo depois de todos esses anos, posso sentir a raiva crescendo ao relembrar. — Sua incompetência e incapacidade de manter nossa vida nos trilhos me aterrorizavam. Também me deixavam furiosa.

O dr. Warren inclina a cabeça, indicando algo que se assemelha a interesse. Sua careca reluzente reflete a luz do sol, espalhando-a de modo ofuscante pela sala.

— Não sei quanto tempo depois, mas, a certa altura, um grupo de mulheres da paróquia veio à nossa casa. Reconheci algumas delas. Disseram que a igreja tinha fundos para ajudar pessoas que estavam passando por momentos difíceis. Nunca fui muito religiosa, mas, quando falaram isso, me dispus a deixar meu ceticismo de lado. As mulheres disseram que minha mãe era candidata a receber o dinheiro e que elas iam ajudá-la a colocar sua vida de volta nos trilhos. Também sugeriram que pensássemos em começar a frequentar a igreja. "O único que pode ajudar com sua recuperação espiritual é o Senhor", disseram. Não frequentávamos nenhuma igreja, mas, se elas iam nos ajudar, eu não me importava se representassem o próprio Diabo. Antes de irem embora, me entregaram um cartãozinho com uma oração. Era o Pai-Nosso, impresso e laminado. Eu o guardei por um bom tempo. Naquele ponto, achei que Deus pudesse ser realmente o único capaz de ajudar. Infelizmente, nem Ele conseguiu.

Finalmente tendo despertado o interesse do dr. Warren, eu falo e falo. O fato é que, quando ninguém te dá atenção, você começa a desejá-la depois de um tempo. O dr. Warren só olha para suas palavras cruzadas uma ou duas vezes. Antes que eu perceba, há uma batida à porta indicando que nosso tempo acabou.

— Você se saiu bem hoje — o dr. Warren me diz. — Até a próxima.

Ainda não me decidi sobre o dr. Warren, mas tenho que admitir que seu elogio me faz corar um pouco. Nunca quis fazer terapia, mas, já que pelo visto vou ter que continuar fazendo isso, planejo me formar com louvor.

7

NORAH

Por volta das nove da noite, Norah se levantou do sofá. Elas conseguiram convencer Jessica a ir a Port Agatha falar com a polícia na manhã seguinte. Assim como Jessica, Norah não estava exatamente animada com a ideia, mas, como aquilo parecia inevitável, achava um desperdício continuar debatendo a respeito. Além do mais, estava intrigada com a descoberta dos ossos. Ela queria saber de quem eram. Queria respostas.

Norah era uma grande fã de soluções. Sem dúvida, era por isso que gostava tanto de matemática. Saber que a raiz quadrada de x equivalia a y era um bálsamo para sua alma. Mesmo com os números irracionais — aqueles que não podem ser expressos por meio da fração de dois números inteiros —, havia a certeza de que combinar um número irracional com um racional formaria algo real. Norah achava que tinha feito isso com as memórias de sua infância em Wild Meadows, que pegara suas memórias irracionais — aquelas consideradas falsas pela polícia e pelos psicólogos — e as combinara com fatos racionais para formar a verdade. Mas a descoberta dos ossos significava que ela estava de volta ao princípio: tudo o que restava era um número irracional, sem nada racional para ajudar a dar sentido a isso.

Era por isso que precisava voltar a Port Agatha.

Alicia acenou enquanto Norah se retirava, mas Jessica nem percebeu. A ironia de Jessica sempre se preocupar com *ela* não passou despercebida por Norah.

Na garagem, Norah destravou seu carro e entrou, aproveitando um minuto de silêncio e o reconfortante cheiro de vômito seco de cachorro nos bancos. O dia teve conversa demais. Norah era uma entusiasta das maravilhas da comunicação, mas a desprezava quando em excesso. Especialmente quando o assunto tinha a ver com sua infância.

Ela deu partida e estava se preparando para sair quando a notificação de uma nova mensagem apareceu em seu celular.

> Estou com o nariz quebrado. Passei a noite inteira no pronto-socorro.
> Você não pode sair por aí agredindo as pessoas, Nora.

A mensagem era de um tal de Kevin. Norah estava prestes a responder que ele tinha enviado a mensagem para o número errado quando se lembrou do homem com sangue escorrendo pela camisa que, algumas horas antes, enfiara em um táxi rumo ao hospital.

Merda.

Ela não tinha contado às irmãs sobre ele. Distraiu-se com a notícia da descoberta em Wild Meadows, mas, mesmo que não tivesse sido o caso, provavelmente não teria falado nada. Depois do que o juiz lhe dissera sobre não ter mais chances de errar, aquilo apenas deixaria Jessica preocupada, e de que valeria isso tudo? Norah podia cuidar desse assunto sozinha.

Pegou o celular e digitou uma resposta.

> Me envia uma lista com as suas despesas médicas
> para eu pagar. P.S.: É Norah. Com H.

Três pontinhos indicando que ele estava digitando uma resposta surgiram na mesma hora. Um segundo depois, chegou outra mensagem.

Era um hospital público. Não tem a ver com dinheiro.

Jesus Cristo. Agora o homem tinha princípios?

Ela ligou a luz interna, ergueu a blusa e tirou uma foto dos seios. *Quero ver o que os princípios dele acham disso.*

Para aliviar a sua dor e sofrimento.

Ela enviou. Por um momento, não houve resposta. Então os pontinhos reapareceram.

Isso... não era o que eu esperava. Uau.

Ela praticamente podia ver o sorriso repulsivo dele. Aquilo devia bastar. Aleluia. Norah digitou outra mensagem curta.

Só não vá à delegacia, ok? Tenho um mandato de prestação de serviços comunitários. Vou pra cadeia se você me denunciar.

kkkk. Sério?

Sério. Considere-se sortudo. O último cara não se saiu tão bem quanto você.

Kevin respondeu com um emoji rindo, o que era estranho, mas Norah acreditava ter deixado seu ponto claro. Atribuiu a facilidade com que Kevin aceitou a situação ao fato de que ela era extremamente atraente, e os homens tendem a tomar más decisões quando se trata de mulheres extremamente atraentes. Era uma das poucas certezas com que ela podia contar em sua vida.

Ela limpou as mãos de maneira teatral e jogou o celular no banco do passageiro. Pronto. *Assunto encerrado*, pensou. Se havia uma coisa que aprendera vivendo em lares de acolhimento, pensou enquanto dirigia, era a se virar. Seus métodos podiam ser nem um pouco convencionais, mas tinham que ser assim. Sem sombra de dúvida, na infância, foram seus métodos nada convencionais que mantiveram Norah e as irmãs vivas.

8

NORAH

ANTES

— Você tem sorte de vir para esta casa — disse Scott, o assistente social de Norah, assim que eles chegaram a Wild Meadows.

Norah olhou para o local com desconfiança.

— Por que acha que tenho sorte?

Era uma pergunta importante, Norah pensou. Ela tinha dez anos e era a sétima vez que ia para um lar de acolhimento. Disseram-lhe que ela tinha sorte de ir para o último lugar, onde dividia o quarto com um adolescente que gostava de subir em cima dela na cama à noite. (Quando contou isso à sua mãe adotiva, a mulher não se importou. "Se ele fizer isso de novo, dê um chute nas bolas dele", dissera. Um bom conselho, como se viu.) Disseram-lhe que ela tinha sorte de ir para o lugar onde um gato a mordeu tão forte que ela precisou de oito pontos e uma injeção. Disseram-lhe que ela tinha sorte quando foi enviada para o local que fazia as crianças comerem pimenta se pedissem mais comida. Desta vez, ela queria entender por que tinha sorte.

Scott puxou o freio de mão.

— Porque você tem um lugar para viver.

Ele sorriu, burro demais para ter vergonha de seus dentinhos nojentos. Mas seus olhos ainda eram como buracos ocos e sem vida em seu rosto.

Norah chegara à conclusão de que Scott era um idiota. Do tipo que murmurava perto das crianças e ria alto demais perto dos adultos. Quando foi buscá-la naquela manhã, disse "Nossa, como você cresceu!", e seus olhos se demoraram demais sobre ela.

Norah *realmente* havia crescido nos últimos meses. Na última escola que frequentou, era a mais alta da turma, mais alta até que os meninos da sala. Mais alta até que Scott, o que não era difícil. Ela também começou a ganhar contornos e curvas nos seios ("precoce para a sua idade", dissera sua última mãe adotiva), algo que, pelo jeito como Scott olhava furtivamente para seu peito, não passou despercebido.

Ela cruzou os braços e o encarou. *Estou te sacando, idiota.*

— A srta. Fairchild é uma mulher muito legal — Scott continuou. — Ela tem outra filha adotiva da sua idade.

— Existe um sr. Fairchild?

Também era uma pergunta importante. Em outro lar, havia um senhor que sempre se sentava muito perto dela no sofá. Norah antecipara o que estava por vir bem antes do dia em que ele abriu a calça, então estava com seu canivete a postos. Se fosse precisar do canivete nesse novo local, uma dica seria útil.

— Não existe um sr. Fairchild — respondeu Scott.

Enquanto caminhavam em direção à casa, a porta da frente se abriu e uma mulher saiu. Tinha cabelo louro e olhos azuis, e lembrava a Barbie com a qual Norah brincava no escritório da terapeuta, tirando o fato de que o cabelo da Barbie estava todo repicado, e o cabelo penteado da mulher descia ondulado até os ombros. Ela usava um vestido rosa sem mangas de cintura baixa.

— Olá! — disse a Barbie. — Eu sou a srta. Fairchild.

— Eu sou a Norah — a menina declarou. — Norah com H. — A mulher titubeou. — Você parece a Barbie — Norah disse.

A mulher soltou uma risada curta e aguda.

— Nossa. Você é engraçada!

— Me avise se ela te causar algum problema — disse Scott para a srta. Fairchild. — Voltarei em duas semanas para verificar como estão as coisas.

Scott sempre dizia isso quando deixava Norah em um novo lugar, e depois ficava meses sem aparecer. A menina se perguntava por que ele se dava ao trabalho. Scott não fez contato visual com Norah ao entrar de volta no carro.

— Você não vai entrar? — a srta. Fairchild perguntou quando ele se foi.

Norah a seguiu para dentro da casa carregando o saco de lixo com seus pertences.

— Olha como ela é bonita, Jessica! — a srta. Fairchild disse para a outra menina. — Dava até para ser modelo!

Norah lançou um olhar a Jessica. Apesar de Scott ter dito que as duas tinham a mesma idade, a garota tinha metade da altura de Norah e — a julgar por seu comportamento — um quarto da inteligência dela. Jessica seguia srta. Fairchild de maneira estranhamente próxima, talvez marcando território. Norah queria lhe dizer para relaxar; ela poderia ficar com a loira esquisita só para si, muito obrigada.

— Primeiro as coisas mais importantes — anunciou a srta. Fairchild quando chegaram às escadas. — Quero que saiba que o que aconteceu na sua última casa não acontecerá aqui.

— O que aconteceu? — Jessica perguntou.

A srta. Fairchild a cutucou de forma brusca.

— Jessica!

Mas Norah não se importava. Olhou diretamente para Jessica.

— Eu dei um chute no saco do meu irmão adotivo quando ele subiu em cima de mim na cama. Ele era um pervertido.

A srta. Fairchild trocou um olhar com Jessica, as duas ergueram as sobrancelhas em sincronia. Norah achou que elas se pareciam com Tweedledum e Tweedledee.

— Bem — a srta. Fairchild disse por fim —, quero que você saiba que está segura aqui.

— Que bom — declarou Norah. Estava genuinamente aliviada em ouvir isso, mas ainda assim trazia o canivete consigo, por segurança. Depois das experiências que tivera, ela não acreditava na palavra de ninguém. — Então, quais são as regras da casa?

Era mais uma pergunta que Norah tinha aprendido a fazer de cara, antes que fosse considerada culpada por uma infração que desconhecia ou que tivesse acabado de ser inventada.

— A limpeza é de todas — disse a srta. Fairchild. — O lugar é grande, então há muito o que fazer.

Norah não viu problema naquilo. A última casa em que ficara beirava a imundície. Todas as crianças tinham que compartilhar a mesma cama, e em três meses os lençóis não tinham visto a máquina de lavar. Quando Norah se ofereceu para lavá-los, disseram-lhe que ela era uma pirralha esnobe e a fizeram dormir no chão.

— Há alguma tarefa específica que você gostaria de fazer?

— Lavar as roupas? — ela sugeriu.

A srta. Fairchild sorriu.

— Isso seria perfeito.

— Mas essa tarefa é minha — Jessica protestou, puxando a saia de sua mãe adotiva.

A srta. Fairchild a ignorou.

— Temos um horário para dormir? — Norah perguntou.

Isso variava muito de lugar para lugar. Em um dos lares de acolhimento, ela era colocada na cama às seis, junto com os bebês e as crianças pequenas, para que seus pais adotivos pudessem tomar cerveja. Em outro, era deixada à própria sorte e ia para cama quando se sentia cansada.

— Que tal às oito? Você pode dormir no quarto em frente ao meu. Jessica fará a cama para vocês duas.

Jessica parecia surpresa. Na verdade, parecia *horrorizada*.

— Vamos lá, Jessica — disse a srta. Fairchild. — Você não pode dormir na minha cama para sempre. Claro, se ficar assustada durante a noite, Norah, *você* pode vir para a minha cama. Você está em um ambiente novo.

— Mamãe... — Jessica começou.

— *Chega!* — A reação da srta. Fairchild foi tão súbita que até Norah ficou surpresa. A mulher agarrou o braço de Jessica logo acima do cotovelo, forte o suficiente para deixar a menina na ponta dos pés. O rosto da garota ficou branco como cera. — Não somos mais só nós duas agora, Jessica. Quanto antes você entender isso, melhor. — As unhas da srta. Fairchild estavam enterradas na pele de Jessica, e elas tinham o rosto praticamente colados. — E chega dessa história de "mamãe". De agora em diante, você deve me chamar de srta. Fairchild.

Quando a srta. Fairchild a soltou, havia marcas nos braços de Jessica, e ela piscava para segurar as lágrimas.

— Certo — disse a srta. Fairchild, com o sorriso voltando ao rosto. Seus olhos, Norah então notou, não eram como os da Barbie. Em vez de parecerem surpresos, os olhos dessa mulher eram afiados. — Vou buscar alguns lençóis e toalhas limpos.

E então ela desapareceu, deixando Norah e Jessica atordoadas com o que tinham acabado de testemunhar. Não era o acesso de raiva que perturbava Norah; já tinha visto muito pior. A rapidez com que ela se recuperou, porém, acompanhada de um sorriso meio insano — isso sim era novo. Norah não gostava de novidades.

— É melhor você não entrar no quarto dela — Jessica disse suavemente, sem olhar para Norah.

— Não vou entrar — Norah afirmou.

Ela não estava tentando ser legal. Era só que a ideia de ir até a cama daquela mulher no meio da noite era infinitamente mais assustadora do que qualquer pesadelo de que Norah pudesse estar tentando escapar.

Em sua primeira casa de acolhimento, Norah recebeu um soco no estômago antes mesmo de passar pela porta. Ela tinha acabado de sair do carro do assistente social e estava parada na calçada quando um garoto se aproximou por trás. Norah tinha seis anos; o garoto, treze.

Ela foi pega de surpresa. De um minuto para o outro, estava curvada, lutando para respirar. A assistente social, que estava pegando o saco de lixo com as coisas de Norah no porta-malas, repreendeu o garoto e exigiu saber por que ele tinha feito aquilo.

— Porque ela é nova — ele respondeu. Seu tom queria dizer que era óbvio.

Norah não tinha compreendido na época, mas logo entendeu. Até passou a apreciar o ato. Um soco rápido era como uma orientação. Algo que ensinava quem estava no comando, em quem você deveria ficar de olho e onde você se encaixava.

Logo, Norah aprendeu a esperar o primeiro soco. Não muito depois, aprendeu a desferi-lo.

Irritava Norah o fato de que o restante do mundo não funcionava dessa forma. Teria sido bom, por exemplo, se a srta. Fairchild tivesse lhe dado um soco rápido naquele primeiro dia. Pelo menos assim ela saberia o que esperar.

Na hora de dormir, Jessica usou o banheiro primeiro, seguida de Norah. Jessica lhe explicara esse processo como se fosse algo muito importante. Quando Norah voltou, encontrou o quarto às escuras.

Parou junto à porta. O cômodo tinha o teto baixo e inclinado, e a persiana da janela que dava para o telhado estava abaixada. Uma vez que a porta fosse fechada, seria difícil ver alguma coisa. Norah nunca gostou do escuro. Tinha uma vaga lembrança de ter sido vendada uma vez. Os detalhes eram nebulosos, mas se lembrava das risadas (de alguém) e do terror (o dela). Anos depois, mesmo entendendo que não estava em perigo, seu corpo ainda protestava, ouvindo as risadas e sentindo o terror.

— Guardei suas roupas — disse Jessica. Ela já estava acomodada em uma das camas de ferro forjado; Norah podia ver a silhueta sob as cobertas. — Acho que você vai entender a lógica. Roupas íntimas na gaveta de cima, depois blusas e suéteres, depois calças. Vestidos ficam pendurados no guarda-roupa.

— Obrigada — falou Norah. Se o modo meticuloso com que Jessica arrumava seus pertences na cômoda era um indício de como ela gostava de fazer as coisas (tudo em ângulos retos e organizado por categorias: itens para cabelo, itens para higiene pessoal etc.), Norah presumiu que ela tivesse feito um trabalho razoável.

— Você vai entrar? — Jessica perguntou.

Norah não se moveu. Seus calcanhares estavam cravados nas tábuas do assoalho, como se alguém estivesse prestes a empurrá-la para dentro.

Ela ainda estava assim quando a srta. Fairchild apareceu, um instante depois, ainda usando o vestido floral de antes, mas o batom e a maquiagem dos olhos tinham sido removidos, e seu rosto parecia uma lua pálida e lisa. — Está tudo bem, Norah?

— Eu não gosto do escuro.

— Bem, por que você não disse antes? — Ela parecia encantada por poder ajudar, marchando escada abaixo e voltando um minuto ou dois depois com uma luminária. — Isto serve?

Norah pegou a luminária. Havia uma mesa de cabeceira de madeira branca ao lado da cama dela, assim como uma tomada aparente.

— Sim, obrigada.

— Precisa de mais alguma coisa?

— Não — Norah respondeu. Ela atravessou o quarto, conectou a luminária e se enfiou na cama, puxando as cobertas e se enrolando nelas. Para sua surpresa, a srta. Fairchild a seguiu, sentando-se na beirada do colchão. Quando ela se inclinou para dar um beijo na testa de Norah, a garota prendeu a respiração.

Depois que a srta. Fairchild saiu do quarto, Norah limpou furiosamente o local onde os lábios da mulher tinham tocado.

— Isso foi um erro — Jessica disse.

Norah virou-se na cama.

— O quê?

— Contar a ela do que você tem medo — Jessica respondeu. — Um dia, isso vai voltar para te assombrar.

9

NORAH

ANTES

Nas primeiras semanas em Wild Meadows, Norah ficou apenas *observando*. Como uma criança que passara a maior parte da vida no sistema de acolhimento, ela aprendeu que era uma boa ideia entender cedo o ambiente. Quanto mais informações coletasse nos primeiros dias em um novo lar — as manias de um pai adotivo, o fato de que havia somente uma refeição por dia ou de que quem acordasse primeiro podia escolher que roupa usar —, melhor. Assim, Norah descobriu que a srta. Fairchild era uma mulher que gostava de rotina e que passava a maior parte do tempo limpando a casa. Ela bebia vinho, mas não em quantidade preocupante, e até o momento isso não tinha precedido situações de violência ou raiva. Gostava que a conversa girasse em torno dela mesma. E era excepcionalmente econômica.

— Não é barato manter a fazenda e dar de comer e vestir a vocês — a srta. Fairchild dizia enquanto servia uma refeição que, para Norah, parecia escassa em quantidade e nutrientes. Após algumas semanas disso, Norah sentia a fome atormentando-a dia e noite.

Outro ponto notável para Norah era o fato de que a srta. Fairchild sabia de coisas. Coisas das quais não deveria saber — como o fato de Norah comer todo o seu almoço no intervalo, em vez de dividi-lo entre o intervalo e a hora do almoço, ou que ela tinha parado na pista de skate por alguns minutos no caminho de casa depois da escola para brincar com a prancha abandonada que tinha encontrado.

A srta. Fairchild também parecia gostar de Norah, o que era bom e ruim. Ela já estivera em casas onde os adultos não gostaram dela logo de cara, e isso nunca acabava bem. Ao mesmo tempo, aprendera a ser cautelosa com adultos que gostavam demais dela.

— Você lavou todas as roupas? — ela exclamava quando Norah realizava sua tarefa. — O que faríamos sem você?

Era bizarro. Norah poderia tê-la julgado como uma daquelas pessoas estranhamente simpáticas — como Dulcie, a recepcionista da escola anterior, que chamava todos de "fofurinhas" —, não fosse pelo fato de que, ao contrário de Dulcie, a srta. Fairchild não era sempre simpática. Ela era imprevisível, explodindo em momentos inesperados, geralmente com Jessica, que a seguia como um cachorrinho, esforçando-se para chamar a sua atenção. Às vezes funcionava; outras, não. Não havia nada neste mundo que fizesse Norah entender por que Jessica se esforçava tanto.

Ainda assim, Norah se adaptou à nova rotina. (Era irritante, porque entrar em uma rotina geralmente garantia que ela seria arrancada dela sem aviso ou explicação e colocada em um lugar novo. Por isso, ela não se dera ao trabalho de perguntar a Scott se essa seria uma colocação permanente. Ela sabia que a resposta seria "Se você tiver sorte", e se Norah já tinha aprendido algo, era que não tinha sorte.) A escola fazia parte dessa rotina. Ao contrário da maioria das crianças de sua idade, Norah adorava ir à escola. Era um dos poucos lugares onde tinha razoável certeza do que ia acontecer. Na nova escola — uma daquelas de cidade pequena, que atendem do infantil ao ensino médio e agrupam crianças de duas ou até três séries em uma única sala de aula —, cada dia começava com uma roda de conversa, seguida por aulas de língua inglesa, matemática e esportes. Como sempre, matemática era sua matéria favorita, mas ela gostava de quase todas as disciplinas, exceto educação artística, que era bagunçada demais e não tinha um propósito claro.

Norah sabia que era muito inteligente. Os professores viviam dizendo isso. Norah e Jessica sempre eram deixadas juntas, então Norah sabia que Jessica também era (para sua surpresa) inteligente e (sem surpresa) disposta a agradar, sempre com a mão levantada, sempre se oferecendo para ajudar o professor. Assim como Norah, ela parecia mais feliz na sala de aula. Jessica passava a maior parte do horário de almoço na biblioteca ou sozinha no parquinho, enquanto Norah passava o tempo procurando alimentos descartados ou arrumando briga. Durante um almoço, ela tinha acabado de encontrar uma maçã intocada na grama quando ouviu um tumulto.

Virando-se na direção do som, Norah viu uma garota enorme apontando o dedo ameaçadoramente para Jessica, que estava sentada em um balanço. Essa garota era Sandra, a caçula de seis irmãos e filha do proprietário de uma fazenda leiteira. Era tão alta quanto Norah, com ombros e quadris largos, e tão forte quanto as vacas leiteiras do pai.

— Eu... eu sinto muito — Jessica gaguejava.

Norah se aproximou.

— Não é desculpa suficiente. — Com um tapa, a garota derrubou Jessica do balanço para o chão coberto de serragem. Alguns espectadores gritaram, animados com a confusão.

Quando Sandra avançou em direção a Jessica, agora estirada no chão, Norah entrou em ação. Não é que ela fosse fã de Jessica. Para ser honesta, achava-a irritante e chorona. Mas existia um estranho código de lar de acolhimento. Era possível atormentar seus irmãos acolhidos o quanto quisesse em casa, mas, no mundo real, todos faziam parte de um mesmo grupo.

Norah não teve dificuldade para desestabilizar Sandra com um empurrão de leve. Assim que a garota caiu no chão, Norah se ajoelhou com força sobre ela.

— Sai de cima de mim! — gritou Sandra.

— Qual o problema? — Norah perguntou a Jessica, que se arrastava para longe de Sandra. Quando se levantou, lascas de madeira pendiam dela como enfeites em uma árvore.

— Eu disse para sair de cima de mim! — Sandra gritou, tentando se soltar. — Qual é o seu *problema?*

— Era isso que eu estava prestes a te perguntar — respondeu Norah.

Sandra apontou para Jessica.

— *Ela* deveria ter feito minha lição de casa, mas não fez. Agora, tenho uma detenção.

— Eu ia fazer ontem à noite — Jessica disse timidamente. — Mas eu... eu...

Ela parou de falar. Norah entendeu. O humor da srta. Fairchild estivera instável, e ela dera a Jessica tarefas extras de limpeza até a hora de dormir.

— Tentei fazer na aula hoje de manhã — Jessica continuou —, mas o sr. Walker me pegou.

— Quanto você está pagando a ela? — Norah perguntou a Sandra, que ainda estava imobilizada.

Sandra só a encarou, confusa, e Norah fitou Jessica, que esfregava os pés no chão. Suas bochechas estavam coradas.

— Jessica?

— Ela não está me pagando — Jessica murmurou.

Norah franziu a testa.

— Bem... o que ela está fazendo em troca?

— Nada.

Norah a encarou.

— Então, por que você está fazendo *a lição de casa dela?*

Jessica deu de ombros.

— Porque ela me pediu.

— Você vai *sair de cima de mim?* — Sandra esbravejou.

Norah respondeu pressionando ainda mais.

— A partir de agora, serão dois dólares por folha de exercício — Norah disse a Sandra. — Nota acima de nove, ou você recebe seu dinheiro de volta.

Sandra levou um minuto para recuperar o fôlego.

— Eu não vou pagar...

— Também aceitaremos pagamento em comida. Lição de casa em troca do almoço. Sua nota vai variar de acordo com a qualidade do almoço.

Como Sandra não respondeu, Norah se inclinou para a frente e colocou mais peso sobre os joelhos.

— *Tudo bem!* — Sandra ofegou.

— Que bom.

Então o sinal tocou, e Norah se levantou, liberando Sandra. O rosto da garota se contorceu enquanto ela lutava para se levantar.

— Quem é você, afinal? — ela perguntou a Norah.

— Me chamo Norah. Com H — Norah respondeu. — Sou a irmã da Jessica.

No fim do dia, Norah e Jessica já tinham mais dois clientes para seu esquema de lição de casa.

— Por que você disse à Sandra que eu era sua irmã? — Jessica perguntou naquela tarde, enquanto voltavam a pé para casa.

Norah pensou por um momento e então deu de ombros.

— Dizer que você está no serviço de acolhimento raramente leva a algo bom.

— O que quer dizer com isso?

— *Você sabe.* Olhares tristes e estranhos dos outros pais. Crianças perguntando o que aconteceu com seus pais. Professores que querem que você fique depois da escola para ajudar a "organizar o depósito de material esportivo" — disse Norah, fazendo aspas com os dedos no ar.

Os olhos de Jessica se arregalaram ao compreender o significado.

— *Ah.*

— Eu sei que você não é minha irmã de verdade, obviamente — Norah admitiu. — Talvez eu não devesse ter dito isso.

Quando Jessica respondeu, sua voz saiu fraca:

— Na verdade — disse —, eu gostei.

Norah não sabia como continuar, e claramente Jessica também não, pois caminharam em silêncio pelo restante do trajeto.

— Por que as roupas não foram guardadas? — a srta. Fairchild exigiu saber.

Jessica e Norah estavam tendo uma tarde agradável até aquele momento. Enquanto faziam suas tarefas, até chegaram a *conversar*. Norah não era muito de conversar, mas conseguiu direcionar o tópico do assunto para cachorros e, antes que se desse conta, estava se divertindo. Até que a srta. Fairchild chegou em casa das compras e as encontrou recolhendo a roupa do varal juntas.

— Que graça — disse ela, com uma voz que deixava claro que queria dizer o oposto. — Agora vocês são amigas.

Desde então, a srta. Fairchild ficou de *mau humor*. Norah poderia jurar que era porque a mulher vira as duas garotas se dando bem. Norah tinha terminado de dobrar as roupas e havia ido ao banheiro antes de guardá-las. Foi então que ouviu a srta. Fairchild gritar.

Quando Norah voltou para a cozinha, a srta. Fairchild parecia furiosa.

— E então? Por que as roupas não foram guardadas?

A mulher usava um vestido rosa-chiclete com mangas bufantes. Seu batom era de um tom semelhante; ela parecia uma animadora de festa infantil ou a própria anfitriã, o que deixava sua expressão furiosa ainda mais aterrorizante.

— Essa parte é tarefa da Norah — protestou Jessica. Ela lançou um olhar de desculpas para Norah, que não se importava. Era verdade, afinal. Além disso, ela podia lidar com a srta. Fairchild muito melhor do que Jessica.

— Eu só estava usando o banheiro — Norah disse. — Vou fazer isso agora.

Ela se dirigiu para as pilhas de roupas, mas a srta. Fairchild a impediu com o braço. Seu olhar permanecia fixo em Jessica.

— *O que* você disse?

Um alarme soou na cabeça de Norah. Perigo — mas não para ela. A srta. Fairchild olhava *furiosa* para Jessica.

A garota já estava rígida de medo.

— Eu disse que... essa parte é... — Mas ela não conseguiu terminar a frase. Lágrimas surgiram em seus olhos.

— Que menina egoísta você é. Só faz as coisas se forem suas tarefas.

Isso era um grande equívoco, já que Jessica passava a maior parte do dia procurando tarefas para cair nas graças da srta. Fairchild, mas Norah já tinha aprendido que não fazia sentido discutir com a mulher. Sua fúria, quando surgia, era como um trem desgovernado — uma vez que começava, não tinha como pará-la.

A boca de Jessica tremia. Não era a primeira vez que Norah testemunhava outras crianças recebendo gritos e sendo punidas. Mas, quando isso acontecia, a criança normalmente detestava a mãe de acolhimento. Jessica amava a srta. Fairchild. Ela era leal de um jeito estúpido e desesperado. Era como assistir a um cachorro sendo espancado.

— Sinto muito. — Ela soluçava.

— E vai sentir *mesmo*.

A srta. Fairchild marchou em direção à pia. Voltou um instante depois, segurando um sabão novo. Norah assistiu horrorizada enquanto ela enfiava o sabão na boca de Jessica.

— É *assim* que tratamos gente respondona!

O sabão era tão grande que os olhos de Jessica saltaram enquanto seus lábios se escancaravam. Não parecia haver maneira possível de o sabão caber, mas a srta. Fairchild continuou empurrando até enfiar a barra inteira na boca de Jessica, tapando-a com a mão em seguida.

Os olhos de Jessica se arregalaram de pânico. Bolhas se formavam ao redor de seus lábios, vazando por entre os dedos da srta. Fairchild.

— Acho que... acho que ela está engasgando — Norah disse. Mas sua insegurança sobre a situação a manteve parada no lugar. Será que Jessica queria que ela interviesse? Ou isso pioraria as coisas?

A srta. Fairchild a ignorou.

Jessica engasgava. Lágrimas escorriam de seus olhos. Bolhas saíam de seu nariz. A srta. Fairchild mantinha a mão sobre a boca da garota, encarando seus olhos aterrorizados.

Finalmente, Norah não conseguiu mais suportar.

— Pare! — ela gritou, avançando e arrancando a mão da srta. Fairchild da boca de Jessica. No mesmo instante, o sabão caiu, deslizando pelo chão. Jessica correu para a pia e vomitou. Seu corpo se contorcia violentamente enquanto ela se agarrava à beirada da bancada.

Norah olhou para a srta. Fairchild, que apenas ficou parada, respirando fundo, como se estivesse se recuperando de um choque terrível.

— Guarde as roupas — ela disse por fim, e virou-se, saindo do cômodo.

Norah não sofreu retaliação por intervir — pelo menos naquele dia. Quando se tratava de vingança, a srta. Fairchild preferia ganhar a guerra a vencer uma batalha.

Depois de quatro meses, Scott voltou para a sua primeira visita desde a chegada de Norah a Wild Meadows. Ele exalava o cheiro do micro-ondas compartilhado de uma delegacia, e as manchas de suor em suas axilas iam quase até a cintura. Norah se viu incapaz de olhá-lo e, por isso, se concentrou na prancheta azul de plástico no colo dele. Ele tinha rabiscado o nome de Norah no topo, mas sem o H. Quando ela indicou isso, Scott não se deu ao trabalho de corrigir.

— Como estão as coisas, Norah? — ele perguntou.

A srta. Fairchild não estava na sala durante o encontro — essa era uma das regras. Scott, como os assistentes sociais antes dele, sempre dizia a Norah para falar tudo que quisesse e contar se algo em sua nova casa a deixava desconfortável. Seus dois assistentes sociais anteriores tinham dito a mesma coisa, palavra por palavra, levando Norah a deduzir que todos recitavam o mesmo folheto.

— Que coisas? — ela perguntou.

— Qualquer coisa. — Ele levantou os olhos da prancheta, já frustrado. — Todas as coisas.

— Eu não entendo o que você quer dizer.

Scott suspirou.

— Temos que fazer isso toda vez?

Norah suspirou também.

— Se você continuar me perguntando sobre coisas sem especificar que coisas são essas, então, sim, faremos.

— Você está se adaptando? — ele perguntou, falando lentamente, como se Norah fosse uma imbecil.

— Acho que sim — ela respondeu na mesma velocidade.

— Tudo bem na escola?

— Sim.

— Você tem alguma preocupação que eu possa ajudar a resolver?

Essa foi fácil. Norah estava segura de que Scott era incapaz de resolver qualquer preocupação que ela pudesse ter.

— Não.

— Certo, então. — Scott ticou alguns itens em seu formulário. — Vou anotar que está tudo indo bem por aqui.

— Eu não disse isso — Norah respondeu.

Mas Scott já estava a caminho da porta, como se estivesse com pressa. Por Norah, estava tudo bem. Exceto que, alguns segundos depois, ela o ouviu conversando com a srta. Fairchild no corredor:

— Eu tenho outra, se você estiver interessada. Da mesma idade dessas duas. Um caso de acolhimento temporário. A avó que cuidava da garota foi levada para o hospital.

— Acolhimento temporário?

— Curto prazo. Algumas semanas ou meses. A garota nunca esteve em uma casa de acolhimento e teve uma criação bastante estável, sem traumas, até onde sabemos, então ela não deve te dar problemas.

A srta. Fairchild ficou em silêncio por alguns segundos.

— Você queria uma criança traumatizada? — Scott perguntou com descrença.

— Claro que não. — Ela parecia irritada com a insinuação. — Apenas quero ajudar as crianças que mais precisam, só isso.

— Bem — disse Scott —, o dinheiro para acolhimento temporário é bastante bom. Mas posso repassar para outra pessoa se você não estiver interessada...

— Eu fico com ela — disse a srta. Fairchild. O dinheiro, é claro, compensava tudo.

Mas, quando Alicia chegou, alguns dias depois, Norah começou a se perguntar se a srta. Fairchild não queria *mesmo* uma criança traumatizada. Porque, dessa vez, não houve período de adaptação, sorriso insano ou declarações de que ela estaria a salvo em Wild Meadows. Em vez disso, parecia que a srta. Fairchild tinha odiado Alicia à primeira vista.

10

ALICIA

À meia-noite, Alicia estava desejando ter se levantado e ido embora da casa de Jessica na mesma hora que Norah. Estava exausta, emocionalmente cansada, consciente de que fariam a viagem de duas horas de Melbourne a Port Agatha na manhã seguinte. E, ainda assim, sua irmã não parava de falar. Jessica tinha preparado uma lista de perguntas possíveis, cada uma escrita com uma cor diferente, e fazia horas que estava andando para cima e para baixo, discutindo os "parâmetros" das coisas que deveriam dizer para "se protegerem".

— Mas se não contarmos tudo para a polícia — Alicia disse —, como eles vão descobrir de quem são os ossos?

Jessica levantou as mãos resignadamente.

— Não sei. Mas com a ficha criminal da Norah, não estou disposta a correr esse risco. E se nos tornarmos suspeitas? E se *ela* se tornar suspeita?

Jessica tinha razão em ser cautelosa. Alicia era grata por sua cautela, porque isso lhe permitia pensar em outras coisas, com a segurança de saber que Jessica não as deixaria fazer nada estúpido. Mas a questão permanecia, havia mais coisas a respeito de sua infância do que elas mesmas sabiam. Alicia não queria fazer nada que as colocasse em perigo, mas... e se essa fosse a única chance de descobrirem a verdade?

— Está mesmo pronta para voltar lá, Al? — Jessica perguntou.

— O que você acha? — Alicia respondeu. Em vinte e cinco anos, desde que deixara Port Agatha, Alicia não chegou perto do lugar. Mal conseguia pronunciar aquele nome em voz alta.

— Vou para a cama — Phil declarou, aparecendo na porta.

— Boa noite — Jessica disse, sem olhar para ele.

— Por que você não vai para a cama com seu marido, Jess? — Alicia sugeriu. — Vou encerrar a noite mesmo.

— Acho que deveríamos levar um advogado conosco — Jessica argumentou.

Alicia suspirou. Phil, que esperava à porta, esperançoso, se afastou.

— Jess, não — Alicia disse. — O que vão pensar se chegarmos com um advogado?

— Que somos inteligentes — Jessica respondeu. — Vai parecer inteligente.

— Ou que somos culpadas! Escuta, não fomos acusadas de nada. Estamos apenas ajudando. Ir com um advogado vai passar a impressão errada.

Jessica se conteve.

— Talvez você tenha razão.

Alicia ficou nervosa quando Jessica aceitou seu conselho. Afinal, Alicia não era conhecida por suas decisões sábias e bem pensadas. Era a pessoa que passava por cima da cautela, que assumia riscos, que agia primeiro e pensava nas consequências depois. Era algo fácil de fazer quando se tinha pouca consideração pela própria mortalidade. Mas Alicia estimava muito a mortalidade de suas irmãs, sem falar na boa saúde e felicidade delas.

— Vamos só improvisar — concluiu. — Não precisamos responder a nenhuma pergunta que não quisermos. Ao primeiro sinal de problemas, chamamos um advogado.

— Certo — Jessica disse. — Certo.

— Ótimo. — Alicia pendurou a bolsa no ombro e caminhou em direção à porta. — Então, você vai me buscar de manhã?

— Oito horas — Jessica respondeu.

Alicia tinha acabado de ligar o carro quando seu celular começou a tocar. Era um número desconhecido, o que, a julgar pela hora, significava que era trabalho.

— Alicia Connelly — ela falou ao atender.

— Você me deve dez dólares.

A voz parecia pertencer a uma criança. Não uma criança pequena; era um adolescente. Demorou um pouco para que identificasse quem era.

— É o Aaron — ele disse, percebendo a hesitação. — Filho adotivo da Trish.

Alicia se repreendeu. Sabia que, para as crianças com quem trabalhava, ser lembrado era significativo. Ao mesmo tempo, notou um tom de desdém, como se ela fosse uma idiota por não ter se dado conta, e isso ajudou a aliviar sua culpa.

— Eu sei quem você é, cara — ela afirmou, igualando seu tom ao de Aaron.

— Desculpe por ligar tão tarde — ele disse.

Ela começou a dirigir. Não era a primeira vez que recebia uma ligação não urgente de uma criança tarde da noite, mas era a primeira vez que alguém se desculpava por isso. Parecia haver algo nessas horas tardias que fazia as crianças pensarem nela. Alicia considerava isso um elogio.

— Tarde? Eu estava prestes a sair para dançar.

— Sério?

— Claro que não. — Ela riu.

Aaron não se juntou a Alicia, e ela quase podia vê-lo revirando os olhos.

— Está tudo bem? Como está o Theo?

— Ele está muito melhor. Passamos a noite aconchegados no sofá vendo filmes.

— É mesmo? — Alicia exclamou. Aquilo era muito melhor do que ela tinha ousado esperar; ficaria feliz apenas em saber que Theo saíra de debaixo da mesa.

Aaron resmungou.

— Não! Mas ele come desde que eu ponha a comida na minha mão. E me deixou colocá-lo na cama, embora não tenha tomado banho nem trocado de roupa, e tenho quase certeza de que ele sujou a calça.

Alicia sentiu seu ânimo melhorar consideravelmente, o que, dadas as circunstâncias, era inesperado.

— Você realmente colocou o Theo para dormir? — ela perguntou, não querendo ser pega duas vezes por acreditar em uma mentira.

— Alguém tinha que fazer isso. Claramente você e a Trish não estavam indo muito longe nessa tarefa. — Desta vez, ele não deixou uma pausa para resposta. — De qualquer forma, a razão pela qual liguei é que estive procurando informações sobre bolsas de estudo para a faculdade, e você mencionou que poderia saber de algum financiamento, certo?

— Com certeza, sei sim. Posso te enviar alguns links por e-mail, se quiser. — Alicia deu seta à direita e fez a curva. — Se achar algo interessante, eu ficaria feliz em ajudar a preencher o formulário de inscrição.

— É, talvez.

— Legal — Alicia disse. Deu a ele um minuto para ver se havia mais alguma coisa. Como ele não falou nada, ela perguntou: — Há mais alguma coisa que eu possa fazer por você?

— Não — ele respondeu. — É só isso.

— Ok. — Então, por impulso, ela disse: — Ei, Aaron... Você não precisa me contar se não quiser, mas eu queria saber... o que aconteceu com seus pais?

Não era uma pergunta que costumava fazer — em parte porque, se o caso fosse dela, ela já saberia, e, nas vezes que passava tempo com uma criança da qual não cuidava, tendia a evitar essa questão, pois em geral a resposta era pesada. Não tinha certeza do que a fez abrir a boca naquele instante. Aaron fez uma pausa, e ela ficou pensando que não deveria ter feito aquilo.

— Minha mãe nunca foi capaz de cuidar de mim — ele respondeu.

— Ela tem uma deficiência intelectual e algumas deficiências físicas também. Ninguém sabe quem é meu pai. Minha avó cuidou de mim até três anos atrás, quando ela foi para uma casa de repouso.

Alicia prendeu a respiração.

— Sua avó te criou?

Ele ficou em silêncio por um tempo.

— O nome dela era Doris. Nome bom para uma avó, não é?

— Ótimo nome para uma avó — Alicia concordou. Sentia-se triste e feliz ao mesmo tempo.

— Ela morreu há seis meses.

— Sinto muito por isso.

— É — ele disse. — Descanse em paz, Doris.

— Descanse em paz, Doris — Alicia respondeu.

Aaron desligou e Alicia encostou o carro. Sentia-se emotiva, o que não era surpreendente depois de um dia como aquele. O que a surpreendia era que o tipo específico de emoção que sentia naquele momento não era o tipo terrível. A breve interação com Aaron a fez se sentir... completa. Conectada.

Olhando pela janela, não ficou exatamente chocada quando percebeu que estava diante da casa de Meera. Isso acontecia de vez em quando. Alicia começava a ir para casa e, sem planejar ou decidir ir para lá, acabava estacionando o carro na frente da casa de Meera, como se fosse um reflexo muscular, como se seu corpo soubesse onde ela queria estar.

Meera era uma colega de trabalho de Alicia, uma advogada que trabalhava com crianças e adolescentes. "Uma das heroínas", Alicia sempre dizia. Alicia a achava atraente, é claro. Todo mundo achava Meera atraente. Sempre que ela aparecia no tribunal, todos ficavam hipnotizados por sua inteligência, paixão e dedicação ao trabalho — sem mencionar suas pernas longas, cabelo escuro e olhos castanhos e profundos.

As duas eram amigas. Se Alicia tivesse saído do carro e batido à porta, Meera ficaria feliz em vê-la. Sorriria e reviraria os olhos, dizendo "E aí, Anne Shirley?" (uma piada antiga sobre o cabelo ruivo de Alicia), e então a convidaria para entrar. Por um breve momento, Alicia considerou a possibilidade.

A luz da sala de estar estava acesa. Meera provavelmente estava no sofá, usando uma legging, o cabelo preso em um coque bagunçado, notebook no colo. Elas tinham passado muitas noites lado a lado naquele sofá, trabalhando ou apenas conversando.

Uma noite em particular se destacava nas memórias de Alicia. Aconteceu havia cerca de um ano. As duas conversavam a respeito de uma menina de seis anos chamada Kasey, cuja família de acolhimento tinha pedido a adoção, mas, na última hora, o pai biológico de Kasey aparecera, querendo a guarda. Não era um caso incomum e, ainda assim, enquanto ouvia Meera explicar os méritos de cada parte, Alicia se viu tomada pela emoção. Sempre soube que Meera era uma advogada atenciosa. Que não era do tipo que apenas fazia o mais fácil. Mas as medidas que Meera tomara naquele caso deixaram Alicia comovida. Fez com que ela se perguntasse como as coisas poderiam ter sido diferentes se alguém igual a Meera tivesse cuidado dela e de suas irmãs muitos anos atrás.

E então, durante o discurso de Meera, Alicia segurou o rosto da amiga e a beijou. Foi um beijo leve no começo, mas logo estavam encaixando os corpos, e a pasta com documentos meticulosamente ordenados escorregou do colo de Meera para o carpete. Alicia se surpreendeu com a reciprocidade dela. Tendo passado a vida adulta convivendo com parceiras disfuncionais, avessas ao compromisso e até mesmo abusivas, Alicia não sabia o que fazer com a atração recíproca. Então interrompeu o beijo, pediu desculpas por ter ultrapassado os limites. Desde então, não deixava Meera falar sobre aquela noite. Não havia motivo para conversar a respeito de um relacionamento. Nunca funcionaria a longo prazo. Como poderia?

Alicia voltou a dirigir, pegando o caminho bonito que havia ao longo do rio até sua casa. Não havia mais ninguém. Era uma noite calma — sem luar, fresca e perfeitamente silenciosa. Enquanto dirigia, Alicia sentiu o peso da vida recair sobre si. Isso acontecia às vezes. Estava bem, então, *de repente*, uma escuridão descia, trazendo consigo uma certeza de que a vida não valia a pena ser vivida. Que ela, *Alicia*, não era digna.

Seu olhar se desviou para o rio. Alicia imaginou-se fazendo uma curva repentina e acentuada. Seu carro se lançaria sobre a grama em direção à água. Haveria um pico de adrenalina, seguido pela calma lenta da carroceria submersa. Ela não tentaria sair. Apenas fecharia os olhos, deleitando-se na sensação intoxicante de que logo tudo acabaria.

Alicia voltou a olhar para a estrada, segurando o volante com firmeza usando as duas mãos. Ela não faria isso. *Não podia* fazer isso com as irmãs. Com qualquer outra pessoa, com *todo mundo*, sim. Mas não com suas irmãs. Elas já tinham passado por coisas demais.

11
ALICIA

ANTES

Sorria.

Era a voz da vovó que Alicia ouvia enquanto sacolejava no banco do passageiro do Volvo da assistente social. *Sorria, seja educada e faça o que te disserem pra fazer.* Era isso o que a vovó lhe diria para fazer, então, claro, era isso que ela faria. Alicia decidiu encarar aquilo como uma aventura. Quem sabe? Talvez acabasse sendo muito divertido.

— É só por um tempo — disse Sandi, batendo suas unhas rosa no volante. Seu cabelo loiro tinha permanente, e ela usava sombra azul-clara cintilante nos olhos. Para Alicia, Sandi lembrava Sarah Jessica Parker no filme *Dançando na TV.* — Antes que perceba, sua avó estará melhor e você voltará para casa.

Alicia acenou com a cabeça, valente, mas estava nervosa. A vovó tinha caído e se machucado. No hospital, as enfermeiras disseram que levaria semanas, ou até meses, para que a vovó se recuperasse o suficiente e voltasse para casa. *Meses!* Era difícil imaginar esperar meses para rever a vovó.

Quando Alicia a viu no hospital, ficou chocada com o estado dela. A vovó parecia tão... velha. Tão frágil. Deve ter sido a roupa e a cama de hospital. Alicia não estava acostumada a pensar na vovó como velha ou frágil. Ela era cheia de vida! Vendia rifas para o Rotary, fazia trabalho voluntário na biblioteca local e espantava pássaros de suas plantas balançando sua bengala. Tinha os cabelos desgrenhados, um andar pesado (ambos herdados por Alicia) e um juízo afiado. Mas, sem dúvida, a melhor coisa da vovó era a risada dela — estrondosa e vibrante, reverberava em qualquer sala, e até a pessoa mais sisuda acabava rindo junto. Uma vez, quando foi parada pela polícia, a vovó fez a policial rir tanto que ela acabou fazendo xixi nas calças. (Nem é preciso dizer que a vovó não foi multada.)

O pai de Alicia tinha morrido quando ela era muito pequena, e, depois que sua mãe teve um colapso, alguns anos mais tarde, a vovó não hesitou em pegar a neta para criar. Alicia sabia que suas circunstâncias — o fato de ser criada pela avó — eram diferentes das circunstâncias da maioria de seus colegas, mas, em sua opinião, as dela eram muito melhores. Ao contrário da maior parte dos pais, a vovó não estava interessada em obrigar Alicia a comer vegetais ou a obedecer a horários rígidos, e, se a menina não quisesse ir à escola, a vovó a incentivava a tirar o dia e ir jogar *mahjong*.

— Temos sorte de ter encontrado este lugar tão rapidamente — disse Sandi, enquanto viravam na entrada de uma pitoresca casa de fazenda. — Há duas outras meninas da sua idade morando aqui.

À medida que se aproximavam, Alicia notou a piscina enorme e decidiu ver as coisas pelo lado positivo. Sempre quis uma piscina. Na vida, o que importava era a atitude adotada, a vovó sempre dizia. Alicia ia encarar essa situação da melhor maneira possível.

Sandi estacionou em frente à casa. Na varanda, uma mulher loira e bonita acenava. Alicia acenou de volta. Ao lado da mulher estavam duas meninas: uma com lábios cheios e o arco do cupido proeminente, com cabelo preto brilhante e olhos castanhos intensos; a outra tinha pele morena e olhos azuis, além de ser alta e desengonçada.

— Você deve ser a Alicia — a mulher disse quando Alicia saiu do carro. — Eu sou a srta. Fairchild. Bem-vinda a Wild Meadows.

A srta. Fairchild a analisou de cima a baixo, como se estivesse avaliando-a. Alicia se endireitou.

— Obrigada — falou educadamente. — É bom estar aqui.

Houve um silêncio constrangedor enquanto Sandi pegava as malas de Alicia do porta-malas. Alicia esperava que a srta. Fairchild quebrasse o silêncio, talvez perguntando por quanto tempo ela tinha viajado ou informando os planos para a tarde. Mas a mulher não disse uma palavra.

Sandi colocou as malas no gramado, ao lado de Alicia. Trouxera três malas — uma com roupas, outra com livros e uma última com fotografias e lembranças de casa. Talvez fosse exagero, mas ela não sabia quanto tempo ficaria ali.

— Você trouxe muita coisa, hein? — a srta. Fairchild disse, com um tom de desaprovação na voz.

— Ah, eu provavelmente exagerei — Alicia respondeu, envergonhada. — A vovó sempre me disse para estar preparada para qualquer coisa.

— Que adorável da parte da vovó. — A srta. Fairchild deu um sorriso tenso. — Por que você não entra enquanto tenho uma conversinha com a Sandi? Jessica, Norah, ajudem Alicia com as coisas dela.

As meninas pegaram uma mala cada. Alicia ficou com a última e as seguiu para dentro.

— Obrigada — Alicia disse quando elas colocaram as malas na sala de estar.

— De nada — a mais alta declarou. A outra apenas deu de ombros. Depois disso, nenhuma das meninas falou mais nada. Não era exatamente a química instantânea que Alicia esperava, mas era provável que estivessem tão nervosas quanto ela, pensou. A vovó sempre dizia que a melhor maneira de quebrar a tensão era fazer uma piada, então, quando Alicia viu as bonecas russas na lareira, soube o que fazer.

— Odeio bonecas russas — disse. — Elas parecem legais no início, mas, quando você as conhece, percebe que são totalmente cheias de si.

Levantou as sobrancelhas para as meninas, que piscaram lentamente para ela. Era como se nunca tivessem ouvido uma piada antes. Por fim, vários segundos depois do que deveria, Norah riu. Foi tão súbito, tão abrupto, que Jessica e Alicia acabaram rindo junto.

— Cheias de si — disse. — Que engraçado.

— O que tem de engraçado?

Alicia não tinha notado a srta. Fairchild encostada no batente da porta, assistindo-as. Ela sorria, mas seu olhar era duro. Ao vê-la, Jessica e Norah imediatamente pararam de rir, deixando Alicia desconfortável.

— Ah — Alicia disse. — Nada. Só fiz uma piada.

— Que maravilha — a mulher declarou com frieza. — Não percebi que tínhamos uma comediante entre nós.

— Então é isso — Sandi disse, por trás da srta. Fairchild. — Ligo assim que tiver notícias sobre sua avó. Seja uma boa garota!

Antes que Alicia pudesse responder, Sandi estava indo para o carro. Seus instintos pediam para que ela corresse atrás da assistente social. Mas o que ela diria? "Tenho um mau pressentimento sobre essa mulher"? "Tem algo de estranho nela"? Sandi lhe diria que ela estava apenas nervosa. E talvez estivesse. Talvez, quando se estabelecesse, ela risse de como estava nervosa. E, em algumas semanas, contaria à vovó sobre tudo isso e sobre o tempo maravilhoso que passou em Wild Meadows.

Alicia *rezava* para que fosse assim. Rezava para que a vovó melhorasse logo, para que pudesse vir tirá-la dali.

Elas passaram a tarde limpando. Era estranho, pois, pelo que Alicia podia ver, o lugar já estava mais limpo do que a casa da vovó jamais esteve, e a vovó era extremamente orgulhosa da limpeza da casa. As outras meninas nem sequer reclamaram.

— Mostre a ela como se faz, Norah — disse a srta. Fairchild.

Alicia, na verdade, não era muito boa em limpar. Fazia tudo tão mal que Norah teve que refazer o trabalho depois.

— Desculpe — disse Alicia enquanto Norah olhava para a pia que a garota estava limpando com um pano havia vários minutos. — Não sou muito boa nisso. Minhas habilidades estão mais para fazer bagunça.

Norah franziu a testa.

— Você já limpou alguma coisa antes?

— Na verdade, não. A vovó é quem faz a limpeza em casa. Acho que sou bem mimada.

Norah refletiu por um momento.

— O que aconteceu com a sua avó? Ela morreu?

— Não, não — Alicia respondeu. — Ela sofreu uma queda, mas vai ficar bem. Está se recuperando no hospital. Quando eu voltar para casa, vou começar a limpar para ajudá-la. — Alicia decidiu na hora que era isso que faria. — Então, preciso que você me ensine como deixar os espelhos brilhando assim.

— Tudo bem. — Norah parecia, se não lisonjeada pelo pedido, pelo menos disposta a ajudar. Ela apontou para a borda da banheira. — Sente-se aqui. O truque é secar com jornal... e não usar muito produto. Olha só.

Alicia observou os braços longos e magros de Norah fazerem movimentos rápidos e precisos sobre o vidro. Quando Norah terminou, mostrou a Alicia como limpar o vaso sanitário, incluindo aqueles pontos de difícil acesso na parte de trás.

— Você é uma ninja da limpeza — Alicia disse, admirada. — Uma maga!

— Você deveria ver a Jessica — Norah comentou, antes de acrescentar: — A propósito, ela provavelmente vai reorganizar as suas coisas e rearrumar a sua cama se não ficar satisfeita com o resultado. Deixe-a fazer isso, é mais fácil.

— Entendido — disse Alicia, apreciando a informação.

— E, o que é estranho, Jessica marca território em relação à srta. Fairchild. Está com ela desde pequena e...

Como se fosse uma deixa, a srta. Fairchild apareceu na porta do banheiro.

— Meu Deus — disse ela ao ver Alicia sentada na borda da banheira. — Você já terminou, Alicia? Deve ser uma excelente faxineira.

Mas sua expressão dizia que ela não acreditava nisso.

Alicia se levantou, constrangida.

— Ela é — Norah disse. — E rápida! Ainda tenho que limpar a pia.

O olhar da srta. Fairchild se voltou para Norah. Claramente, ela não era tola e não gostava de ser tratada como tal.

— É mesmo?

— Sim — Norah respondeu, esfregando a pia. — Ela é uma ninja da limpeza. Uma maga!

— Comediante e maga? — a srta. Fairchild disse, com os olhos semicerrados. — Que sorte a nossa. Como ela é tão boa nisso, talvez amanhã a maga possa limpar todos os banheiros sozinha!

Ela encarou Alicia, que queria desaparecer sob o olhar da mulher. Depois do que pareceu uma eternidade, a srta. Fairchild saiu do banheiro e Alicia afundou novamente na borda da banheira.

— Obrigada — disse a Norah.

— Não me agradeça — Norah declarou. — Apenas aprenda rápido.

Alicia sabia, de alguma forma, que ela não estava falando apenas sobre a limpeza.

O jantar foi uma pequena porção de arroz e feijão que fez Alicia desejar a comida da vovó.

A vovó era uma cozinheira à moda antiga. Em casa, os dias de Alicia começavam com waffles ou rabanadas, ou talvez ovos mexidos com bacon e feijão. Os almoços eram sanduíches de presunto com salada e uma fruta, e o jantar era carne com três tipos de legumes, seguido por uma tigela de sorvete, gelatina ou pavê.

Alicia sempre foi boa de garfo. Era assim que vovó costumava dizer. *Minha Alicia é muito boa de garfo.* Como se fosse um talento dela. E realmente era. Alicia sempre traçava tudo no prato, incluindo os vegetais.

Em Wild Meadows, aparentemente, nem sequer havia vegetais.

— Posso pegar um pouco mais de arroz, por favor? — Alicia pediu naquela noite, depois de limpar o prato.

Jessica e Norah olharam para a srta. Fairchild. A expressão apreensiva delas deixou Alicia em alerta. O que ela tinha dito? De onde estava, podia ver sobras de arroz no fogão.

Alicia riu nervosamente.

— A vovó diz que tenho um grande apetite.

A srta. Fairchild se recostou na cadeira, sem pressa para terminar de mastigar. Depois de engolir, colocou os talheres no centro do prato.

— Parece que a vovó estava te alimentando em excesso. — Analisou Alicia com o olhar e deu um sorrisinho. — Não é culpa sua. As pessoas acabam superalimentando as crianças, criando pequenos glutões. É por isso que temos uma epidemia de obesidade infantil.

Jessica e Norah olharam para os pratos.

A srta. Fairchild se levantou para tirar a mesa e Alicia piscou para conter as lágrimas de surpresa e humilhação. A primeira coisa que a mulher fez, Alicia notou, foi despejar o arroz restante da panela no lixo.

No momento em que Alicia fechou a porta do banheiro, as lágrimas vieram torrencialmente. Foi um alívio enorme, depois de ter lutado contra elas desde o jantar. *Chore à vontade!*, a vovó sempre exclamava quando Alicia chorava, puxando-a para seu colo. *Você vai se sentir melhor depois.*

Mas após dez minutos chorando, Alicia não se sentia melhor. Era uma sensação assustadora ser desprezada por um adulto responsável por cuidar dela. Alicia estava acostumada a que as pessoas ficassem *encantadas* com ela. A vovó, obviamente. Todos os amigos da vovó. Seus professores na escola, os pais dos amigos. No seu mundo, as pessoas eram calorosas, amigáveis e gentis. Wild Meadows parecia um universo paralelo horrível.

Quando finalmente parou de chorar, voltou ao quarto, esperando encontrar as meninas sentadas na cama, lendo ou conversando. Em vez disso, o cômodo estava quieto. As camas ficavam encostadas na parede. Jessica e Norah estavam deitadas de lado, de frente para o centro do quarto. Pela luz fraca da luminária ao lado da cama de Norah, Alicia viu que estavam de olhos fechados.

Era tão estranho, tão abrupto.

— Vocês já vão dormir? — Alicia perguntou enquanto se sentava na cama.

— O que mais faríamos? — Jessica sussurrou. — E fale baixo!

— Não sei — Alicia respondeu, baixando a voz. — Ficar de bobeira. Conversar. Planejar o que vestir amanhã. Ler um livro.

Nenhuma resposta. Norah, Alicia notou, franzia a testa.

— Em casa — Alicia explicou —, a vovó me contava uma piada de ninar depois que eu me deitava. Toda noite uma piada diferente! Nunca entendi como ela tinha tantas até que encontrei um livro de piadas embaixo da cama dela. — Alicia sentiu uma nova onda de tristeza.

— O que é uma piada de ninar? — Norah perguntou.

— Xiu! — Jessica sibilou.

— O que alguém deve fazer se não conseguir dormir? — Alicia indagou.

Norah abriu a boca para responder.

— Não, não responde. É uma piada — Alicia explicou.

— Ah — Norah disse, mas ainda parecia confusa.

— Você se deita na beirada da cama, e logo vai cair.

Alicia esperou risos, mas as duas meninas permaneceram em silêncio. Então Norah disse baixinho:

— Entendi. Você quis dizer cair no sono, certo? É engraçado.

Jessica não disse nada. Talvez estivesse ocupada demais fazendo silêncio e olhando atentamente para a porta.

Não foi exatamente a resposta que Alicia esperava, mas ela suspeitava ser o melhor que poderia conseguir. Fechou os olhos, pronta para encerrar aquele dia horrível. Imaginou a vovó sentada na beirada da cama, repousando a mão repleta de veias saltadas no quadril de Alicia.

— Boa noite, vovó — ela sussurrou, sem se importar se Jessica ou Norah a ouviam. — Logo estarei em casa.

Alicia nunca disse uma mentira para a vovó. Esperava que essa não fosse a primeira.

12

ALICIA

ANTES

— É melhor se apressarem, meninas — avisou a srta. Fairchild —, ou vão se atrasar para a escola.

Elas estavam sentadas à mesa do café da manhã, que estava posta com tigelas e colheres. A srta. Fairchild se acomodou na cabeceira da mesa, já pronta para o dia, usando saia floral, blusa branca e batom rosa perolado. As unhas das mãos e dos pés estavam pintadas de pêssego, e seu cabelo estava ondulado, com exceção da franja, lisa e bem alinhada.

— Que horas começa a aula? — Alicia perguntou, comendo mais rápido, caso precisassem sair antes de ela terminar.

Passara a noite anterior tentando ignorar a barriga roncando. Quando finalmente adormeceu, sonhou que estava comendo um sundae do tamanho de uma bola de basquete.

— Oito e meia — respondeu a srta. Fairchild. — Mas é uma caminhada de quarenta e cinco minutos.

Alicia quase cuspiu o café da manhã. *Quarenta e cinco minutos!* O tempo lá fora já estava escaldante e ainda nem eram oito da manhã.

Em casa, se o clima estivesse um pouco quente ou frio demais, a vovó insistia em levá-la de carro para a escola, que ficava a cinco minutos a pé.

— O exercício vai te fazer bem, Alicia — disse a srta. Fairchild, com um tom incisivo.

As bochechas de Alicia arderam. Jessica e Norah não riram, o que foi gentil, mas o desconforto óbvio das duas foi quase tão ruim quanto isso.

Norah e Jessica andaram o mais devagar possível para acompanhá-la, mas Alicia estava fraca e tinha três bolhas nos pés quando chegaram à escola. Uma vozinha na cabeça de Alicia se perguntou se talvez, só talvez, a srta. Fairchild estivesse certa. Talvez a vovó realmente a *tivesse* mimado demais. Ela não limpava a casa, era levada para a escola e podia comer o que quisesse. Talvez ela realmente fosse... o que a srta. Fairchild tinha dito? Uma pequena glutona.

Na escola, Jessica levou Alicia à secretaria, onde ela preencheu alguns formulários. Em seguida, foi alocada em uma turma multisseriada com Jessica e Norah. No caminho para a escola, descobriu que havia dezoito meses de diferença de idade entre elas — Jessica era a mais velha, com treze anos; Alicia era a do meio, com doze anos e seis meses; e Norah, com onze, era a mais nova. A ordem inversa da altura das três, notou Norah.

Era interessante observar Norah e Jessica nesse ambiente. Alicia supôs que elas não fossem nem legais nem não legais. Norah era muito inteligente e extremamente explosiva — só naquela manhã, tinha sido expulsa da sala de aula duas vezes: uma por chamar Matt Trotman de babaca ("mas ele é") e outra por empurrar Anthony White Reynolds da cadeira (o que ela alegou ter sido um acidente, mas definitivamente não foi).

Jessica, embora não fosse tão inteligente quanto Norah, vivia com a mão levantada e tinha o oposto da turbulência de Norah; era a primeira a pegar os livros, a se oferecer para ser monitora da biblioteca ou a responder a uma pergunta. Alicia, que sempre foi uma aluna mediana e estava confortável com isso — provavelmente devido ao incentivo incessante da vovó —, de repente se sentia insegura. *Você é boa em alguma coisa?*, uma vozinha disse. *Não em limpar a casa. Não em esportes. Não nos estudos. Você não é a mais atraente, a mais talentosa ou a mais útil. Qual é, exatamente, o seu valor?*

No horário do almoço, Alicia estava morrendo de fome e completamente infeliz. Na área da cantina, a maioria das pessoas fazia grupinhos. Alicia olhou ao redor procurando Norah e Jessica, presumindo que elas fossem se sentar juntas, mas, quando viu que estavam separadas e sozinhas, nenhuma das duas sequer olhando para ela, Alicia saiu vagando para fora e se acomodou no primeiro degrau que encontrou. Infeliz como estava, precisava comer. Não tinha grandes expectativas para o seu almoço, que tinha sido preparado pela srta. Fairchild, mas, quando abriu a bolsa e encontrou dois biscoitos de arroz e uma maçã pequena e triste, sentiu vontade de chorar.

A única coisa que a mantinha firme era a certeza de que haveria uma mensagem da vovó esperando por ela quando chegasse em casa. Tinha que haver. A vovó estaria preocupadíssima com ela, desesperada para saber como ela estava. Quando Alicia contasse como era estar com a srta. Fairchild, vovó moveria mundos e fundos para tirá-la de lá. E então Alicia poderia deixar toda essa experiência em Wild Meadows para trás, como faria com um pesadelo.

Não havia mensagem da vovó. Além da decepção, Alicia sentiu-se humilhada, até um pouco irritada. Por que a vovó não tinha ligado?

Tinha que haver uma explicação razoável. Tinha que haver. Por mais que tentasse, porém, Alicia não conseguia entender. A vovó teria um telefone no quarto — e, mesmo que não tivesse, certamente poderia pedir a uma enfermeira para ligar, não? Ela estaria nervosa com o fato de Alicia ter sido colocada em um abrigo. Gostaria de saber que Alicia estava bem. Seu silêncio não fazia sentido.

— Seria possível eu ligar para o hospital? — Alicia enfim perguntou à srta. Fairchild. Ela tinha feito a lição de casa e terminado as tarefas e não conseguia mais aguardar, mesmo que a ideia de se aproximar da srta. Fairchild a fizesse querer vomitar.

A srta. Fairchild, que estava limpando a cornija da lareira, parecia irritada com a interrupção.

— Você ouviu o que sua assistente social disse — a mulher declarou com frieza. — Ela ligará quando houver notícias.

A srta. Fairchild voltou a limpar.

— Eu sei. É só que... pensei que ela já deveria ter ligado.

A srta. Fairchild parou de limpar e suspirou antes de se voltar de novo para Alicia.

— Sua avó está no hospital, Alicia — disse, articulando cada palavra com clareza. — Como ela vai melhorar se você não a deixar em paz? Não é fácil cuidar de uma criança. Deve ser ainda mais difícil, imagino, quando se é uma velha. Todo aquele trabalho de cozinhar, limpar, correr para lá e para cá. Pode culpá-la por querer desligar um pouco? Quem sabe — ela murmurou, virando-se outra vez para a prateleira — a *vovó* não esteja aproveitando suas pequenas férias longe de você?

Alicia sentiu como se tivesse levado um tapa.

— Não — ela disse, mesmo enquanto uma vozinha em sua cabeça dizia: *Ela está certa.* — Ela não está aproveitando. Deve estar preocupada comigo. Se perguntando como estou.

Mas Alicia começava a duvidar de tantas coisas. E se estivesse errada sobre a vovó?

— Se esse for o caso — disse a srta. Fairchild —, só consigo pensar em um motivo pelo qual ela ainda não entrou em contato.

Como uma tola, Alicia estava prestes a perguntar qual era. Então lhe ocorreu.

A srta. Fairchild se virou de volta para a prateleira, limpando com mais vigor agora. A barra de seu vestido florido balançava ritmicamente.

Mais uma vez, os olhos de Alicia se encheram de lágrimas.

Onde você está, vovó? Venha me buscar. Por favor.

■■■

Quando Alicia foi para a cama naquela noite, sentiu algo estalar debaixo de si.

— O que é isso? — Ela apalpou entre os lençóis e encontrou um pequeno pacote de biscoitos sabor churrasco.

Na penumbra, Alicia viu dois pares de olhos brilhando.

— Vocês deixaram isto aqui? — sussurrou.

Jessica deu de ombros.

— Você parecia estar precisando.

Alicia precisava mesmo. O jantar tinha sido sopa sem pão e sem *croûtons*. Em casa, aquilo seria uma entrada. Ela abriu o pacote de biscoitos e enfiou-os na boca aos poucos.

— Mas de onde eles vieram?

— Temos nossos métodos — Norah respondeu, se apoiando em um cotovelo.

— Obrigada — Alicia agradeceu com a boca cheia de farelos. — Isso significa muito para mim.

— Então, Alicia — Norah chamou. — Você conhece mais alguma piada?

Alicia engoliu.

— Só mais um milhão — ela respondeu antes de despejar o restante do pacote na boca.

— Conte uma — pediu Norah, ansiosa.

Alicia se recostou no travesseiro.

— Por que o advogado convocou as partes antes de dormir? — perguntou.

— Por quê? — as meninas perguntaram em uníssono. Até Jessica parecia animada, com os olhos fixos em Alicia.

— Para poder acordar!

Jessica revirou os olhos e soltou um risinho. Trinta segundos depois, Norah riu.

— Outra.

— Por que a freira era insone? — Alicia perguntou.

— Por quê?

— Porque ela não conseguia pregar os olhos.

— Mais!

Alicia continuou. A cada vez, o intervalo entre a piada e a risada de Norah diminuía. Ligeiramente. E, embora Jessica não risse em voz alta, abria um sorriso largo, agora mal olhando para a porta. Não era muito, mas, depois do dia que tivera, Alicia estava disposta a considerar isso uma vitória.

Outra semana passou sem que Alicia tivesse alguma notícia da vovó. A única coisa que a distraía da preocupação era a fome. Ela passava os dias obcecada com a próxima refeição e planejando o que comeria quando estivesse de volta na casa da vovó. Passava as noites tentando dormir apesar dos roncos de seu estômago.

Norah e Jessica às vezes lhe davam alguma coisa para comer — aparentemente estavam gerenciando um pequeno negócio de tarefas de casa que lhes rendia algum dinheiro e comida extra —, mas não era suficiente. As duas pareciam lidar com a fome muito melhor que ela. A voz interior de Alicia frequentemente a lembrava disso. Ela era a única com aquele problema. Alicia *era* uma glutona. Isso a destruiu depois de um tempo — a fome, o desprezo por si mesma. Ela se tornou irritada, chorona. Desesperada.

Uma noite, enquanto estava na cama sem conseguir dormir, a fome a dominou. Ela não conseguia relaxar, não conseguia pensar direito. Era a sensação mais próxima que Alicia já tinha sentido de estar possuída — num minuto estava na cama; no seguinte, estava de pé, descendo as escadas na escuridão.

Na cozinha, Alicia abriu todos os armários, todas as gavetas. Não estava raciocinando. Sabia que a srta. Fairchild não estocava esse tipo de comida — nenhum doce, ou batatinhas, ou biscoitos —, mas a esperança era uma coisa cruel. Alicia fantasiava encontrar um estoque esquecido de guloseimas escondidas. Como não encontrou nada, contentou-se com uma caixa de cereal de milho, enfiando grandes punhados na boca.

Finalmente, jogou a cabeça para trás e despejou o cereal direto na boca, tentando preencher o buraco faminto dentro de si.

Foi só quando a caixa estava vazia que ela considerou as consequências de suas ações.

A srta. Fairchild estava certa. Ela era uma *glutona*.

Alicia fez o possível para limpar a bagunça, depois subiu de volta ao quarto e se deitou. As meninas acordaram, mas ela ignorou as perguntas, envergonhada demais para contar o que tinha feito. Além disso, elas logo saberiam.

A srta. Fairchild já estava à mesa quando elas desceram na manhã seguinte, com o cabelo lavado, vestida e penteada, sem nenhum fio fora do lugar. Somente a expressão no rosto da mulher era suficiente para fazer Alicia querer vomitar. Norah e Jessica sentaram nos lugares de sempre, parecendo confusas. A caixa vazia de cereal estava na mesa.

— Parece que alguém teve um banquete noturno — a srta. Fairchild disse, com a voz suave.

Nunca na vida Alicia desejou tanto a vovó. Ela se sentou em seu lugar e baixou a cabeça.

— Desculpe.

— Você fez uma grande bagunça na despensa — continuou a srta. Fairchild. — O que você usou para comer, uma pá?

Alicia presumiu que fosse uma pergunta retórica, mas, como a menina não respondeu, a srta. Fairchild repetiu:

— Alicia? Perguntei com *o que* você comeu.

— Não usei nada — disse ela, com as mãos tremendo. — Eu só... despejei o cereal na minha boca.

— Repugnante — bradou a srta. Fairchild. — Você é repugnante.

A espera para saber o que aconteceria a seguir era agonizante. O cômodo estava mortalmente silencioso, além da respiração apavorada de Jessica. Norah parecia menos apavorada, mais resignada.

Por fim, a srta. Fairchild empurrou sua cadeira abruptamente e se dirigiu para a despensa, pegando uma lata de feijão.

— Bem — disse ela —, já que você não é fã de usar talheres, vou parar de fornecê-los. A louça também. E nem pense que vou deixar você sujar minha toalha de mesa.

A mulher arrancou a tampa da lata, agora agitada, com as veias azuladas de seu pescoço pulsando.

Alicia não entendia. A srta. Fairchild ia fazê-la comer feijão direto da lata? Ainda estava tentando entender quando a srta. Fairchild virou a lata e derramou os feijões por todo o piso polido da cozinha.

Alicia soltou um arquejo. Jessica também. Norah fechou os olhos.

— Vá em frente — disse a srta. Fairchild, com a boca se contorcendo em um sorriso perverso. — Tenho certeza de que você está com fome. Não deixe a comida ir para o lixo!

— Você quer que eu coma do chão? — Alicia gaguejou, começando a chorar por causa do choque e da humilhação.

— Por que não? Você parece preferir comer como um animal. — A srta. Fairchild puxou Alicia da cadeira e a forçou a se ajoelhar. — Então, coma.

Quando Alicia abaixou a cabeça, chorava tanto que achava que pudesse vomitar.

Você merece, a vozinha sussurrou para ela. *Você é repugnante.*

Ela sorveu um pouco de feijão do chão.

— E não deixe sobrar nada — a srta. Fairchild disse, pairando sobre ela. — Já desperdiçamos comida suficiente hoje!

13

JESSICA

Phil estava dormindo. Saíra do banheiro aproximadamente dezessete segundos antes e, logo em seguida, estava encolhido de lado, roncando.

Jessica não entendia como ele conseguia. A rotina dela era muito específica e precisava ser seguida à risca caso quisesse dormir. Certificar-se de que a casa estava limpa e arrumada, tirar o lixo, verificar todas as portas e janelas para garantir que estavam trancadas. Depois disso, tomava um banho e vestia o pijama, escovava os dentes, tomava seus comprimidos de Lexapro e melatonina, aplicava séruns e hidratantes. Então, colocava o celular para carregar, pedia à Alexa para tocar ruído branco e se deitava para ler o capítulo de um livro antes de apagar a luz e encarar a escuridão por horas até que seu corpo finalmente cedesse.

Naquela noite, ao se ajeitar entre os lençóis, suspeitava que fosse demorar um tempo para relaxar. Cenas perturbadoras da infância rondavam sua mente — piscinas e porões, festas de aniversário e cavalos. E medo, claro. Muito, muito medo. Era um erro ir a Port Agatha — Jessica sentia isso no seu corpo todo, corria em suas veias. Não eram apenas as memórias que a visita traria à tona; era mais do que isso. Afinal, a polícia não estava apenas procurando informações. Eles encontraram *ossos humanos*. Se determinassem que a causa da morte era suspeita, começariam a procurar por um assassino... e elas tinham sido crianças acolhidas. Tecnicamente, já eram adultas, mas nunca deixariam de ser crianças acolhidas. Se as pessoas começassem a apontar dedos, Jessica sabia para quem seria.

Ela se virou na cama, desejando que Phil acordasse. Jessica entendia a ironia. Passava a maior parte das horas acordada ignorando Phil — ocupada demais com o trabalho e as irmãs para estar presente —, mas, no momento em que ele adormecia (instantaneamente), ela ficava desesperada por sua atenção. Jessica sabia que poderia acordá-lo. Phil não se importaria. Ele a ouviria explicar tudo e depois diria: "Vai ficar tudo bem, Jess. A polícia vai acreditar em vocês. Quer que eu vá a Port Agatha?".

Mas ela não iria acordá-lo. Mesmo depois de todos esses anos, desejar o amor e a atenção de alguém que não podia lhe dar era muito mais confortável do que realmente recebê-lo.

Ela o observou dormindo. Tão fofo. As pessoas costumavam se referir a Phil como "fofo". Ele era pequeno e atlético, com olhos castanhos que pareciam sinceros e um sorriso caloroso. Os dois eram praticamente bebês quando se conheceram — trabalhavam em um restaurante italiano sofisticado em Melbourne. Jessica era a *maître*; Phil era garçom. Ela fazia um trabalho excepcional. Se sua infância tinha lhe ensinado alguma coisa, era como agradar às pessoas. Ela sabia como se adaptar ao humor delas, como encantar e cativar, como fazer as coisas parecerem fáceis quando eram extremamente difíceis.

Phil também era bom no que fazia. Além de suas tarefas diárias, ele fazia coisas para tornar o dia de Jessica mais fácil, como levar um copo de água gelada na recepção em uma noite movimentada ou ficar por perto nas poucas ocasiões em que os clientes ficavam agressivos. Era bom saber que alguém estava do seu lado.

— É o meu trabalho — ele dizia sempre que ela lhe agradecia.

Mas uma noite, quando eles ficaram após o expediente para tomar alguns drinques, ele fez uma confissão.

— É o meu trabalho — disse ele, olhando para sua cerveja pela metade. — Mas, admito, sou mais diligente quando você está no turno.

— Por quê? — Jessica perguntou. Ela não estava atrás de elogios. Naquela época, a ideia de alguém fazer alguma coisa gentil especificamente para ela não era algo com que estava acostumada.

— Porque eu gosto de você.

Ele disse isso como se fosse óbvio — como se ela fosse uma idiota por não ter percebido. E assim começaram a namorar. Jessica nunca pensou em se perguntar se também gostava dele. Não parecia relevante. Ser amada tinha sido o objetivo de sua vida. Retribuir o amor de alguém, porém... Isso era só para se exibir.

Ela rolou em direção à mesa de cabeceira. Pegou seu celular e viu duas novas notificações de mensagens de voz. Isso ia contra as regras de sua rotina de sono, claro. Era algo muito estimulante. De acordo com um artigo que tinha lido, cada minuto passado na cama encarando uma tela atrasava o sono em seis minutos. Mas naquela noite não pôde se controlar. Não ia conseguir dormir mesmo.

Então ouviu a primeira mensagem. Phil não se mexeu nem um pouco.

— Jessica, aqui é Debbie Montgomery-Squires.

Assim que ouviu isso, o desconfortável confronto com Debbie sobre os comprimidos veio à tona como um soco no estômago. Ela percebeu que tudo havia ocorrido ainda naquela tarde. Parecia que tinha sido em outra vida.

Ela olhou para Phil; ele não se mexeu.

— Procurei por toda parte e não consegui encontrar meu remédio. Até movi as prateleiras para verificar se o frasco não tinha caído atrás delas. Estou *convicta* de que estavam no armário quando você começou a organização. Estava começando a achar que estava enlouquecendo até que uma das meninas mencionou que um primo também deu por falta de uns remédios depois que te contratou.

O estômago de Jessica revirou.

— Estávamos planejando ir direto para a polícia, mas pensei em te fazer a gentileza de falar com você primeiro. Se puder me ligar assim que possível, eu agradeceria.

Merda, pensou Jessica. *Merda, merda, merda.*

O pânico se parece muito *com empolgação*, lembrou-se, pensando no podcast de Mel Robbins. *Estou animada porque Debbie Montgomery-Squires quer que eu ligue para ela e explique o que aconteceu com o remédio dela. Estou feliz porque a prima de alguém também notou a ausência de comprimidos no armário de medicamentos.*

Não. A dica de Mel Robbins era uma porcaria.

O que ela ia fazer agora?

Pensou em acordar Phil. "E daí?", ele diria. "Você pegou um pouco de diazepam! Não deveriam ter deixado isso à vista."

Não importava que Jessica estivesse errada — não para Phil. A lealdade dele era cega. Uma vez, quando eram recém-casados, Jessica bateu o carro em um automóvel estacionado. Naquela época, não tinham muito dinheiro, e ela estava furiosa consigo mesma pelo erro estúpido.

— Que tipo de idiota deixa o carro estacionado na rua? — Phil disse quando ela lhe contou.

Ela riu até não poder mais. Esse era o ponto. Mas, em algum momento, parou de rir. Não apenas com Phil. Acabou parando de rir de vez.

Tudo de que Jessica precisava, ironicamente, era um diazepam para ajudá-la a pensar. Seu médico havia prescrito benzodiazepínicos havia três anos, depois de ela ter tido o que mais tarde descobriu ser seu primeiro ataque de pânico. Estava ajudando uma cliente a organizar o sótão da falecida mãe quando aconteceu.

Começou com uma náusea aguda e esmagadora. Em poucos minutos, Jessica estava sem fôlego, com a palma das mãos úmidas e a boca seca. Sentia dor no peito: uma pontada penetrante que achava poder ser um ataque cardíaco. Ela disse à cliente — a sra. Souz — para não chamar uma ambulância; Jessica nunca gostou de muita agitação. E, simples assim, quando a sra. Souz foi buscar um copo d'água e perguntou se ela poderia estar grávida, Jessica já estava se sentindo melhor.

Ela presumiu que fosse um evento isolado, um "episódio curioso". Mas então, três semanas depois, aconteceu novamente.

— Ataques de pânico são muito comuns — o dr. Sullivan lhe disse quando ela finalmente marcou uma consulta. — Mas podem ser bastante assustadores quando você não sabe o que são. Eles passarão por conta própria, se você não fizer nada. Porém, se isso está impactando seu trabalho, pode considerar tomar medicação.

— Não quero remédios — Jessica disse. — Tenho um negócio para administrar. Não posso ficar atordoada.

— As pessoas reagem de maneiras diferentes, mas muitas acham que a medicação só tira a intensidade dos acontecimentos — o dr. Sullivan explicou. — De qualquer forma, acho que você deve pegar a receita, Jessica. Alguns pacientes pensam que o simples fato de carregar o frasco com eles os faz se sentir mais seguros. Saber que a medicação está lá se precisarem é o suficiente.

Sendo a seguidora de regras que era, Jessica pegou a receita. E, na próxima vez que teve um ataque de pânico — no carro, a caminho de um cliente —, ela parou e tomou um comprimido. O efeito não foi instantâneo. Quando a medicação funcionou, vinte minutos depois, Jessica já tinha quase se recuperado. Ainda assim, ela sentiu. Era como uma manta de paz. Seus pensamentos desaceleraram, seu peito relaxou. Era um maldito milagre. E estava disponível sempre que ela precisasse.

As coisas continuaram assim por um tempo. De vez em quando, ela tinha um ataque de pânico, tomava um comprimido e depois seu dia seguia maravilhoso. Após um período, começou a tomar os comprimidos de modo preventivo antes de um dia agitado, só por precaução. Os comprimidos também eram excelentes para ajudar a dormir, ela descobriu. Quando tomava, dormia como uma pedra. Começou a ansiar pela sensação que tinha quando o comprimido deslizava pela garganta. O conhecimento de que a calma estava chegando. Não havia meditação, ioga ou tempo escrevendo em um diário que lhe trouxesse a mesma sensação de paz.

Os comprimidos acabavam surpreendentemente rápido, e, na velocidade com que Jessica os consumia, o médico relutava em prescrever mais. Mas uma das grandes vantagens de ser uma organizadora de ambientes era ter acesso ao armário de medicamentos alheio. Jessica só pegava alguns aqui e ali. Afinal, ela tinha uma reputação a zelar. Nos últimos tempos, porém, tornara-se um pouco mais imprudente — daí a confusão daquele dia na casa de Debbie.

Jessica se sentou. Pelo amor de Deus... se havia um momento para tomar um comprimido, era este. O dia seguinte seria comprido e difícil, e ela precisava de uma boa noite de sono se quisesse estar bem. Pela manhã, ligaria para Debbie e acertaria as coisas. Ficaria tudo bem. Tudo sempre parecia mais luminoso depois de uma boa noite de sono.

Ela abriu a gaveta da mesa de cabeceira e pegou um frasco emergencial de comprimidos que tinha colocado lá para momentos como aquele. Esses eram pesados. Extrafortes. No rótulo, havia o nome EMILY MAKIV. Uma mulher legal. Jessica tinha organizado sua despensa no ano passado.

Jessica colocou dois comprimidos na mão e pegou a garrafa d'água. *O sono está chegando*, ela disse para si mesma enquanto se deitava novamente. *O sono logo vai chegar.*

O CONSULTÓRIO DE PSIQUIATRIA DO DR. WARREN

Minha próxima sessão com o dr. Warren começa de maneira muito parecida com as duas anteriores — com ele apontando para a cadeira vazia e, em seguida, me fazendo esperar vários minutos sem motivo aparente antes de parecer se lembrar de que estou ali. Desta vez, não fico em silêncio até ele me mandar falar. Ultimamente, estou um pouco carente de pessoas dispostas a me ouvir. E, quando ninguém está disposto a te ouvir, a ideia de um fórum aberto começa a parecer bastante atraente.

— Onde eu estava? — digo.

O olhar do dr. Warren já está de volta ao prontuário.

— As senhoras da igreja foram à sua casa para ajudar com a situação financeira de vocês.

Poderia ter ficado lisonjeada por ele lembrar se não tivesse visto as palavras "Senhoras da igreja / problemas financeiros" escritas no bloco de notas à sua frente, datadas da nossa última sessão.

— Isso mesmo… Bem, na semana seguinte à visita das senhoras da igreja, elas voltaram com o contador da paróquia, um homem chamado John Wagner. Ele estava lá para ajudar minha mãe a revisar as contas e entender nossa situação financeira. John era um homem grande e alto que usava camisa e calça social, algo incomum para onde vivíamos. Ele me lembrava um professor rígido. — Franzi a testa ao me lembrar dele. — John falava de maneira muito formal com minha mãe. Nem sequer olhava para mim. Ele e minha mãe passaram o dia todo na sala de jantar, revisando caixas cheias de contas e olhando extratos e pagamentos de anos anteriores.

"A cada duas horas, John gritava: 'Podem trazer um café aqui?'; 'Podem trazer um chá aqui?'; 'Podem trazer um sanduíche aqui?'.

"Eu me lembro de ter ficado surpresa. Nunca tinha feito chá ou café ou almoço para meus pais antes. Ainda assim, se John estava auxiliando minha mãe, eu estava feliz em ajudar, mesmo quando ele não agradecia pelos meus esforços.

"Depois que John se foi, minha mãe estava mais animada do que o habitual. Esquentou uma sopa para o nosso jantar e, enquanto comíamos, me disse que estava esperançosa de que, com a orientação de John, conseguisse se organizar financeiramente. Eu a abracei quando ela disse isso, o que é algo notável. Minha mãe ficou tão surpresa que quase se esqueceu de retribuir o abraço.

"'John agiu de modo um pouco esquisito', eu disse para minha mãe quando retomei meu lugar. 'Ele nem olhou para mim.'

"'Sério?', minha mãe perguntou, franzindo a testa. 'Não percebi. Achei que ele foi agradável.'

"'Ah, ele *é* agradável', respondi sem demora. 'Nos ajudando com as finanças por bondade? Ele não precisa olhar para mim. Sempre serei grata.'

"Mamãe parecia aliviada. 'Bem… está certo. Você pode levar um pouco dessa gratidão para a igreja amanhã.'

"Eu pisquei. 'Igreja?'

"'É o mínimo que podemos fazer depois do que fizeram por nós.'

"'Tudo bem. Desde que não se torne um hábito', respondi com um gemido contido.

"Mas se *tornou* uma coisa regular. Semana após semana, íamos à igreja todos os domingos e ouvíamos o pastor falar sobre ser um bom cristão. Sentávamos em um banco com as mulheres que vieram à nossa casa, e depois nos posicionávamos na frente enquanto os membros da congregação conversavam. John, que tocava órgão durante a missa, se juntava a nós, e ele e minha mãe ficavam conversando até muito depois que todos os outros tinham ido embora. No começo, fiquei feliz em ver isso, esperançosa de que sua influência fosse manter minha mãe no caminho da competência financeira. Mas, na quarta semana, quando outra vez me vi esperando minha mãe terminar uma conversa com John, comecei a me irritar.

"'Mãe!', reclamei, puxando seu braço. 'Você está conversando há séculos. Vamos!'

"'*Não fale* com sua mãe assim', John disse, de modo tão áspero que minha mãe e eu nos assustamos. Foi, eu percebi, a primeira vez que ele reconheceu minha existência, e a raiva em seus olhos parecia incongruente com a minha infração. Eu era apenas uma criança.

"'Não fique parada aí, boquiaberta', ele disse. 'Peça desculpas à sua mãe.'

"Olhei para minha mãe, que parecia tão surpresa quanto eu. Mas, depois de um momento, ela assentiu.

"Eu nunca me senti tão traída.

"'Sinto muito', respondi cabisbaixa.

"Depois disso, fiquei quieta enquanto John dizia para minha mãe que ela tinha me deixado tirar vantagem da morte do meu pai. Com a minha idade, ele disse, eu deveria estar trabalhando pelo menos tanto quanto ela na casa, além de tratá-la com respeito o tempo todo. Minha mãe ouviu sem contradizê-lo.

"'Dá para acreditar naquele cara?', eu disse, quando nós duas estávamos indo para casa. 'Me mandando pedir desculpas? Quem ele pensa que é, o meu pai?'

"Minha mãe fez uma careta. 'Ele é muito rígido', ela cedeu.

"'E depois dizendo que me aproveitei da morte do pai! Que eu precisava fazer mais coisas da casa!'

"'John não tem filhos, então acho que as expectativas dele são um pouco irreais', minha mãe admitiu. 'Mas eu não poderia dizer isso depois de tudo o que ele fez por nós. Melhor ser educada. Além disso, ele está certo… você poderia estar fazendo um pouco mais pela casa.'

"'Eu não gosto dele', respondi, emburrada. 'Por que precisamos ir à igreja, afinal?'

"'Porque a igreja nos deu dinheiro…'

"'Então agora somos propriedade deles?'

"'Não. Mas precisamos ser respeitosos.'

"'Com John?'

"'Sim. Com John.'"

O dr. Warren escuta avidamente enquanto falo, endireitando-se na cadeira a cada vez que menciono minha relação com minha mãe. Eu me pergunto o que há nela que o interessa tanto.

— E isso te deixou com raiva? — ele pergunta. — O fato de ela ter ficado do lado dele desse jeito?

— Acho que sim.

— Deve ter sido solitário — o dr. Warren diz. — Perder seu pai e depois, de certa forma, perder sua mãe.

— Sim. — As lágrimas que brotam dos meus olhos nascem apenas da surpresa. — Foi, sim.

Um longo silêncio se segue. Não tenho certeza do que está acontecendo, mas sinto que o dr. Warren está satisfeito comigo. E, mesmo sendo uma mulher adulta, devo admitir que há algo em agradar às pessoas que ainda me faz sentir bem.

— Receio que nosso tempo tenha acabado — ele avisa, um segundo antes da batida à porta. Ele fecha o prontuário no colo e abre a pasta de couro marrom aos seus pés, que contém um organizador de arquivos em ordem alfabética. Uma bolsa com um sistema de arquivamento. Ele folheia as divisórias até chegar em F, de Fairchild.

— Até a próxima — ele diz enquanto guarda meu prontuário.

14

NORAH

Do banco traseiro do Audi de Jessica, Norah esticou o braço entre as irmãs e pegou o aromatizador de papelão com cheiro de baunilha que pendia do espelho retrovisor.

— Ei! — disse Jessica.

— Essas coisas são cheias de produtos químicos — Norah comentou, jogando o papelão pela janela do carro em movimento. — Li em algum lugar que podem causar câncer.

Norah não tinha lido nada daquilo, mas parecia que estava arranhando seu cérebro com aquele cheiro no carro, e ela não conseguiria suportar a viagem até Port Agatha assim.

— Eu não precisaria de um desses se você não insistisse em sempre trazer seus cachorros no meu carro! — Jessica murmurou. — Onde vou deixá-los mesmo?

Norah tinha sido um pouco dissimulada ao colocá-los no carro, dizendo a Jessica que precisava apenas "deixar os cães em um lugar" e logo mudando de assunto. Esperava que Jessica esquecesse que eles estavam ali, mas os cães não estavam se comportando. Calçola já tinha babado no estofado de couro, e Sofá tinha soltado pelos por todo o lugar, exceto nos cobertores que Norah trouxera. Converse, que descansava a cabeça no painel, estava relativamente quieto, mas isso só porque tinha descoberto o saco de petiscos caros na bolsa de Jessica e devorado tudo, o que significava que em breve ele soltaria gases terríveis.

— Hotel para cachorros? — Alicia sugeriu, já que Norah não respondeu.

— Nem pensar — disse Norah. — Essas coisas custam um rim!

— É a Jessica que vai pagar — Alicia avisou, e Jessica assentiu entusiasticamente. Jessica *adorava* pagar as coisas. "É só dinheiro", ela dizia com uma expressão sonhadora, como se fosse uma professora de meditação. "Não levamos nada disso para o túmulo."

Quanto a Norah, ela estava mais do que feliz em aceitar o dinheiro de Jessica. Na verdade, nos últimos tempos, sempre que queria roupas novas ela simplesmente enviava links para Jessica e, alguns dias depois, as caixas com as peças desejadas chegavam à sua porta. Era como um serviço de entregas, exceto que não cobravam no cartão dela.

Alicia, no entanto, se recusava a aceitar o dinheiro de Jessica. Uma vez, fazia pouco tempo, quando Norah estava pegando no pé dela por causa disso, Alicia dissera que agia assim porque era muito orgulhosa.

— Orgulhosa de quê? — Norah gritou. — De ser pobre?

Às vezes, Norah não entendia Alicia de jeito nenhum.

— Norah — Jessica disse com firmeza. — Me diga onde deixar esses cachorros, ou juro que vou largá-los na beira da estrada.

— Jess — Alicia declarou em um tom conciliatório —, com certeza podemos deixá-los…

— Não. Eles não podem ir até Port Agatha. Não no meu carro novo.

— Eles estão nos cobertores — Norah disse. — E já babaram no estofado.

Parecia que a cabeça de Jessica ia explodir. Felizmente, seu celular escolheu aquele momento para tocar.

— Tudo bem! — ela disse. — Mas nunca mais. Estou falando sério, Norah.

Alicia fez sinal positivo com os polegares, e Norah se acomodou

15

JESSICA

ANTES

Era sexta-feira à noite, e elas estavam de pijama no sofá. A srta. Fairchild tinha ido a uma reunião comunitária na cidade, deixando-as sozinhas em casa (obviamente, ela era econômica demais para contratar uma babá). Antes de sair, dissera: "Se alguém bater à porta, digam que estou lá em cima, na cama, com dor de cabeça". Alicia estava nervosa com a perspectiva de ter que mentir, mas Jessica a tranquilizou, dizendo que, em toda a sua vida, ninguém nunca bateu à porta de maneira inesperada quando a srta. Fairchild não estava em casa.

Mas agora alguém estava batendo à porta. Elas se entreolharam horrorizadas.

— Você disse que isso nunca acontecia! — Alicia gritou.

— Eu disse que nunca tinha acontecido — Jessica respondeu.

— O que fazemos?

— Como é que eu vou saber?

— Devemos atender?

As perguntas não paravam de vir. Jessica não tinha respostas. Alicia e Norah também não. Jessica estava prestes a sugerir que apagassem as luzes e se escondessem quando Norah começou a ir em direção à porta.

— Não! — Jessica e Alicia sussurraram, correndo atrás dela. — Norah! Espere!

Mas ela foi rápida demais. Quando conseguiram alcançá-la, já estava ao lado da porta. Ao abri-la, as irmãs se pressionaram contra a parede, fora da vista do visitante.

— Sim? — O tom de Norah era altivo e expectante.

Alicia abafou uma risada.

— Pacote para Holly Fairchild.

Norah estendeu a mão para pegar o pacote.

— Obrigada.

— Preciso que alguém assine.

— Claro. — Norah se encostou no batente da porta. — Onde?

Sua confiança era impressionante, Jessica teve que admitir. Enquanto os ombros de Alicia sacudiam com a risada contida, Jessica se viu lutando para segurar o riso.

— Desculpe, querida, você precisa ter mais de dezoito anos. — Uma pausa. — Holly está em casa?

— Eu sou a Holly — Norah disse, a imagem da placidez.

Alicia escorregou pela parede, mordendo o punho para não rir.

— Não, não é.

— Como você sabe?

— Porque eu já cruzei com a Holly várias vezes no correio.

Jessica e Alicia se entreolharam, com os olhos arregalados e preocupados.

Norah se recuperou rapidamente.

— Claro! Quase não te reconheci. Bom te ver de novo, Logan.

A paciência do rapaz tinha se esgotado.

— Escuta, garotinha, eu sei que você não é a Holly. Você está usando um pijama da Polly Pocket. — Logan parecia cansado. — E a Holly é… diferente.

— Eu não queria comentar, mas *você* está usando um uniforme verde-escuro. E, francamente, você *também* parece diferente. Como sei que você é mesmo o Logan? — Jessica agora tremia de rir enquanto Alicia limpava as lágrimas. — Só me dê meu pacote, Logan, se esse é mesmo o seu nome.

Logan claramente já estava cansado, porque o que se seguiu foi Norah fechando a porta, pacote em mãos.

— Logan era um imbecil — ela disse, e as três começaram a gargalhar até a barriga doer, um riso que durou pelo resto da noite.

16

ALICIA

— Estou pensando seriamente em deixar vocês duas e os cães aqui e voltar para Melbourne — Jessica disse, descontente. — Não entendo como pode ser tão fedido. Meus olhos estão lacrimejando.

Elas tiveram que parar e ficar na vala ao lado da rodovia enquanto esperavam o cheiro sair do carro de Jessica. A completa incapacidade de Jessica de ver o lado engraçado da situação fez Alicia e Norah rirem sem parar.

— Foi *você* que comprou os petiscos! — Norah disse, enxugando as lágrimas de tanto rir dos olhos.

— Eu não sabia que eles iam comer o pacote inteiro!

— Eu sabia muitas piadas sobre peidos — comentou Alicia —, mas parei de contá-las porque todo mundo dizia que aquilo não cheirava bem.

Ela e Norah choraram de tanto rir, e Norah quase acabou caindo. Jessica revirou os olhos, tentando desesperadamente reprimir um sorriso. Alicia adorava quando conseguiam fazer Jessica rir. Era um prazer raro. Havia algo nessa interação que fortalecia Alicia. Quando finalmente voltaram para a estrada, deixaram as quatro janelas abertas, e novamente no banco, pronta para aproveitar a viagem enquanto deixavam a cidade para trás.

— Jessica Lovat, Love Your Home — Jessica disse.

— Oi, Jess, sou eu. — Norah reconheceu a voz que ressoava pelo alto-falante. Era Sonja, a gerente da empresa de Jessica. — Desculpe incomodar durante o fim de semana.

Norah bufou. Como se Jessica não trabalhasse o dia inteiro todos os dias. Assim como Sonja, aparentemente, já que era sábado de manhã. Pode confiar na Jessica para encontrar uma funcionária tão dedicada.

— Oi, Son. E aí?

— É rapidinho: recebi uma ligação de uma cliente... Debbie Montgomery-Squires. Você organizou o banheiro dela ontem, é isso?

Jessica fechou a cara.

— É sobre alguns comprimidos desaparecidos? Eu reorganizei os armários dela. As coisas foram trocadas de lugar.

Norah reparou na expressão de Jessica pelo espelho retrovisor. Havia algo estranho nela, pensou.

— Eu sei — Sonja disse —, eu expliquei isso. Só queria entrar em contato porque estou um pouco preocupada com ela. Ela é do tipo litigioso. Daquelas que resolvem as coisas em programas de TV sensacionalistas.

Jessica tensionou a mandíbula.

— Estou saindo da cidade para resolver um pequeno problema familiar, mas vou ligar para ela agora, certo? Será que ofereço uma limpeza de guarda-roupa gratuita?

— Posso sugerir consultar um advogado primeiro? — Sonja contrapôs. — Para verificar se isso pode ser visto como uma admissão de culpa?

— Boa ideia — respondeu Jessica. — Ainda bem que tenho você. — E encerrou a chamada. — Nunca trabalhe com pessoas ricas nem com animais — disse para as irmãs.

— Isso é um pouco rude — Norah afirmou — para os animais.

— Sobre o que era a ligação? — Alicia perguntou.

Jessica deu de ombros.

— Nada com que eu não tenha lidado antes. — Suas bochechas estavam coradas.

— Comprimidos, hein? — Norah disse. — Eu me lembro de quando as pessoas roubavam joias.

— Eu não roubei nada!

— Eu sei, eu sei — Norah disse. — Só estou dizendo: se você realmente quiser roubar, vá atrás de dinheiro. Os cofres sempre ficam atrás de quadros nessas mansões. Pelo menos, é assim nos filmes.

Norah parou de falar ao ouvir uma notificação do seu celular. Olhando para a tela, percebeu que era Kevin.

Adorei aquela foto.

Norah revirou os olhos. *Claro* que ele adorou. Quem não adoraria? Enquanto isso, ela tinha uma lista de serviços variados ainda por fazer. Ele enviou outra mensagem.

Que tal mais uma?

Que audácia, pensou Norah. Por causa de um nariz quebrado? Ele deveria se considerar sortudo por não ter acabado com as pernas quebradas.

— Quem está te mandando mensagem? — Jessica quis saber.

— O cara com quem saí ontem à noite.

— Uhh — Jessica disse. — O encontro deve ter sido bom, já que ele está te mandando mensagens, hein?

Alicia se virou para Norah.

— Mostre uma foto.

Norah buscou a foto de perfil dele e entregou o celular para Alicia.

— É ele? — Ela soou horrorizada. — Ele parece um esquilo.

—Uma marmota — Norah corrigiu.— E essa foto é a melhorzinha.

Alicia fez uma careta.

— Eca.

— Eu não esperaria que você se interessasse por alguém como ele — Norah disse na defensiva, pegando o celular de volta. — Já que você é lésbica e tudo mais.

— Ela é bissexual — Jessica corrigiu, animando-se. Adorava falar sobre o fato de que Alicia era bissexual. Achava emocionante. Norah também achava emocionante, para ser sincera. Esperava ansiosamente a chegada de uma cunhada, talvez uma com um cachorro, mas até agora Alicia tinha sido uma lésbica-barra-bissexual muito decepcionante. Nem sequer tivera uma namorada.

— Ela é zerossexual — disse Norah.

— Pelo amor de Deus — Alicia murmurou.

— Você *é* — Norah declarou. — Quando foi a última vez que transou?

— Alicia tem um estilo de apego evitativo — explicou Jessica. — Ela afasta as pessoas antes que se aproximem demais.

— Certo, Brené Brown — Alicia disse. — Estávamos falando sobre o encontro *da Norah*.

— Evitativa clássica — Jessica afirmou, lançando um sorrisinho por cima do ombro.

— Vocês estão falando safadezas? — Alicia perguntou, olhando por cima do ombro.

— Eu tive que fazer isso — Norah explicou. — Quebrei o nariz dele, então precisava fazer algo para impedi-lo de dar queixa.

A respiração aguda que se seguiu fez Norah se perguntar se Jessica estava passando mal.

— Relaxa — Norah disse. — Enviei uma foto dos meus peitos. Ele não vai fazer nada agora. Meus peitos são magníficos.

— Isso é verdade — Alicia disse.

Jessica ainda estava ofegante.

— Norah, você não pode agredir mais ninguém, entendeu? Você pode ir parar na *cadeia*!

Norah revirou os olhos.

— Estou falando sério. — Jessica olhou para ela pelo espelho. — Estou preocupada com você. Acho que deveria tentar voltar a meditar. Aquela aula que você fez em Sandringham realmente ajudou por um tempo.

Norah nunca fizera aula em Sandringham. Apenas dissera isso a Jessica para que a irmã parasse de tocar no assunto — uma tática que saiu pela culatra, já que Jessica agora se referia à aula de tempos em tempos, pedindo dicas de meditação ou sugerindo que voltassem a praticar juntas. Francamente, Norah achava que sua irmã precisava da aula mais do que ela.

— Pode ser.

— Acho bom. Porque a próxima pessoa que agredir pode não ficar feliz em deixar o assunto de lado por conta de uma foto dos seus peitos.

Norah pensou que Jessica subestimava demais o poder dos seios dela, mas deixou passar.

Por alguns segundos, mergulharam em um silêncio glorioso. Então Jessica ficou tensa. Virou-se ligeiramente em direção a Alicia, as narinas tremendo. Os movimentos de Alicia imitavam os de Jessica.

— O quê? — Norah perguntou, enquanto ambas começaram a engasgar, apertando botões descontroladamente, tentando abrir as janelas. — O que foi?

E então o cheiro a atingiu.

Uau, pensou Norah. Aqueles petiscos de cachorro caros eram potentes.

15

JESSICA

ANTES

Era sexta-feira à noite, e elas estavam de pijama no sofá. A srta. Fairchild tinha ido a uma reunião comunitária na cidade, deixando-as sozinhas em casa (obviamente, ela era econômica demais para contratar uma babá). Antes de sair, dissera: "Se alguém bater à porta, digam que estou lá em cima, na cama, com dor de cabeça". Alicia estava nervosa com a perspectiva de ter que mentir, mas Jessica a tranquilizou, dizendo que, em toda a sua vida, ninguém nunca bateu à porta de maneira inesperada quando a srta. Fairchild não estava em casa.

Mas agora alguém estava batendo à porta. Elas se entreolharam horrorizadas.

— Você disse que isso nunca acontecia! — Alicia gritou.

— Eu disse que nunca tinha acontecido — Jessica respondeu.

— O que fazemos?

— Como é que eu vou saber?

— Devemos atender?

As perguntas não paravam de vir. Jessica não tinha respostas. Alicia e Norah também não. Jessica estava prestes a sugerir que apagassem as luzes e se escondessem quando Norah começou a ir em direção à porta.

— Não! — Jessica e Alicia sussurraram, correndo atrás dela. — Norah! Espere!

Mas ela foi rápida demais. Quando conseguiram alcançá-la, já estava ao lado da porta. Ao abri-la, as irmãs se pressionaram contra a parede, fora da vista do visitante.

— Sim? — O tom de Norah era altivo e expectante.

Alicia abafou uma risada.

— Pacote para Holly Fairchild.

Norah estendeu a mão para pegar o pacote.

— Obrigada.

— Preciso que alguém assine.

— Claro. — Norah se encostou no batente da porta. — Onde?

Sua confiança era impressionante, Jessica teve que admitir. Enquanto os ombros de Alicia sacudiam com a risada contida, Jessica se viu lutando para segurar o riso.

— Desculpe, querida, você precisa ter mais de dezoito anos. — Uma pausa. — Holly está em casa?

— Eu sou a Holly — Norah disse, a imagem da placidez.

Alicia escorregou pela parede, mordendo o punho para não rir.

— Não, não é.

— Como você sabe?

— Porque eu já cruzei com a Holly várias vezes no correio.

Jessica e Alicia se entreolharam, com os olhos arregalados e preocupados.

Norah se recuperou rapidamente.

— Claro! Quase não te reconheci. Bom te ver de novo, Logan.

A paciência do rapaz tinha se esgotado.

— Escuta, garotinha, eu sei que você não é a Holly. Você está usando um pijama da Polly Pocket. — Logan parecia cansado. — E a Holly é… diferente.

— Eu não queria comentar, mas *você* está usando um uniforme a sensação era de que as coisas não estavam tão ruins quanto alguns minutos antes.

Quando estavam a cerca de vinte minutos de Port Agatha, Alicia decidiu fazer algumas ligações de trabalho. Apesar de ser fim de semana, ela não pôde evitar checar como Theo estava.

— Trish! — disse Alicia quando a mulher atendeu o telefone. Fechou a janela do carro para ouvir melhor. — Que bom que consegui falar com você. Como está o Theo?

— Melhor, graças ao Aaron — Trish respondeu. — Theo está encantado. Não sai de perto dele. Aaron nunca admitiria, mas acho que o sentimento é mútuo.

— Sim, eu percebi isso — Alicia disse. — Escuta, consegui uma consulta de emergência com um psicólogo pediátrico incrível para o Theo. Vou te enviar as informações por mensagem. A propósito, parece que os pais do Theo vão abrir mão dos direitos parentais, o que significa que ele será colocado para adoção. — Alicia fez uma pausa. — Imagino que você não...

A resposta de Trish foi rápida.

— Alicia, você sabe que eu adoraria, mas estou muito velha para adotar bebês agora. Além disso, com certeza haverá uma fila de pessoas querendo adotá-lo.

Alicia sabia o que ela queria dizer. Não faltariam interessados em adotar uma criança de dois anos, branca, fofa e sem deficiências conhecidas. Ainda assim, não parecia certo levar para outro lugar uma criança traumatizada que estava começando a se acomodar sem ao menos fazer a pergunta.

Ela ouviu o som de crianças gritando ao fundo.

— É ele?

— Sim. Atormentando o Aaron.

Alicia sorriu.

— Me ajude a lembrar: quem é o assistente social do Aaron?

— Louise? Algo assim. Tenho anotado em algum lugar. Por quê?

— Só curiosidade. — Alicia não conhecia nenhuma Louise, mas

fez uma anotação mental para ir atrás dela. Com frequência fazia isso quando interagia com uma criança pela qual não era oficialmente responsável. Na experiência dela, quanto mais pessoas se preocupassem com uma criança, melhor.

— Sei que você vai encontrar um bom lar para o Theo, Alicia — Trish disse de repente. — As crianças sob seus cuidados sempre ficam bem.

— Obrigada, Trish — Alicia conseguiu dizer, mesmo com um nó na garganta.

Mas, depois que desligou, se perguntou se Trish tinha razão em confiar tanto nela. Claro, ela tentaria encontrar um lar maravilhoso para Theo. Mas como ela realmente poderia saber? Que certeza podiam ter de que um lar de acolhimento era bom? Era uma pergunta que a atormentava, dia após dia. Afinal, de fora, Wild Meadows parecia um lugar muito bom.

Alicia jogou o celular na bolsa.

— Imagino que você não consideraria adotar uma criança de dois anos? — ela perguntou para Jessica.

— Já te disse, não tenho capacidade. Tenho um negócio para administrar.

— Muitos pais que trabalham criam filhos adotivos — Alicia respondeu.

— Que bom — Jessica disse. — Então adote você.

— Eu moro em um apartamento alugado de um quarto!

— Então compre uma casa — Norah disse, do banco de trás. — A Jessica paga.

— Pago, sim — Jessica disse animadamente.

— A Jessica *não* vai comprar uma casa para mim — Alicia retrucou, irritada.

Ela só gostaria que suas razões para não adotar fossem tão simples quanto a questão de acomodação. Como Alicia poderia receber uma criança em sua vida quando ela mesma não conseguia ter um relacionamento adequado com um adulto? Não poderia arriscar. Os riscos eram altos.

— Esta é a saída! — Norah gritou, apontando para a placa de Port Agatha. — Jess, aqui! Vire à esquerda. Aqui.

Era como se Jessica não tivesse ouvido. Suas mãos agarravam o volante, seus olhos estavam fixos à frente.

Alicia colocou a mão no antebraço dela.

— Jess.

— Eu sei. Só... me dê um segundo.

— Você consegue — Alicia disse a ela. — Norah e eu estamos aqui.

— Certo. — Jessica exalou. — Tudo bem.

A curva foi tão tardia e tão brusca que os cães escorregaram pelo banco de trás, batendo na porta oposta antes de caírem amontoados no assoalho.

— Desculpe — Jessica falou a Norah, olhando ansiosa pelo espelho, como se estivesse se preparando para a ira da irmã. Alicia também se preparou para isso. Mas, para sua surpresa, Norah inclinou-se para a frente, colocando a mão no braço de Jessica onde o de Alicia estivera um momento antes.

— Você conseguiu — ela disse, com uma seriedade incomum. — Estou orgulhosa de você.

Port Agatha era uma pequena comunidade rural a duas horas de Melbourne, composta de sítios e um pequeno centro. De acordo com o último censo, tinha uma população de 3.285 pessoas. Na estrada para a cidade, passaram pelo prédio dos bombeiros, um par de quadras de tênis, uma área de churrasco e um parquinho em ruínas. Finalmente, chegaram à delegacia local.

— Eu me lembro deste lugar — Norah disse.

A delegacia não mudara nada desde a última vez em que estiveram em Port Agatha, mas os edifícios ao redor, sim. Naquela época, o prédio baixo de telhado plano dos anos 1970 tinha um estacionamento de concreto de um lado e um campo do outro. Agora estava encaixado entre uma cafeteria e uma daquelas lojas de produtos variados que existem em toda cidade do interior — o tipo que vendia desde cadeiras de jardim até materiais de construção e livros de romance. Mais adiante na rua, havia um salão de beleza, um restaurante que vendia peixe com batatas fritas, uma banca de jornal e um sebo. Bem em frente à delegacia ficava um pub antigo, mas elegante.

Quando pararam no estacionamento de cascalho, houve uma pausa enquanto cada uma olhava para a rua. Até os cães pareciam repentinamente pensativos. Nenhuma delas estava disposta a ser a primeira a sair do carro, até que Alicia quebrou o silêncio com um suspiro audível.

— Certo — ela disse. — Vamos.

Enquanto se dirigiam para a delegacia, Norah segurando os cães, o celular de Alicia apitou, anunciando uma mensagem de voz de Meera. Receber uma mensagem de Meera ali em Port Agatha parecia estranho, como uma colisão bizarra de mundos — um casamento e um funeral, um nascimento e uma morte. O polegar de Alicia pairou sobre a mensagem por um segundo antes de ela guardar o aparelho na bolsa. Mesmo que, sem dúvida, fossem sobre trabalho, as mensagens de Meera precisavam ser saboreadas. Apreciadas. Não ouvidas apressadamente enquanto Alicia se aproximava de seu pior pesadelo.

Três detetives — dois homens e uma mulher — as cumprimentaram na entrada da delegacia, que cheirava a curry e cigarros.

— Agradecemos muito por terem vindo aqui hoje — disse a detetive. — Sou Ashleigh Patel, falei com vocês por telefone. Este é o detetive Hando e este é o detetive Tucker.

Eles as cumprimentaram com acenos de cabeça. Hando tinha cerca de quarenta anos, cabelo claro e barba por fazer. Tucker parecia estar na casa dos cinquenta e tinha um bigode grisalho. A detetive Patel era a mais jovem e a mais impressionante, com salto alto e um rabo de cavalo impecável, o que indicava que a equipe não era ali de Port Agatha.

— Gostei do seu bigode — Norah disse para Tucker.

Norah sempre teve uma fixação por bigodes, desde que eram crianças. Ela tinha dito que lera em algum lugar que homens com bigode eram mais confiáveis — mas uma vez, depois de alguns drinques, admitiu que simplesmente achava bigodes sexy. Alicia esperava que ela não pedisse para tocá-lo.

— Obrigado — Tucker disse, após uma breve pausa confusa. — Minha esposa odeia. — Desviou o olhar por um momento, como se estivesse pensando na esposa.

— Enfim — Patel continuou —, somos do departamento de homicídios de Melbourne, mas montamos um escritório aqui para essa investigação.

— Homicídios? — Jessica perguntou. — Então vocês acham que a pessoa foi... assassinada?

— Achamos que é possível — Patel respondeu. — É para isto que estamos aqui: para descobrir.

Houve um breve silêncio enquanto todos assimilavam isso. Jessica foi a primeira a se recompor.

— Bem — ela disse —, esperamos que não leve muito tempo. Todos temos responsabilidades em Melbourne para as quais precisamos voltar.

— Entendemos — Patel declarou. — E posso garantir que faremos nossas perguntas o mais rápido possível. — Calçola pulou no terno preto de Patel. — Opa. Olá.

— Esses cães são seus? — Hando perguntou, ajoelhando-se ao lado de Converse e coçando seu queixo. — São adoráveis. Infelizmente, não podemos permitir cachorros nas salas de interrogatório.

— São cães de serviço — Norah respondeu, sem hesitar. — Então eles têm que ficar conosco.

Patel olhou para os cães com ceticismo.

— *Eles* são cães de serviço?

— Sim — Norah disse serenamente.

Uma das coisas que Alicia sempre admirou em Norah era o fato de ela ser uma mentirosa dedicada. Não confundir com uma *boa* mentirosa; o talento de Norah era a capacidade de inventar uma mentira no calor do momento e se manter fiel a ela contra toda lógica e razão.

— Para...?

A pausa foi insignificante.

— Síndrome do intestino irritável.

Os detetives se entreolharam. Hando, ainda acariciando o queixo do cachorro, fez um som de desdém.

— Vocês têm cães de serviço para síndrome do intestino irritável?

— Claro.

— E precisam de três?

— Um cachorro para cada uma — Norah respondeu. — E sugiro que abram a janela nas salas de interrogatório.

Jessica começou a tossir de repente. Alicia deu tapinhas nas costas dela. Patel olhou para seus colegas, que pareciam tão perplexos quanto ela.

— E todas vocês têm um diagnóstico, suponho?

Norah assentiu.

— Podem ligar para nossos médicos, se quiserem. — Ela fez menção de pegar o celular, o que, Alicia teve que admitir, foi um toque de mestre.

— Não será necessário — Patel disse. — Vocês e seus, hum, cães de serviço poderiam nos acompanhar?

Patel os levou para uma pequena sala com uma mesa de madeira, onde havia um vaso de figueira-lira e uma janela com vista para o estacionamento. Sofá imediatamente entrou e urinou na planta.

— Jessica — Patel disse —, você ficará aqui comigo. O detetive Hando ficará com Norah e…

— Vocês vão nos separar? — Jessica a interrompeu. Ela parecia completamente apavorada.

Norah, igualmente estressada, se inclinou para acariciar a barriga de Calçola.

— Precisamos entrevistar vocês separadamente, sim — Patel respondeu.

Alicia esperava por isso, mas a perspectiva de ser separada das irmãs — em Port Agatha — também lhe causava ansiedade. Era quase como se o tempo tivesse voltado vinte e cinco anos. Todas eram jovens meninas, implorando para que acreditassem nelas. Só que, agora, já não eram crianças. Agora, exigiriam ser ouvidas.

— Certo. — Jessica bateu palmas e deu um sorriso reluzente para as irmãs. — Vamos lá, então.

O detetive Tucker cruzou as pernas, expondo as meias esportivas brancas pelas quais já tinha se desculpado. Aparentemente, se esquecera de levar meias pretas. Ele não parecia um detetive. Alicia olhava para ele e se lembrava de um tio gentil, com seu cabelo grisalho desalinhado e pele envelhecida.

— Vamos começar do começo, Alicia. Como você acabou em Wild Meadows?

Alicia havia concordado que a entrevista fosse gravada, e já tinham passado por toda a parte oficial — confirmando a data, o local e o nome dos presentes.

— Eu era um caso de acolhimento temporário — disse Alicia disse. — Minha avó caiu e foi levada para o hospital, então não havia ninguém para cuidar de mim.

— Um caso de acolhimento temporário? — Tucker perguntou. — Então você não ficou na casa por muito tempo?

— Não era para eu ter ficado. Mas foi o que aconteceu.

Tucker olhou nervosamente para Calçola, cuja cabeça enorme repousava em um dos seus pés.

— E por que isso aconteceu?

— Minha avó... — Alicia respondeu com a voz trêmula. — Ela... Ela não saiu do hospital.

— Meus sentimentos.

Parecia tão ridículo receber condolências. Isso aconteceu quando ela era uma garotinha, e agora ela estava na casa dos trinta. Deveria ter superado isso havia muito tempo. Deveria ter superado tudo o que aconteceu em Wild Meadows.

— Pode me falar sobre seu relacionamento com a srta. Fairchild? — Tucker perguntou, após um respeitoso silêncio.

— Não tivemos um relacionamento.

— *Hã?* — Tucker indagou, erguendo as sobrancelhas grossas. — Como assim?

— É impossível se relacionar com um monstro.

Tucker mostrou preocupação. Alicia cruzou os braços, uma tentativa improvisada de defesa.

— Desculpe, Alicia, mas vou precisar que você me conte sobre isso.

Ela assentiu, pois sabia que isso aconteceria. Mas só quando Calçola se deitou aos seus pés é que conseguiu abrir a boca e começar a falar.

17

ALICIA

ANTES

— Acho que hoje é meu aniversário — Norah disse. As três estavam na cama, olhando para o teto. Alicia tinha contado todas as piadas que conhecia, inclusive as ruins. Norah riu de cada uma delas sem discriminação. Estavam ali, deitadas, esperando o sono chegar, quando Norah fez o anúncio.

Alicia se apoiou no cotovelo.

— Você *acha*?

— É no dia 16 ou no dia 18, não me lembro qual.

— Você *não sabe* quando é o seu aniversário?

Norah não estava prestando atenção.

— Hoje é dia 18. De qualquer forma, eu devo ter feito doze anos.

Norah parecia feliz com isso, mas Alicia estava horrorizada.

— Você não pode perguntar para a srta. Fairchild? Ou para a sua assistente social?

— Provavelmente. Mas não faz muita diferença, faz?

Alicia estava prestes a dizer que sim, fazia diferença, porque aniversários eram especiais. Então ela percebeu que os aniversários talvez não fossem tão especiais para Norah.

— Você já comemorou seu aniversário alguma vez? — perguntou ela, gentilmente. — Fez uma festa ou algo assim?

Norah pensou por um minuto.

— Tem uma foto minha na casa da mamãe com balões ao fundo. Acho que foi uma festa. Mas não sei se era o meu aniversário ou de outra pessoa.

— *Você* sabe quando é o seu aniversário? — Alicia perguntou a Jessica.

Ela concordou com a cabeça.

— Dia 12 de maio. Eu tive uma festa no primeiro ano em que vim para Wild Meadows, quando completei cinco anos.

Alicia sentiu um aperto no coração.

— Essa foi a única festa de aniversário que você já teve?

Jessica assentiu outra vez, claramente não querendo se aprofundar no assunto.

Alicia tinha quase certeza de que tivera uma festa a cada ano de sua vida. Certamente em todos os anos desde que se lembrava. Não eram festas grandes. Em um ano, ela teve permissão para escolher um amigo e ir ao cinema, e depois comer no McDonald's. Em outro ano, recebeu dois amigos na casa da amiga da vovó, Judy, para nadar na piscina do quintal. Mas sempre havia bolo e bexigas, e cantavam parabéns.

— O que há de tão bom nas festas, afinal? — quis saber Jessica.

— Bem — Alicia respondeu —, a comida. Salgadinhos, doces e enroladinhos de salsicha. Refrigerantes. Bolo! — Sua barriga roncou só de pensar nisso. — E presentes. Todo mundo que vem traz um pra você.

Norah se virou para ela.

— O que se faz na festa?

— Às vezes, há brincadeiras, como passar o anel, ou um animador… um palhaço, talvez — Alicia disse, gostando das expressões encantadas delas. — Mas, quando se é mais velha, como nós… Não sei… As pessoas passam o tempo juntas. Conversam. Ouvem música. Dançam.

— Isso parece divertido — Norah disse. — Eu gosto de dançar.

Jessica fez uma careta.

— Quando foi que você dançou?

— Eu danço — Norah disse, na defensiva. — Se eu ouço música no rádio ou no supermercado ou algo assim. Eu com certeza dançaria numa festa.

— Tá bom. — Jessica levantou as mãos em rendição. — Você dança.

Todas ficaram caladas. O silêncio parecia um pouco melancólico.

— Por que não dançamos agora? — Alicia sugeriu de repente. — Podemos fazer um baile para o aniversário da Norah.

Jessica riu.

— Ah, claro. Como se a srta. Fairchild não fosse pirar.

— Ela não piraria — Alicia disse — se fosse um baile *silencioso*.

Jessica e Norah pareceram não acreditar.

— Vamos, estraga-prazeres. — Alicia se levantou, cruzou o cômodo e fingiu colocar uma fita cassete para tocar, sentindo-se animada e um pouco boba. — Norah, qual é a sua música favorita?

— "Kung Fu Fighting" — ela respondeu, sem hesitar.

— Boa escolha — Alicia comentou. — Vou colocar. Pronto, está tocando. Agora... dance.

Alicia fechou os olhos e começou a balançar os quadris, os ombros, as mãos. Antes que percebesse, estava dançando enlouquecidamente pelo quarto. Havia uma certa sensação de alívio naquilo depois da tensão das últimas semanas. Era maravilhoso. Alicia se perdeu na dança.

Quando abriu os olhos alguns minutos depois para ver como estavam as outras, Jessica e Norah também dançavam. Norah estava em cima da penteadeira, fingindo tocar guitarra e levantando as pernas bem alto. As duas meninas sorriam.

E, para sua surpresa, Alicia percebeu que também sorria.

— Alicia? Pode vir aqui um minuto, por favor?

No dia seguinte, a srta. Fairchild a chamou assim que ela entrou pela porta depois da escola. Era sua voz educada, o que talvez a devesse ter alertado sobre a presença de visitantes. Normalmente, quando chegavam em casa, a srta. Fairchild as ignorava ou as mandava fazer tarefas.

Assim que Alicia viu a assistente social na sala, deu um gritinho.

— Sandi! Você está aqui! Vou voltar para casa? Fiquei preocupada por não ter notícias suas. Achei que você fosse ligar em alguns dias. O que aconteceu?

Enquanto falava, sua alegria se transformou em irritação e depois em lágrimas. Ela não sabia que as emoções podiam mudar tão rapidamente.

— Vou deixar vocês a sós — disse a srta. Fairchild, levantando-se. Ela estava particularmente bem-arrumada naquele dia, usando um vestido de linho e *pérolas*, e tinha feito cachos nos cabelos. Obviamente, sabia que Sandi estava a caminho.

— Qual o problema? — Alicia perguntou quando ficou a sós com Sandi.

Sandi se levantou. Ela usava a mesma sombra de olhos azul com rímel espesso da última vez. Suas unhas estavam pintadas de laranja, e ela exalava um enjoativo perfume floral.

Ela segurou a mão de Alicia.

— Sua avó não podia ligar, querida. Ela estava muito doente por conta da pneumonia.

Alicia piscou.

— A vovó está com *pneumonia*?

— Estava. — Sandi agora segurava as duas mãos de Alicia e a observava em desespero. Lágrimas encheram seus olhos. — Ela ficou doente no hospital. Sinto muito, querida. Sua avó faleceu esta manhã.

Alicia puxou as mãos para longe.

Sandi a abraçou.

— Shh… Ah, está tudo bem, querida. Eu sei. Eu sei. Shh…

Sandi não precisava acalmá-la; Alicia não estava chorando. Ela apenas olhava fixamente, sem piscar, por sobre o ombro da assistente social.

— A vovó está… morta?

— Sinto muito, querida.

Sandi a abraçou mais forte. Alicia apenas ficou ali. Era como se alguém tivesse diminuído a luz. Tudo ficou escuro. Seus membros ficaram pesados e frios, e ela sentiu um formigamento, como se estivesse sendo envolvida por estática.

Por fim, Alicia afastou Sandi.

— Por que ninguém me disse que ela estava com pneumonia?

— Pensei que você *soubesse*. — Sandi olhou para a porta por onde a srta. Fairchild tinha saído.

— Eu não pude me despedir dela — Alicia afirmou, sem emoção. E, então, quase imediatamente: — O que vai acontecer comigo?

Sua avó acabou de morrer e você já está pensando em si mesma!, a vozinha disse. *Você é uma garota egoísta. Você não a merece.*

— Expliquei a situação para a srta. Fairchild. Obviamente, seu caso era de acolhimento temporário, mas nas atuais circunstâncias ela está disposta a mantê-la aqui por tempo indeterminado.

Alicia sentiu uma tristeza ainda maior tomar conta de si.

— Eu sei que isso é angustiante. E é muita coisa para absorver.

Alicia balançou a cabeça.

— Eu não posso ficar aqui.

Sandi piscou os cílios grossos.

— Ah. Bem, podemos procurar outro lugar para você…

— Não quero outro lugar para morar. Eu quero a vovó.

O rosto de Sandi mostrou empatia.

— Ah, eu sei, querida. Shh… Está tudo bem. Eu sei. Venha cá.

Sandi abriu os braços e, dessa vez, Alicia se entregou a eles. Apesar do que ela dizia, não estava tudo bem. Com a vovó morta, nada ficaria bem novamente.

Alicia passou a tarde na cama, e chorou tanto que a cabeça doía e a garganta estava arranhando. Jessica sentou na beirada do colchão, com a mão repousando no braço de Alicia. Norah estava no pé da cama, com as pernas longas esticadas, quase tocando o nariz de Alicia. Nenhuma delas parecia saber o que dizer ou fazer.

— Você vai ficar em Wild Meadows? — perguntou Jessica.

Alicia não achava que ainda tivesse lágrimas, mas, ao ouvir isso, sua visão ficou turva novamente.

— Eu disse à Sandi que não queria ficar. Ela respondeu que procuraria outro lugar. Mas *não quero* outro lugar. — Ela soltou um soluço. — Eu quero a *vovó*. Ela era tudo o que eu tinha. Agora, não tenho nada.

Norah e Jessica deixaram que ela chorasse um pouco. Alicia presumiu que fosse porque sabiam que estava certa. Ela não tinha ninguém. Mas, quando olhou para cima, Norah estava balançando a cabeça.

— Você tem a gente — Norah disse. — Você não está sozinha. — Alicia sentiu uma pontada de culpa. Antes que pudesse responder, Norah continuou: — Você não precisa ir embora, sabia? Existem lugares piores que Wild Meadows.

Alicia acenou com a cabeça, mas não acreditava nisso.

— É verdade — Norah disse. — Por exemplo, a família que nos trancava do lado de fora das sete da manhã às cinco da tarde todos os dias. Meninos em um pasto, meninas em outro, enquanto os pais ficavam em casa vendo televisão. Ou a família que nos fazia limpar cocô de cachorro com as mãos se esquecêssemos de nos lavar antes do jantar, para nos dar uma lição. Ou o lugar onde os irmãos adotivos me trancaram no armário e não me deixaram sair até eu tocar nas partes íntimas deles...

Alicia lançou um olhar a Jessica. Seus olhos estavam cheios de lágrimas.

Norah cruzou as pernas, descansando os tornozelos ao lado de Alicia.

— E a família que nos fez assistir a filmes com pessoas peladas... isso foi nojento.

À medida que as histórias continuavam, de lugares definitiva e inequivocamente piores do que Wild Meadows, Alicia chorava por causa delas também. Nenhuma criança deveria ter que escolher entre Wild Meadows e um daqueles outros locais que Norah descreveu só porque seus pais morreram ou eram incapazes de cuidar delas. Não era justo.

— Pelo menos aqui temos umas às outras — Norah disse por fim.

— Talvez, se ficarmos juntas, possamos ser como... como irmãs.

Mesmo com a dor que a perfurava, era difícil que Alicia não se deixasse ser tocada pelo que Norah dizia. Especialmente quando, depois de alguns segundos, ela estendeu o mindinho. Norah não era muito sentimental; isso tornava o gesto ainda mais comovente.

— O que você acha?

Jessica ofereceu seu próprio mindinho sem hesitar, o que Alicia achou igualmente tocante.

Ela podia ver que, depois das histórias que Norah tinha contado, fazia sentido ficarem juntas e formarem uma pequena família. Mas isso significava continuar em Wild Meadows com a srta. Fairchild. Parecia uma escolha extremamente cruel.

E, ainda assim, lá estavam Jessica e Norah olhando para ela, de mindinho estendido e com uma expressão esperançosa e cheia de dor. Alicia suspirou. Como ela poderia dizer não a *esse gesto*?

Alicia fechou os olhos, fez uma oração para a vovó. Estendeu seu mindinho. Em segundos, ele foi envolvido pelos de Jessica e Norah.

— Irmãs — ela disse.

18

NORAH

Para a alegria de Norah, o detetive Hando amava cães. Ele tinha quatro cachorros — um a mais do que o permitido legalmente em sua residência na área central da cidade: um pastor-alemão chamado Roger, um staffordshire bull terrier chamado Ian, uma com mistura de beagle chamada Martha e um terrier com um olho só chamado Boris Johnson. Norah já tinha se oferecido para cuidar de um deles, o que, claro, seria um a mais do que *ela* teria permissão, mas, assim como Hando, não se importava com regras bobas sobre cães.

Após dez minutos mostrando fotos dos cachorros no celular, Hando olhou para o relógio e sugeriu, com um toque de pesar, que talvez fosse hora de Norah fazer sua declaração.

— Tudo bem — Norah disse, recostando-se e cruzando os braços. — Se é necessário.

Ele apertou o botão de gravação no dispositivo e então começou a informar nomes, a data e alguns números de arquivo correspondentes ao envelope de papel pardo que estava na mesa de centro.

— Certo — ele começou. — Quero que me conte sobre sua vida em Wild Meadows, e você pode começar me contando como foi parar lá.

— Fui expulsa do lar anterior por chutar as partes íntimas de alguém.

Hando piscou.

— Posso perguntar por que você estava em um lar de acolhimento? Onde estavam seus pais?

— Minha mãe era usuária de drogas — ela respondeu.

Hando fez uma expressão empática, mas a vida com a mãe dela não era tão ruim. Norah gostava da previsibilidade dessa convivência. As duas tinham uma rotina. Sua mãe usava drogas antes de sair à noite. Ela chegava em casa ao amanhecer e então dormia o dia todo, acordando por volta da hora em que Norah voltava da escola. Após o jantar, a mãe voltava a usar drogas. E a rotina se repetia.

Tudo estava bem até o dia em que Norah chegou em casa da escola e encontrou a mãe ainda dormindo. Ela estava tão imóvel e tão pálida que Norah começou a sacudi-la.

— O que você está fazendo? — a mãe perguntou, sonolenta.

— Apenas garantindo que você não estava morta.

— Segure minha mão, então — ela disse, fechando os olhos e estendendo o braço.

Embora fosse se envergonhar disso mais tarde, na época Norah interpretou o comentário da mãe como se segurar a mão dela fosse impedi-la de morrer. Norah levou o compromisso muito a sério. Sentou-se ao lado da cama da mãe e segurou sua mão com força.

Três horas depois, quando o namorado da mãe chegou com alguns amigos, a mãe de Norah ainda dormia. Ele tentou acordá-la, até lhe dando tapas, mas ela não se mexia.

— Norah, saia daí. Preciso chamar uma ambulância.

Mas Norah continuou segurando a mão da mãe, mesmo quando os paramédicos entraram na sala, seguidos pela polícia. Quando um dos policiais tentou afastar Norah, ela ficou fora de controle.

— Não! — ela gritou. A força da sua voz a surpreendeu. — Preciso segurar a mão dela.

— Querida, precisamos ajudar sua mãe — o policial disse. Seus olhos brilhavam, alarmados. — Vou te levar para o carro da polícia, certo? Você já esteve em um carro da polícia?

Ele começou a puxar Norah para longe da mãe, mas a menina não soltou a mão dela.

— Você precisa soltar, querida — o policial afirmou.

— Não posso — Norah respondeu, chorando.

— Sinto muito — ele disse. — Você tem que soltar.

O policial deu um último puxão e a mão da mãe dela deslizou, saindo de seu alcance.

— Sinto muito por sua mãe — disse Hando.

Norah deu de ombros.

— E seu pai?

— Já tinha morrido.

— Ah.

Pela janela, Norah viu um homem com boné de beisebol se aproximando da entrada da delegacia. Havia algo familiar nele, a maneira de andar como se seus pés estivessem colados ao chão. O boné escondia um cabelo ruivo.

— Eu sei que isso é difícil — disse Hando —, mas juro que é extremamente útil para a nossa investigação.

— Se você diz. Mas não entendo como contar sobre minha infância possa ajudar. Você faria melhor perguntando a quem pertenciam os ossos.

Hando se endireitou na cadeira.

— Você *sabe* de quem são os ossos?

— Não.

Hando parecia tão desapontado que Norah se sentiu mal. Ela considerou fazer uma suposição, mas, antes que pudesse, ele disse:

— Nesse caso, falar sobre sua infância é tudo o que temos.

Droga.

— Talvez você possa me contar como era a sua relação com a srta. Fairchild — sugeriu o detetive. — Você gostava dela?

— Não. Ela era horrível.

— Horrível como? — Hando perguntou. — Violenta?

— Depende do seu conceito de violência.

— O que quer dizer com isso?

Norah se inclinou para a frente na cadeira e esfregou a barriga arreganhada de Converse.

— Digamos apenas que ela encontrou maneiras mais interessantes de machucar as pessoas.

19

JESSICA

ANTES

Era uma tarde de sábado e Jessica estava no sofá assistindo a episódios gravados de *Barrados no baile*, enquanto Norah, ao seu lado, lia um livro. Inusitadamente, a srta. Fairchild as deixara sozinhas naquela tarde.

— O que devemos fazer? — Alicia questionou.

— O que quer dizer? — Jessica respondeu.

— *Quero dizer...* o que faremos? — perguntou Alicia. — Esta tarde?

Jessica pausou na cena em que Brenda e Dylan se beijavam no sofá da casa dos Walsh e franziu a testa para Alicia. Era um comentário tão estranho. Como se ela esperasse que sugerissem uma ida à praia ou um passeio ao zoológico. Alicia estava em Wild Meadows havia seis meses — o suficiente para saber que, quando não estavam fazendo dever de casa, tarefas domésticas ou outros afazeres, elas liam, assistiam à TV ou passavam o tempo em casa. E era exatamente isso que estavam fazendo.

Norah parecia igualmente confusa.

— Não temos permissão para ir a lugar nenhum — Jessica disse.

A srta. Fairchild tinha sido muito clara sobre isso. Dizia que era para a segurança delas, mas elas sabiam que a mulher simplesmente não queria que as pessoas soubessem que deixava as filhas adotivas sozinhas por horas a fio.

— Não precisamos *sair* — Alicia disse. — Podemos fazer algo aqui.

— Como o quê?

Alicia apontou para a janela. Estava um dia ensolarado e lindo. Além da piscina, no fim do campo onde os pastos davam lugar a uma área arborizada, os cavalos trotavam.

— Que tal andar a cavalo?

Jessica riu.

— O quê? — Alicia indagou.

Jessica parou. Ela presumiu que Alicia estivesse brincando.

— Você *sabe* andar a cavalo?

— Não — Alicia respondeu. — Mas a vovó sempre dizia que era um crime desperdiçar um dia lindo.

Jessica começou a entrar em pânico. Estava dividida. Por um lado, ficava aterrorizada com a ideia de fazer algo que pudesse deixar a srta. Fairchild irritada. Por outro, já fazia quatro meses da morte da avó de Alicia, e ela ainda não tinha recuperado a alegria. Era como se seu espírito tivesse se esvaído. Jessica via que Alicia fazia o melhor que podia, passando pelos rituais do dia — brincando, conversando, até rindo —, mas era como se fosse uma atriz interpretando Alicia, e não ela mesma.

E a vovó dizia que era um crime desperdiçar um dia lindo!

— Esses cavalos nem são da srta. Fairchild — Jessica afirmou, desesperada.

— Mas tem um homem lá fora — Alicia disse. Norah e Jessica seguiram seu olhar para o sujeito perto dos estábulos. — Tá vendo?

— É o cara do estábulo — Jessica disse. — Ele cuida dos cavalos.

— Talvez ele possa nos ensinar a montar? — Alicia indagou. — Vou perguntar.

Ela saiu rapidamente, passou pela cozinha e partiu pela porta dos fundos, descendo os degraus da varanda. Jessica e Norah se apressaram para segui-la, mas, quando a alcançaram, Alicia já estava a meio caminho dos estábulos, andando com confiança.

— Olá? — Alicia disse para o homem enquanto se aproximavam.

Ele estava curvado examinando o casco de um cavalo quando ela o chamou. O sujeito não se apressou para olhar, mas, quando o fez, foi apenas por um segundo — uma olhadela antes de voltar a se concentrar no animal.

— O que você quer? — perguntou de forma rude.

— Sou a Alicia. Moro ali, em Wild Meadows. — Ela apontou por cima do ombro. — Está um dia lindo e...

O homem dos cavalos olhou para o alto. Parecia mais jovem do que Jessica pensava. Talvez tivesse vinte anos, com cabelo ruivo e sardas pelo rosto e braços. Usava uma camisa de flanela vermelha e botas de montaria.

Ao ver sua expressão impaciente, a confiança de Alicia começou a minguar.

— Estava me perguntando se poderíamos andar a cavalo — ela terminou rapidamente.

Ele balançou a cabeça, pegando uma escova do chão e a colocando no bolso.

— Os cavalos não são meus. Só cuido deles.

Jessica suspirou aliviada. Ela tinha concordado com a ideia, mas não havia dado certo. Não era culpa dela.

— *Por favor* — pediu Alicia, dando um passo à frente. — Somos adotadas. Com certeza não vai fazer mal dar um pouco de alegria para umas crianças adotivas. — Ela sorriu de maneira cativante.

Ele parou.

— Vocês são adotadas? — O sujeito pareceu considerar isso por um momento, então olhou para a colina em direção à casa. — E a sua mãe adotiva...?

— Vai demorar horas para voltar. — Alicia sorriu.

Jessica se perguntou por que o fato de serem adotadas o fizera mudar de opinião. Seja qual fosse o motivo, após uma última olhada em direção à casa, ele cedeu.

— Muito bem. Vocês querem experimentar?

Alicia nem se virou para checar com Norah e Jessica.

— Sim, por favor, todas nós.

O homem dos cavalos se chamava Dirk. Passada a frieza, ele se tornou um pouco mais amigável. Era um bom instrutor, ajudando-as a montar os cavalos e prestando atenção enquanto trotavam ao redor do pasto.

Jessica teve que admitir que foi muito divertido. Sentiu-se majestosa montada em sua égua, Amêndoa, fazendo barulhos suaves e dizendo coisas como "Eia... Boa garota".

— Você tem um talento natural — Dirk lhe disse enquanto ela trotava. Ela sorriu com orgulho.

Norah, por sua vez, não tinha um talento natural. Apesar do encorajamento de Dirk, conseguiu ficar apenas quinze minutos montada em Tilinta antes de declarar que preferia cães a cavalos. Alicia teve um desempenho um pouco melhor montando Bertha, que era quase tão alta quanto um pônei, por apenas meia hora antes de desistir. Mas Jessica andou em Amêndoa por quase uma hora. Ela não podia acreditar como o tempo passou rápido. Estava tão relutante em parar que, no final, Dirk teve que pegar as rédeas e ajudá-la a descer.

— Obrigada — ela disse ao desmontar. — Foi incrível.

— Não vejo vocês por aqui com frequência.

— Ficamos mais dentro de casa — Jessica disse. — Falando nisso, é melhor não mencionarmos isso para a nossa mãe adotiva. Ela pode ficar brava conosco por incomodá-lo.

— Seu segredo está seguro comigo. — Ele sorriu. — Meu chefe também não gostaria.

— O crime perfeito — Alicia disse.

Enquanto subiam a colina, Jessica se sentia quase eufórica. Fora uma boa ideia dar ouvidos a Alicia, ela percebeu. Alicia sabia como se divertir, e isso era algo de que todas precisavam. Jessica estava prestes a comentar isso com Alicia quando chegaram ao topo da colina e Wild

Meadows apareceu à vista. A srta. Fairchild estava na varanda, observando-as.

— Por onde vocês andaram? — ela exigiu saber enquanto as três subiram os degraus da entrada. Ela estava agitada, o que era incomum: seu cabelo estava um pouco desgrenhado e as costas da blusa estavam para fora da saia. Seus olhos brilhavam de raiva.

Nenhuma delas respondeu.

— E então? — O tom dela estava gélido.

— Fomos andar a cavalo — Alicia respondeu quase sussurrando.

— Vocês foram *andar a cavalo*! — Seus olhos estavam arregalados, as narinas se dilatando. — Nos cavalos de outras pessoas. Depois de eu ter *dito* para vocês ficarem em casa. Conseguem imaginar a minha vergonha quando encontrei Sara Mitchell, que tinha acabado de passar por Wild Meadows e viu vocês montando os cavalos dela?

Isso explicava por que ela estava tão desarrumada. Devia ter vindo correndo da cidade quando soube.

— *Vocês não tinham permissão para montar.* Nem minha, nem dos donos dos cavalos. Sara poderia tirar os cavalos daqui e eu perderia essa renda. Então quem iria alimentá-las? Quem manteria a fazenda funcionando? — Seu rosto estava vermelho de raiva. Jessica não conseguia se lembrar da última vez que vira sua mãe adotiva tão zangada. — De quem foi a ideia, então? De ir andar a cavalo?

Ela olhou para cada uma delas. Jessica estremeceu sob seu olhar.

— Foi minha — Alicia disse, antes que Jessica pudesse abrir a boca. A srta. Fairchild ergueu as sobrancelhas.

— Entendi.

— Na verdade — Norah disse —, foi minha.

— Elas estão mentindo — Jessica interrompeu, ajeitando a postura. — Foi ideia minha.

— É mesmo? — A srta. Fairchild fez beicinho. Seu olhar se desviou, como se estivesse pensando em algo. — Muito bem, como estou generosa hoje, só vou punir uma de vocês. Vou deixar que escolham. Quem vai ser?

Ela cruzou os braços e esperou. Aquilo era de uma brutalidade impressionante. Jessica mal conseguia acreditar que um dia chamara aquela mulher de "mamãe". A srta. Fairchild não era mais capaz, nem por um milésimo de segundo, de demonstrar gentileza.

— Bom — ela disse, já que nenhuma das meninas respondeu. — Eu escolho. Uni-duni-tê, a escolhida foi... — E apontou para Norah. — Você!

Jessica ia intervir — se oferecer para a punição —, mas a srta. Fairchild foi rápida. Ela agarrou Norah pela orelha, virou-se e entrou na casa, caminhando pelo corredor. Norah, pega de surpresa, tropeçou duas vezes em sua desesperada tentativa de acompanhar. Alicia e Jessica correram atrás delas, até a porta sob as escadas que levava ao porão.

O porão escuro como breu.

O momento em que Norah percebeu o que estava por vir ficaria gravado na mente de Jessica para sempre. Seu corpo ficou mole. Seu olhar demonstrava puro desespero. Jessica começou a gritar. Alicia implorou. Isso, é claro, era o objetivo.

A srta. Fairchild abriu a porta com força.

De repente, Jessica percebeu quão boba tinha sido. Ela não podia se rebelar. Não podia andar a cavalo. Não se tratava apenas dela agora. Alicia e Norah não eram só diversão ou apoio ou alguém com quem correr riscos. Elas representavam mais duas maneiras de a srta. Fairchild machucá-la. Jessica deveria ter resistido à ideia de Alicia e mantido suas irmãs seguras dentro de casa.

A srta. Fairchild empurrou Norah para o escuro profundo, trancando a porta em seguida.

A comoção foi imediata — Norah chutava e esmurrava a porta tão forte que a madeira ao redor da tranca estilhaçou. A pior parte, no entanto, era o lamento. O lamento de uma mãe que perdeu seu filho ou de um animal pego em uma armadilha. Era um som profundo e doloroso. Depois de vários minutos, a srta. Fairchild não aguentou mais e foi embora. Mas Jessica e Alicia ficaram. Sentaram-se no chão ao lado da porta e sussurraram para Norah. Cantaram músicas e leram histórias. Ficaram lá por horas, até que finalmente a srta. Fairchild permitiu que a tirassem de lá.

20

JESSICA

A detetive Patel segurava uma caneta azul na mão, que ela girava como um brinquedo enquanto Jessica falava. Vez por outra, escrevia em seu bloco de anotações amarelo com uma caligrafia quase ilegível. Jessica estava curiosa com o sistema de anotação da mulher. Para ela, parecia fazer muito mais sentido digitar as anotações e depois salvar o documento em uma pasta rotulada com o sobrenome e a data. A ideia de todos aqueles pequenos arquivos organizados cuidadosamente em pastas trouxe um alívio mais que necessário para Jessica depois de uma tarde relembrando algumas de suas memórias mais difíceis.

— Parece que a srta. Fairchild realmente te feriu, Jessica — disse Patel de maneira calma.

Ela não é uma terapeuta, Jessica lembrou a si mesma, apesar da expressão preocupada e simpática.

— Você deve ter desejado feri-la também.

Viu? Aí está. Ela não é uma terapeuta — e sim uma policial.

Patel recostou-se na cadeira. Estava extremamente arrumada. Suas sobrancelhas eram arcos perfeitos, seu cabelo negro era brilhante e alisado. Ela tinha um nariz proeminente, que ancorava as demais características do seu rosto. Jessica esperava que ela não tivesse considerado uma cirurgia plástica. Seria um erro, tirar o seu ponto de interesse. Ela se perguntou se deveria falar isso à detetive.

— Não — disse Jessica. — Eu só queria amá-la.

Jessica ficou envergonhada ao perceber que *ainda* queria isso. Pensou em todas as vezes que havia fantasiado com a srta. Fairchild ouvindo sobre seu negócio bem-sucedido e aparecendo na porta de sua casa para dizer como estava orgulhosa. Em sua fantasia, Jessica tinha várias reações — às vezes a rejeitava, outras abraçava sua mãe adotiva e a convidava para entrar em sua bela casa. Elas compartilhariam um bule de chá e seria como nos velhos tempos. O tempo mais antigo possível, antes de tudo desandar. Jessica sentia uma vergonha profunda pela fantasia; vergonha demais para admitir a Alicia ou Norah, ou mesmo à sua terapeuta.

Absorta em seus pensamentos, pôs a mão na bolsa e agarrou o frasco de comprimidos.

Patel bateu a caneta no queixo.

— E suas irmãs?

— O que tem elas? — Jessica soltou o frasco.

— Entendo que Norah tem problemas com agressividade. Ela chegou a machucar a srta. Fairchild? Ou falou a respeito de machucá-la?

— Claro que não — ela respondeu, imediatamente na defensiva. — Ela era apenas uma criança.

Patel parecia não estar convencida. Jessica entendia por quê. Provavelmente dispunha de montanhas de arquivos detalhando as agressões de Norah. Ela tinha uma ficha criminal. Se descobrissem que o corpo havia sido enterrado na época em que moraram em Wild Meadows e começassem a procurar um assassino... bem, com certeza Norah estaria no topo da lista de suspeitos.

— Pelo que eu li, ela tinha um histórico bastante diversificado de comportamento violento mesmo naquela época. — Patel consultou um documento à sua frente. — Diz aqui que, depois que vocês foram tiradas de Wild Meadows, encontraram várias áreas da casa danificadas pela sua irmã. — Patel olhou para o documento. — A porta sob as escadas estava estilhaçada. — Ela ergueu o olhar.

— Quem disse que foi Norah? — Jessica perguntou.

Patel gesticulou para o documento.

— Diz aqui que Norah admitiu.

Jessica arqueou a sobrancelha.

— Nesse caso, imagino que vocês tenham ficado preocupados ao descobrir que uma criança tinha ficado trancada ali, não?

— Sim — Patel disse, franzindo a testa. — Muito preocupados.

Ela parecia sincera, mas isso não importava. Eles não estavam investigando abuso infantil. Estavam investigando os ossos. Uma garotinha violenta que fora trancada sob as escadas tinha um bom motivo para atacar, o que explicava o interesse em Norah, sem dúvida.

— Olha — Jessica disse —, você está certa. Norah tem problemas de agressividade. Me diga uma pessoa que cresceu em lar adotivo que não tenha. Mas ela tem um bom coração. É tão inofensiva quanto esses cães grandes e bobos.

Ela olhou para Sofá, pela primeira vez sentindo algo que se parecia com afeto.

Patel largou a caneta.

— Me desculpe por perguntar, mas você, Alicia e Norah não são irmãs biológicas, certo?

— Não — Jessica respondeu. — Mas somos irmãs de todas as maneiras que importam.

Patel sorriu.

— Aposto que você faria qualquer coisa por elas.

Foi uma boa tentativa, mas Jessica não cairia nessa.

— Eu não enterraria um corpo por elas, se é isso que você está perguntando. — Ela deu uma risadinha desdenhosa para completar.

Mas estava claro pelo lento e inabalável aceno de Patel que ela não estava enganando ninguém.

Eram quase cinco da tarde e elas já conversavam havia mais de quatro horas quando foram interrompidas por uma batida à porta.

— Entre — disse Patel.

Um policial que Jessica não reconheceu espiou pela porta. Ele franziu o nariz; a sala cheirava mal, em grande parte devido ao chamado "cão de serviço".

— Tem um minuto? — ele perguntou para a detetive.

Patel assentiu.

— Vou levar o cachorro para dar uma volta — Jessica disse.

— Há um pátio cercado passando pela porta lateral — Patel lhe explicou enquanto saía da sala.

Jessica seguiu pelo corredor de teto baixo em direção a uma porta de vidro, através da qual podia ver Patel com alguns outros policiais reunidos em torno de uma tela de computador. No meio do caminho, viu uma porta marrom e a empurrou. Essa porta levou a um pequeno pátio cercado, vazio exceto por uma única árvore e uma tigela de cerâmica cheia de bitucas de cigarro.

Norah e Alicia já estavam lá.

— Aí estão vocês! — Jessica soltou Sofá da coleira, e os três cães se reuniram com latidos e pulos jubilantes. Jessica e as irmãs se reencontraram com uma urgência semelhante, mas com menos entusiasmo.

— Como estão indo com os detetives? Conseguindo se manter firmes?

Alicia parecia cansada. Segurava o celular com uma mão e protegia os olhos do sol da tarde com a outra.

— Já tive tardes melhores.

— Eu tinha me esquecido de quanto a odeio. — Norah estava agachada, deixando dois dos cães lamberem seu rosto. O terceiro se esfregava na perna dela.

— Eu não me esqueci — Alicia afirmou. — Essa parte sempre permanece fresca para mim.

— Devíamos conversar sobre isso na estrada — disse Jessica. — Está ficando tarde, e temos uma longa viagem pela frente. Nada de petiscos para esses cães antes de nós...

— Na verdade — Norah declarou —, Hando disse que retomaríamos amanhã, quando estivermos mais descansadas. Acho que isso significa que vamos passar a noite por aqui. Talvez até duas.

Jessica sentiu as sobrancelhas se erguerem.

— O *Hando* disse que cuidaria dos meus negócios? Eu não tenho um trabalho convencional. A maior parte dos nossos serviços é agendada para os fins de semana. E ele também vai cuidar do meu marido?

— É só uma noite — Alicia disse, bocejando e esticando os braços acima da cabeça. — Sonja pode se virar e Phil vai ficar tranquilo. Estou exausta, Jess.

— E acho que os cães não aguentariam outra viagem de carro hoje — Norah acrescentou.

O afeto que ela havia acabado de sentir por Sofá desapareceu, e Jessica foi tomada pela sensação de pânico que sempre a dominava quando uma situação fugia do seu controle.

— Mas onde vamos ficar? — ela perguntou, fraquejando. — Quem vai nos abrigar com esses cães?

— Eles são cães de serviço — Norah respondeu, séria. — Legalmente, podem ficar em qualquer lugar.

Jessica começou a mexer na bolsa atrás de seus comprimidos. Ela odiava aqueles malditos cães. Odiava a polícia. Odiava Wild Meadows.

— Vou precisar checar minhas mensagens — disse. — Ver se há alguma urgência.

Enquanto tirava o celular da bolsa, Jessica rezou por uma emergência organizacional que exigisse que voltasse para Melbourne naquela noite. Ansiava por voltar para casa, fazer o jantar e se deitar em sua própria cama. Não se dava bem fora da sua rotina. Não tinha planejado passar a noite fora nem trouxera as coisas de que precisava. As lágrimas que arderam em seus olhos tinham a ver tanto com isso quanto com a necessidade de falar sobre sua infância.

Ela desbloqueou o celular e o segurou contra o ouvido enquanto as mensagens de voz eram reproduzidas.

— Jessica, aqui quem fala é Tina Valand. Acabei de falar com a

Debbie. — Essa não era a emergência organizacional que Jessica tinha em mente. — Isso é um pouco constrangedor, mas a Debbie me contou que houve um problema com alguns medicamentos que sumiram do armário dela. Eu me sinto péssima por tocar nesse assunto, mas me preocupo porque, bem, percebi que alguns comprimidos também sumiram da minha casa. Sou uma grande fã sua, você sabe disso, e já te recomendei para muitas pessoas... só espero que isso não me traga problemas.

Merda. Aquilo não tinha fim. Ela precisava de aconselhamento jurídico e de um relações-públicas. Na verdade, Jessica podia até precisar falar sobre reabilitação! Principalmente, precisava de conselhos sobre como tornar tudo isso *empolgante* em um sábado no meio de uma investigação policial em Port Agatha.

Havia mais duas mensagens esperando por ela, ambas de clientes. Ela decidiu não ouvir. Em vez disso, jogou o celular de volta na bolsa e disse às irmãs:

— Acho melhor encontrarmos um lugar para passar a noite.

O CONSULTÓRIO DE PSIQUIATRIA DO DR. WARREN

Na próxima vez que vejo o dr. Warren, ele usa uma gravata azul e só me faz esperar um minuto antes de erguer os olhos de suas anotações.

— Certo — ele começa. — Você falava sobre sua mãe e o contador da paróquia. — Ele olha para suas anotações. — John.

— Sim — digo. — Então... como eu temia, minha mãe logo começou a passar tempo com John fora da igreja. No início, eram apenas "negócios", encontros para repassar as contas ou organizar a venda de metade das nossas terras, a sugestão de John para liquidarmos as dívidas. Mas logo os encontros se tornaram sociais; os dois se viam para tomar café, almoçar e, às vezes, jantar.

"Levou um tempo para me acostumar com a ideia de minha mãe estar saindo de casa novamente depois de meses de isolamento. Quando ela não estava com John, ficava com as mulheres da igreja, organizando roupas usadas para o bazar ou tricotando pequenos gorros para bebês prematuros. Às vezes, ela até visitava pessoas necessitadas, como as mulheres tinham feito por ela, oferecendo apoio e um caminho para Deus. Nunca fui convidada, o que estava bom para mim. Eu ainda tinha que ir à igreja aos domingos, infelizmente, mas, fora isso, me mantinha bem distante do novo estilo de vida religioso da minha mãe."

— Por quê? — pergunta o dr. Warren. — Você estava com ciúmes?

O dr. Warren tem um brilho ligeiramente pervertido no olhar. Como se gostasse da ideia. Quer dizer que problemas com a mãe são a sua perversão? Quem sou eu para julgar?

— Sim — respondo. — Ciúmes e desespero por atenção. Quando não consegui essa atenção, tive que procurar em outros lugares. Então, na escola, fiz amizade com os alunos que me assustavam: aqueles que bebiam álcool, iam a festas e furavam as próprias orelhas no intervalo com uma agulha e um cubo de gelo. Parei de entregar minha lição de casa para poder ficar com essas pessoas na detenção depois das aulas, em vez de ir para casa, que estava cheia de carolas que resmungavam toda vez que me viam — ou pior, encontrar minha mãe com John, que passava cada vez mais tempo lá.

"'Vocês estão namorando ou algo assim?', lembro de ter perguntado à minha mãe quando ele nos visitou pela terceira vez na mesma semana. Nunca os vi trocando carícias abertamente, mas não era ingênua.

"'Se eu estivesse', minha mãe disse, 'como você se sentiria em relação a isso?'

"'Não iria gostar', respondi.

"Minha mãe ficou em silêncio por um longo tempo. Presumi que estivesse pensando sobre como dar a notícia a John de que eles não dariam certo juntos, então não a interrompi. Finalmente, minha mãe segurou minhas mãos e disse: 'John e eu vamos nos casar'.

"'Como assim?', perguntei, embora a tivesse ouvido claramente.

"'Sei que isso vai ser difícil para você entender, mas John tem sido muito bom para mim. Para nós. Ele colocou nossas finanças nos trilhos, e me ajudou a encontrar o Senhor. Sei que ele é bastante rígido e formal, mas é um bom homem. Ele me trouxe de volta de um estado de depressão do qual eu não tinha certeza se conseguiria me recuperar.'

"'Isso significa que você tem que se casar com ele? Era parte do acordo? Você aceita o dinheiro da igreja e, em troca, John fica com você?'

"'Escute...'

"'Você não pode fazer isso. Também faço parte desta família, e não quero compartilhar uma casa com ele. Não tenho voz nisso?'

"'Não!', minha mãe retrucou. 'Você não tem voz. Você é uma criança. John está certo: eu te dei muita liberdade desde que seu pai morreu. Agora você é uma garota desrespeitosa que só pensa em si mesma.'

"Fiquei chocada e em silêncio. Minha mãe nunca tinha falado comigo daquele jeito. Senti minhas bochechas corarem de indignação. Jurei que faria qualquer coisa para impedir o casamento deles. Mas, como em todas as tragédias da minha vida, eu era impotente demais para impedi-lo."

— Impotente? — Tenho a atenção do dr. Warren. Ele está inclinado para a frente. Fascinado. — Como você se sentiu com isso?

Não consigo impedir minhas mãos de se fecharem. O dr. Warren nota. Sinto que isso o agrada.

21

NORAH

Jessica encontrou um quarto para ficar em Driftwood Cottages, uma série de casas de basalto construídas perto de Port Agatha convertidas em pousadas. Antes de sair da cidade, elas pararam na loja de conveniência para comprar escovas de dente, desodorante e roupas íntimas de senhora (selecionadas da limitada seleção de roupas de baixo exposta ao lado dos absorventes e do papel higiênico).

Nem mesmo Jessica discutiu quando Norah sugeriu que levassem os cachorros para passear. Sentia-se tão cansada que não percebeu que, daquele jeito, com tantos trancos e movimentos bruscos, tinha grandes chances de acabar precisando de uma cirurgia no ombro. Enquanto caminhavam, caíram em um silêncio compartilhado, cada uma verificando suas mensagens antes de perderem o sinal. Entre as mensagens de Norah, havia outra de Kevin:

Estive pensando, talvez eu devesse ir à polícia relatar a sua agressão. Sabe, para o caso de você fazer isso com mais alguém.

Norah soltou um longo suspiro entediado. Parou de caminhar para escrever uma resposta quando viu a mensagem seguinte dele:

Ou, se você preferir, poderia me enviar um *nude*?

Uau. Kevin, o cara de marmota, era mais astuto do que ela imaginava.

Norah percebeu que Kevin estava sugerindo exatamente o que ela mesma defendera: um acordo comercial. Se enviasse um nude, ele não iria à polícia. Simples assim. Mas a sensação era diferente. Em vez de se sentir poderosa, sentia-se fraca. Em vez de se sentir no controle, sentia-se encurralada. E Norah não conseguia pensar em uma sensação pior do que essa.

Enquanto os cachorros a puxavam, um sentimento desagradável se acumulava em seu peito. Ela imaginava Kevin sentado na cama com o nariz inchado, ameaçando-a. Era isso que fazia a diferença, percebeu. Isso não era um acordo. Era chantagem.

Filho da mãe.

Virou o celular e abriu a câmera. Enviaria uma foto, se era isso que ele queria. Um close bem definido. Ela aproximou a câmera da mão enquanto fazia um gesto obsceno, mantendo o dedo bem esticado. É isso que você pode fazer com suas ameaças, Kevin, o cara de marmota. Sim, ele poderia ir à polícia, mas ninguém encurralava Norah Anderson.

Com um toque brusco do polegar, enviou a foto. E, assim, a sensação em seu peito diminuiu.

Elas estavam passeando com os cachorros pelas ruas de Port Agatha havia quase uma hora quando chegaram ao portão de Wild Meadows. Não foi por acaso, tampouco tinham discutido isso. Era como se tivessem feito um acordo silencioso. Por algum motivo, todas precisavam estar lá novamente.

O curioso era que Norah esperava ver a casa, que, claro, não estava mais lá. Em vez disso, no fim da longa entrada, havia um espaço vazio, uma pilha de terra e detritos, fita policial e o que parecia ser um grande buraco.

— Nunca estive tão feliz por algo ter desaparecido — Alicia afirmou em voz baixa.

Norah não tinha certeza se concordava. Nunca culpou a casa pelo que aconteceu com elas. Seria como culpar seu extrato bancário pelo saldo ruim. Mas ela parecia ser minoria, pois Jessica estava assentindo.

Começaram a descer pela entrada. Dentro da área isolada, homens com coletes refletivos usavam uma escavadeira para vasculhar a terra, enquanto a polícia permanecia ao lado, segurando baldes vermelhos e carrinhos de mão. Norah e as irmãs não eram as únicas a admirar o trabalho. Havia vários outros curiosos: um casal perto dos setenta anos; uma mulher com uma criança pequena que admirava a escavadeira; e um grupo de três mulheres jovens, conversando.

Quando se aproximaram da fita, as irmãs foram barradas por um policial com expressão entediada.

— Esta é uma cena de crime em investigação, então receio que não possam passar.

— Nós crescemos aqui — Jessica disse. Era apenas um comentário casual, a declaração de um fato em vez de um pedido de passagem.

O policial pareceu menos entediado.

— Vocês moraram na casa? Eram crianças acolhidas?

As três concordaram com a cabeça.

Ele ergueu o rádio até a boca.

— Tenho mais três crianças acolhidas aqui — comentou ele.

Norah piscou. *Mais* três?

Ele abaixou o rádio para falar com elas.

— Vocês conversaram com os detetives? Patel, Tucker e Hando?

— Sim — Jessica respondeu. — Acabamos de sair da delegacia. Mas você disse...

— Infelizmente, ainda não posso deixar vocês entrarem no local. E pedimos que não tirem fotos. Mas podem caminhar ao redor do perímetro da fita. Algumas das outras estão fazendo isso.

— Quem são as outras? — Norah quis saber.

Devolvendo o rádio ao cinto, ele apontou para o trio de mulheres.

Norah, Jessica e Alicia as fitaram, depois voltaram a olhar para o policial. A confusão delas parecia óbvia.

— As outras crianças acolhidas — ele respondeu.

Jessica balançou a cabeça.

— Mas não havia mais nenhuma...

— As bebês — Norah disse. — Aquelas mulheres devem ser as bebês.

22

JESSICA

ANTES

Nos meses que se seguiram ao dia que andaram a cavalo, as meninas mergulharam em uma nova e triste realidade. Norah ficou diferente desde que foi trancada sob as escadas. Mais irritada. Mais explosiva. Na escola, brigava quase todos os dias, por coisas pequenas. Uma vez, até deu uma cotovelada nas costelas de Jessica, aparentemente por impulso, quando a irmã se aproximou silenciosamente e a surpreendeu. Jessica sabia que Norah se sentia horrível por isso e insistia que estava bem, embora o cotovelo de Norah fosse bem pontudo.

Como consequência do comportamento cada vez mais violento de Norah, ela passava mais e mais tempo de castigo sob as escadas. E, quanto mais tempo passava lá, mais violenta se tornava. Tornou-se rotina voltar da escola e encontrar a srta. Fairchild esperando na varanda, pronta a arrastar Norah para sua punição. Uma vez, depois de dar um soco em um menino na escola, Norah mesma se dirigiu sozinha à porta sob as escadas. Mas sua dignidade desapareceu no momento em que a porta se fechou atrás dela e ela entrou em estado de fúria, chutando e gritando como se seus membros tivessem vida própria.

Jessica e Alicia imploraram a Norah que parasse de atacar as pessoas, e a garota prometeu tentar. Até que, após cinco dias seguidos de altercações, ela teve que admitir:

— Não sei como.

Foi ideia de Alicia esconder uma lanterna sob as escadas. Norah ainda fingia chutar e socar por um tempo, para que a srta. Fairchild não ficasse desconfiada. Jessica até chegou a esconder um livro por lá, para que Norah pudesse ler. Essas pequenas vitórias mantinham Jessica motivada. Infelizmente, toda vez que ela encontrava uma forma de tornar a vida delas um pouco mais suportável, a srta. Fairchild inventava uma nova maneira de machucá-las.

— Jessica?

Jessica congelou no meio das escadas. Pensou que tivesse sido a primeira a se levantar, como de costume, mas não parecia ser o caso naquele dia.

A srta. Fairchild era uma mulher de hábitos rígidos. Àquela hora do dia, costumava estar terminando o banho. Depois, se vestia e limpava o espelho e a bancada do banheiro antes de descer. Jessica conhecia a rotina matinal de sua mãe adotiva como se fosse a própria. Até melhor.

Jessica olhou para o topo das escadas em busca de Norah ou Alicia. Sempre que possível, tentavam não se aproximar da srta. Fairchild sozinhas. Mas, embora Jessica tentasse chamá-las em um sussurro abafado, nenhuma das meninas apareceu.

— *Jessica, é você?* — Agora a srta. Fairchild soava impaciente.

— Já estou indo!

Jessica encontrou a srta. Fairchild na sala de estar. Sentada na poltrona, a mulher ergueu os olhos quando Jessica entrou e *sorriu*. Um sorriso genuíno.

— Tive uma visita inesperada durante a noite — disse a srta. Fairchild.

Quando Jessica viu o que a mulher segurava, ficou sem fôlego.

— Venha ver. — A srta. Fairchild a chamou para mais perto. — Ela não é linda?

Ela era uma bebê recém-nascida. Quanto a saber se era bonita, era difícil dizer, já que estava toda enrolada em tecido. Tudo o que se podia ver eram seus olhos fechados, um pouco do cabelo e sua boca, relaxada de sono.

— O nome dela é Rhiannon — disse a srta. Fairchild, voltando a olhar para a bebê. — Ela foi retirada dos pais na noite passada. Dependentes químicos, aparentemente.

Ela falava com um exagerado tom cadenciado, até mesmo palavras como "dependentes químicos". Era como se estivesse sedada ou tivesse passado por algo parecido com uma lobotomia.

— Pedi ao Scott para colocar meu nome na lista de lares temporários para bebês — continuou ela, seus olhos fixos na que estava em seus braços. — Abrigo temporário para bebês que são retirados dos pais sem aviso. Há tantos bebês inocentes que precisam de um lar, e decidi que deveríamos fazer a nossa parte.

Jessica se surpreendeu ao ouvir isso. Achava que a srta. Fairchild quisesse apenas receber crianças mais velhas. Afinal, bebês davam muito trabalho, e a srta. Fairchild era tão apegada a suas rotinas, sua casa limpa, sua capacidade de controlar tudo e a todos. Era difícil imaginar como um bebê se encaixaria no ambiente que ela tinha criado em Wild Meadows.

A escolha, porém, fazia sentido de outras formas. Acima de tudo, a srta. Fairchild exigia devoção absoluta. Ela havia deixado claro que Jessica falhara nisso. Não tinha certeza se a mesma expectativa recaíra sobre Norah e Alicia — o propósito delas, pelo que Jessica podia entender, era ajudar a pagar as contas. Claramente, a srta. Fairchild decidira ir atrás de alguém que oferecesse a adoração incondicional que ela tanto desejava. Quem poderia ser mais devotado que um bebê?!

Jessica ouviu vozes abafadas no corredor e, um instante depois, Norah e Alicia apareceram.

— Venham, meninas — disse a srta. Fairchild, alegremente.

— É um bebê — Norah declarou, entrando na sala e quase imediatamente dando um passo para trás, como se tivesse medo de que a neném fosse pular nela.

— Uma menininha — a srta. Fairchild acrescentou. Ela fez uma voz doce para o pacotinho em seus braços. — O nome dela é Rhiannon.

— Vamos ficar com ela? — Alicia perguntou.

— Por enquanto, é apenas temporário, mas quem sabe?

Norah torceu os lábios, deixando claro o que ela achava da ideia.

— Enfim, vou pôr a Bela Adormecida para tirar uma soneca, e então talvez eu mesma tire uma também. A pequena ficou bastante agitada na noite passada, e estou exausta.

A srta. Fairchild levantou-se, ainda com a bebê nos braços. Antes de sair da sala, estranhamente, beijou cada uma das meninas na testa.

— Acho que ela enlouqueceu — Norah disse quando a srta. Fairchild desapareceu escada acima.

— Acho que ela está apaixonada — Alicia declarou.

As três continuaram com as tarefas matinais, mas o comentário de Alicia reverberou na mente de Jessica por horas. *Acho que ela está apaixonada*. Era angustiante perceber o quanto isso a machucava.

Rhiannon era uma bebê incrivelmente agitada. Nos três primeiros dias que passou em Wild Meadows, só não chorava quando estava dormindo, o que não era muito frequente.

— Essa coisa está com defeito — Norah disse pela quinquagésima vez. — Não tem botão de desligar.

— Não se refira a *ela* como coisa — Jessica corrigiu. — E não tem botão de desligar mesmo. É um ser humano.

— Ela é um monstro — Norah murmurou.

A srta. Fairchild tentou de tudo para acalmá-la — dando tapinhas, cantando para ela, lendo em voz alta. Nada parecia funcionar. Para uma recém-nascida, ela tinha pulmões impressionantes.

— Norah está certa — a srta. Fairchild disse com frieza no quarto dia. — Essa bebê está com defeito.

O bom humor da srta. Fairchild já se esvaíra completamente. Jessica não ligava tanto para isso quanto as irmãs. Elas haviam apreciado o breve período de boa disposição da mulher, quando a srta. Fairchild estava ocupada demais com a bebê para se preocupar em persegui-las, mas Jessica, embora sentisse vergonha, não tinha gostado nada disso. Para ela, quanto menos a srta. Fairchild gostasse da criança, melhor.

Na quinta noite, o choro de Rhiannon simplesmente não parava. Quando Jessica por fim espiou o quarto da srta. Fairchild, notou que a mulher nem sequer havia se preocupado em pegar a bebê do berço.

— Quer que eu tente? — Jessica perguntou.

— Você se importaria? — A srta. Fairchild respondeu com um nível quase cômico de gratidão.

— Claro que não. — Pelo contrário, a ideia de se sentir necessária e apreciada pela srta. Fairchild ainda era viciante como uma droga. — Vá dormir. Eu cuido de tudo.

Jessica desceu com Rhiannon e, no andar de baixo, a embalou, acalmou e cantou para ela. Rhiannon parecia não gostar do canto de Jessica, porque gritou a noite toda. Mas, com a chegada do sol, enfim adormeceu em seus braços, provavelmente por puro cansaço. E Jessica se acomodou na poltrona e também dormiu.

Quando Jessica abriu os olhos, a srta. Fairchild estava em pé à sua frente.

— Ah — disse Jessica.

A srta. Fairchild tinha tomado banho e estava com o cabelo molhado, além de estar vestida com uma blusa branca limpa e calça jeans. Ela olhou para a bebê, que dormia tranquilamente.

— Encontrei o botão de desligar. — Jessica sorriu. — Demorou um pouco, mas conseguimos.

A srta. Fairchild não retribuiu o sorriso.

— Ora, ora — disse ela com um tom rígido. — Como você é incrível, não?

Jessica ainda estava meio grogue, esse era o problema. Não pretendia ofender a srta. Fairchild. E ainda assim, de algum modo, havia sugerido, sem se dar conta, que possuía uma habilidade que a srta. Fairchild não tinha, ou que era melhor com a bebê. Mas era tarde demais para se corrigir; o estrago estava feito.

— Acho que ela só se cansou de tanto chorar — Jessica disse em desespero. Sentia que estava prestes a chorar também.

A srta. Fairchild a fulminou com o olhar. Ainda era uma mulher jovem, mas sutis linhas de expressão começavam a aparecer em suas bochechas, puxando-as para baixo. Pareciam especialmente pronunciadas naquele dia.

— Ou talvez só faltasse o toque mágico da Jessica perfeita. Por que não? Jessica é perfeita em tudo.

Jessica lutou para encontrar o que dizer, mas nada lhe veio à mente.

— Já que você é tão perfeita — a srta. Fairchild disse —, por que não cuida de Rhiannon a partir de agora?

— Mas eu tenho que ir para a escola — Jessica a lembrou.

— Não mais — disse a srta. Fairchild, saindo da sala.

— Como se faz uma criança que gosta de doces dormir? — Alicia perguntou.

Uma semana já havia se passado desde que Rhiannon se tornara responsabilidade integral de Jessica. Alimentar, fazer arrotar, dar banho, acalmar, tudo isso. A srta. Fairchild nem sequer a pegava mais no colo. Era como se a bebê tivesse sido contaminada. Como se não existisse. Felizmente, Norah e Alicia estavam dispostas a compartilhar o fardo.

— Você a embala.

Jessica e Norah estavam tão cansadas que nem conseguiam rir. Fazia uma semana que não iam à escola, revezando-se, andando de um lado para outro com Rhiannon enquanto ela chorava. Inesperadamente, Norah tinha jeito com a menina. Pegara um livro sobre bebês na biblioteca, e elas tentaram inclinar um pouco o berço, para ajudar com o refluxo de Rhiannon. Se conseguissem colocar na posição certa, às vezes a neném parava de chorar o suficiente para dormir.

De vez em quando, a srta. Fairchild enfiava a cabeça na sala para lhes lançar um olhar irritado, como se ela mesma não tivesse culpa pela presença da bebê. Depois de um tempo, Jessica estava tão cansada que nem se importava mais com isso.

Todas desenvolveram um zumbido nos ouvidos por causa do choro. Começaram a andar com um ritmo balançado, estivessem ou não com a bebê nos braços. A casa estava um caos. As tarefas não eram feitas e a roupa suja se acumulava. A srta. Fairchild ignorava tudo isso, talvez ciente de que as meninas não tinham mais forças.

Na semana seguinte, quando Scott veio buscar Rhiannon, ninguém ficou chateado.

— Adeus — disseram da porta, enquanto a srta. Fairchild acompanhava Scott e Rhiannon até o carro.

Tinham acabado de se jogar no sofá, sonhando com a noite inteira de sono que as aguardava, quando a srta. Fairchild voltou.

— Este lugar está uma bagunça — falou. — Ninguém vai dormir até que esteja tudo em ordem.

Duas semanas depois, quando desceram para o café da manhã, havia outra bebê nos braços da srta. Fairchild.

— Shh — disse a srta. Fairchild. — Ela está dormindo.

— Estou tendo um déjà-vu? — Norah murmurou. — Ou isso é um pesadelo?

Essa bebê era mais velha que Rhiannon. Parecia ter cerca de um ano, com uma cabeleira castanho-escura. Tinha um olho tapado por um curativo branco.

— Ela se chama Bianca.

— O que aconteceu com o olho dela? — Jessica perguntou.

— Foi o padrasto dela. — A mandíbula da srta. Fairchild se contraiu. Por um momento, todas ficaram em silêncio, observando a pobre bebê dormir.

— Preciso que uma de vocês pegue o ônibus até a farmácia e compre gaze e bandagens novas para o curativo. Depois, vá ao brechó e compre roupas que sirvam nela. Tenho um voucher para comprar leite e fraldas ali na mesa de jantar.

— Eu vou — Jessica falou. Ainda estava cautelosa depois do que acontecera com Rhiannon, mas havia algo de irresistível em ser necessária.

— É inimaginável, não é? — disse a srta. Fairchild olhando de Jessica para Norah e depois para Alicia. — Pensar que alguém machucaria uma criança. — Ela balançou a cabeça, baixando o olhar para a bebê.

Nenhuma delas respondeu.

No começo, assim como acontecera com a primeira bebê, a srta. Fairchild passava todo o tempo com Bianca. Ao contrário de Rhiannon, Bianca era calma. Comia e dormia e ficava brincando sem problema algum. Se acordasse à noite, bastaria um tapinha nas costas para acalmá-la. Mas Bianca não gostava de ser tocada. Se alguém tentasse demonstrar afeto, ela se encolhia ou chorava.

Como resposta, a srta. Fairchild a cobria de beijos e abraços claramente indesejados. Depois de uma semana sendo rejeitada por Bianca, a mulher começou a se incomodar.

— O que há com ela? — a srta. Fairchild perguntou. — Por que ela não gosta de abraços?

Havia tantas maneiras de desapontá-la, Jessica percebeu. Rhiannon chorava demais. Bianca não queria abraços. Como haveria espaço no pequeno coração de uma criança que precisava de abrigo — e já carregava seu próprio trauma — para oferecer à srta. Fairchild o amor de que ela precisava?

Cinco dias após a chegada de Bianca, a srta. Fairchild abriu mão da responsabilidade pela criança, assim como fizera com Rhiannon. Dessa vez, Jessica, Norah e Alicia se ajustaram rapidamente, estabelecendo uma rotina para Bianca e dividindo as tarefas.

Bianca foi levada alguns dias depois. Todas ficaram na varanda e acenaram enquanto a bebê ia embora. Dessa vez, não precisaram ser informadas de que não teriam descanso até que a casa estivesse em ordem.

Mais bebês vieram. Eram sempre meninas e chegavam no meio da noite. Algumas ficavam por um ou dois dias, outras por uma semana ou mais, mas o padrão se mantinha. A srta. Fairchild cuidava da criança com entusiasmo antes de se desencantar. Uma tinha estrabismo. Uma estava acima do peso. Uma tinha síndrome alcoólica fetal. A cada bebê que chegava e partia, a srta. Fairchild ficava mais irritada, e as meninas, mais cansadas.

— Estava tentando descobrir por que não consigo apagar à noite — Alicia disse enquanto balançava uma bebê nos braços. — E então me veio uma luz.

— Achei engraçado — Norah disse, com o rosto sério.

Se precisassem lidar apenas com o cansaço, talvez pudessem ter aguentado. Infelizmente, para aumentar a diversão, a convivência com a srta. Fairchild estava se tornando impossível. Durante o dia, ela era cruel, sempre encontrando maneiras de criticar ou de criar empecilhos para as três. À noite, ela bebia. Muitas vezes, enquanto estavam acordadas alimentando uma criança, podiam ouvi-la passeando pela casa, murmurando enquanto jogava uma garrafa vazia no lixo.

Quando uma bebê permanecia mais de uma semana na casa, um assistente social vinha fazer uma visita, geralmente Scott. As meninas sempre sabiam quando ele viria, porque a srta. Fairchild as instruía a limpar a casa de cima a baixo e, então, encenar uma atividade ridícula — ajeitar um quebra-cabeça ou um jogo de tabuleiro com o qual estariam "espontaneamente" se divertindo quando Scott chegasse. Jessica não sabia por que se dava ao trabalho, já que Scott não prestava atenção nelas de qualquer forma. Parecia muito mais interessado no bem-estar da srta. Fairchild, certificando-se de que ela estava "lidando bem" com aquilo. O que teria sido aceitável, não fosse o fato de que ele não parecia notar que ela não estava lidando nada bem com aquilo.

23

NORAH

Após se apresentarem brevemente para as "bebês", todas se dirigiram ao pub de Port Agatha, que estava deserto, exceto pelo barman e por um cara que assistia do balcão a uma partida de futebol do Richmond usando um cachecol do time. Apesar da fachada impressionante, não era um desses lugares chiques com um cardápio sofisticado. Era um bar esfumaçado e sem limpeza alguma, do tipo frequentado por velhos bêbados, com um alvo para dardos, brigas e alcoólatras, e que servia carne empanada de origem duvidosa.

— Por que não nos apresentamos direito? — Jessica sugeriu. Ela se sentou à cabeceira da longa mesa de mulheres como se estivesse conduzindo uma reunião. — Eu sou a Jessica, vivi em Wild Meadows dos quatro aos catorze anos. Esta é a Norah, que morou lá dos dez aos treze anos. E Alicia, que viveu lá dos doze aos treze anos.

— Pensei que cada uma fosse *se* apresentar — Alicia disse.

Jessica a ignorou.

— Eu sou a Rhiannon — disse a mulher com *dreadlocks* e luvas sem dedos. — Passei duas semanas em Wild Meadows quando era bebê.

Norah piscou.

— Eu me lembro de você. Você chorava o tempo todo. Nunca ouvi nada parecido.

— Norah! — Jessica a repreendeu.

Rhiannon apenas riu.

— Isso mesmo. Na verdade, a história é que fui tirada de casa porque eu chorava tanto que, certa vez, minha mãe foi até a casa dos vizinhos para tomar uma cerveja e me deixou chorando sozinha. Quando ela voltou, uma hora depois, a polícia já estava lá. Um entregador tinha me ouvido chorar, e, como ninguém atendia à porta, ele chamou a polícia. — Rhiannon tomou um gole de cerveja. — A polícia me levou para Wild Meadows e minha mãe precisou fazer um curso de parentalidade. Ela ainda acha que *eu* é que deveria ter sido obrigada a fazer um curso pra dormir.

— Concordo com a sua mãe — Norah murmurou, pegando a tigela de amendoins na mesa.

— Então, depois das duas semanas você voltou para casa? — Alicia perguntou.

Rhiannon assentiu com a cabeça.

— Essas foram as únicas duas semanas que fiquei longe de casa. Cresci na cidade vizinha, então sempre passávamos por Wild Meadows quando eu era criança. Minha mãe ameaçava a mim e a minhas irmãs, dizendo que era para lá que iríamos se não nos comportássemos. — Ela riu com carinho. — Um investigador me ligou ontem. Fez a gentileza entrar em contato para informar o que estava acontecendo antes que seja divulgado, porque obviamente eu não me lembro de nada do tempo que passei lá. Mas pensei em vir assim mesmo, para ver o que eu poderia descobrir.

— Eu sou a Zara — disse a próxima garota. Ela era pequena, tinha a pele pálida, olhos azuis e cabelo castanho-claro e opaco que envolvia sua cabeça como se estivesse preso por uma faixa. — Esse é o nome que minha mãe e meu pai me deram; eles não sabem como eu era chamada antes de ser adotada. Meus pais não foram informados sobre o que aconteceu comigo antes, só sabem que fiquei abrigada em Port Agatha.

Então, ontem à noite, vi o artigo do jornal e vim imediatamente. Por acaso vocês me reconhecem? — Zara as olhou com esperança. — Quer dizer, provavelmente não, mas adoraria saber qualquer coisa sobre o meu passado.

— Você me parece familiar — Alicia comentou.

Norah concordou. Mas não conseguia identificá-la. E, quando o barman se aproximou, Norah parou de tentar e direcionou sua atenção para ele. Ele tinha pele morena, uma cabeleira de cachos pretos e — Norah sentiu um frio na barriga — um *bigode*.

— Os cães são seus? — ele perguntou para Norah enquanto colocava as bebidas na mesa de madeira. Um gim-tônica para Alicia, uma limonada para Norah, uma água com gás para Jessica. As outras três mulheres bebiam cerveja.

Automaticamente, Norah se levantou, assumindo sua postura indignada e defensiva. Ela estava se preparando para começar seu discurso sobre cães de serviço quando o barman se agachou e começou a acariciá-los vigorosamente.

— Eles são adoráveis — ele disse. — Meu pastor-australiano está no quintal dos fundos. Posso levar esses carinhas para brincar com ele? Seria bom se ele tivesse companhia.

O barman sorriu para ela, revelando um pequeno diastema entre os dentes da frente. Norah estava tão ocupada o admirando que não registrou a pergunta.

— E então? Posso levar eles para brincar no quintal? — o sujeito repetiu.

— Ah — disse Norah. — Claro. Obrigada. Ok. Adorei seu bigode.

Ela ficou... constrangida. Norah não se lembrava da última vez que ficara assim.

— O que há com você? — perguntou Alicia.

— Cala a boca — respondeu Norah.

— Shh — Jessica sussurrou, enquanto a última garota começava a falar.

— Eu sou a Bianca — disse ela. — Recebi recentemente uma lista de todos os lugares que me acolheram... todos os dezesseis... e Wild

Meadows estava entre eles. Mas não me lembro de lá. Também recebi uma ligação da polícia ontem.

Bianca. A que tinha o machucado no olho, cortesia do padrasto dela.

Bianca não perguntou se lembravam dela. Norah ficou aliviada. Ela tomou um gole da limonada.

— Então — Zara disse, depois das apresentações —, alguma ideia de a quem pertencem os ossos?

— Falei com a polícia hoje de manhã — Rhiannon afirmou —, e eles ainda estavam esperando que a perícia desse mais informações. Aparentemente, quando os ossos são antigos, pode levar um tempo.

— Vocês acham que foi uma das crianças acolhidas? — Bianca perguntou.

— Não havia mais ninguém — Norah respondeu. — Só nós... e as bebês.

— Bem, vocês mataram alguém? — Zara indagou, olhando para Jessica, Norah e Alicia.

Todas riram. Exceto Zara, que as observava com expectativa, esperando uma resposta.

— Vou pegar outra rodada — disse Norah.

Ela estendeu a mão para pegar o cartão de crédito de Jessica. Estava ficando tarde. Os pratos do jantar tinham sido recolhidos.

Zara era como uma detetive de série de TV procurando desesperadamente por respostas. Rhiannon e Bianca eram menos intensas, mas ainda curiosas. Infelizmente, não havia informações a compartilhar. Nada a saber.

A única coisa que despertara a curiosidade de Norah tinha sido o barman.

— Esta rodada é por minha conta — Alicia disse, interceptando o cartão de Jessica e colocando o próprio cartão na mão de Norah. Ela se inclinou para mais perto da irmã. — O barman continua olhando para você.

— *Cala a boca.*

— Ele parece familiar — Alicia disse. — Acho que éramos colegas de escola. Avish ou…

— *Ishir!* — Norah exclamou, batendo na mesa tão forte que a bebida de Jessica tombou e se espalhou por seu colo.

— Norah! — ela exclamou. — Pelo amor de Deus!

Mas Norah já estava indo para o bar.

— Ishir!

Ishir, que estava agachado procurando algo na geladeira, se levantou assim que ouviu seu nome. Levava um pano de prato pendurado no ombro.

— Eu conheço você — Norah disse, triunfante.

Levou um minuto, mas Ishir finalmente pareceu reconhecer Norah.

— Ah, sim… eu também te conheço. — Ele sorriu. — Nerida, certo?

— Norah — ela o corrigiu. — Com H. — Enquanto dizia isso, uma memória vinha à tona. — Espera… Você trabalhava na mercearia?

— Sim. Ela era dos meus pais. Ainda é. Assim como este pub.

— Você provavelmente não vai se lembrar disso — Norah começou a dizer, e, para sua alegria, ele apoiou os cotovelos no balcão, ansioso para ouvir.

A srta. Fairchild mandara Norah até a loja para pegar seu creme facial e algumas outras coisas. Era um milagre, na verdade, como ela sempre tinha dinheiro suficiente para essas coisas quando todo o resto — as frutas do almoço das meninas, por exemplo — não cabia no orçamento.

Não era surpresa que tivesse pedido que Norah fosse; ela era a mais rápida das três. Por um tempo, Norah apostara consigo mesma quão rápida poderia ser — marcando o próprio tempo enquanto corria para ir e voltar. Foi divertido, até que a srta. Fairchild ficou sabendo e começou a usar isso para envergonhar Jessica e Alicia quando elas não eram tão rápidas.

Por isso, Norah não estava com pressa, e não se incomodou em tocar a campainha para chamar a atenção do atendente. Estava prestes a surrupiar um chocolate quando ele finalmente apareceu.

— Desculpe, não te vi aí. — Ele sorriu, revelando um pequeno espaço entre os dentes da frente. — Oi — disse. — Você é a Nerida, certo?

— Norah — ela respondeu. — Com H.

Ishir apontou para o chocolate na mão dela.

— Caramello Koala. É o meu favorito.

Ela o devolveu à prateleira e empurrou os itens da srta. Fairchild para a frente.

— Não posso levar, infelizmente. Minha mãe adotiva me tranca no porão se eu comprar chocolate. — Norah riu como se fosse uma piada. Dizer a verdade como se fosse uma piada era uma das muitas maneiras que ela usava para se divertir. — Enfim — continuou —, pode colocar isso na conta de Wild Meadows, por favor?

Ishir anotou o total no livro de contas e colocou o creme facial em uma sacola. Ao entregá-la, ele pegou o chocolate da prateleira e colocou junto com o creme.

— Você sabe que quer o chocolate.

Norah balançou a cabeça.

— Eu te falei…

— É por minha conta — ele declarou em um tom magnânimo que talvez tivesse usado para parecer endinheirado. Soou um pouco estranho, e, pelo visto, Ishir também notou, porque imediatamente baixou os olhos. — Não vou colocar na conta de Wild Meadows — explicou em um tom normal. — É presente.

— Por que você me daria um presente? — Norah franziu o cenho. — O que você quer em troca?

— Nada. — Ele parecia ofendido.

— Você deve querer algo.

— Não. Apenas fazer uma boa ação. — Ishir parecia estar se arrependendo.

— Ah.

— Não é nada de mais. De verdade.

Mas era algo notável. Norah pensou nisso por muito tempo depois, se perguntando se ele viria lhe pedir algo. Ele nunca pediu. Foi a única vez que alguém além de suas irmãs fez algo por ela sem querer nada em troca.

— Eu dava chocolate para todas as garotas bonitas — Ishir disse quando Norah terminou a história.

— Ah.

— Mas você era a mais bonita — ele declarou, se corrigindo. — Você era a garota mais linda da escola toda. Eu teria te dado todo o estoque de Caramello Koala se você quisesse.

Norah não conseguia dizer se ele estava falando sério. Decidiu testá-lo.

— Então, se eu quisesse uma rodada de bebidas para as minhas amigas...?

— Eu diria para você guardar esse cartão de crédito.

Ele sorriu, e Norah sentiu a mesma alegria de chegar em casa no fim do dia e rever seus cães.

— Então você voltou aqui por causa dos ossos? — ele perguntou, virando-se para pegar um copo. O pano de prato agora estava pendurado no bolso traseiro. Norah não sabia como um pano podia ser tão sexy.

— Sim.

— E essa galera também? — Ele lançou um olhar para a mesa.

Ela assentiu.

— E você? Por que ainda está em Port Agatha?

Ele fez uma careta.

— Estou *de volta* a Port Agatha, não estou em Port Agatha *ainda*. — Começou a servir as cervejas. — É uma distinção importante.

— Se você está dizendo.

— É, sim — disse ele. — Meu pai faleceu há seis meses, então voltei para ajudar minha mãe. Eu me divorciei recentemente, então foi uma boa desculpa para escapar. — Ele colocou duas cervejas no balcão e começou a servir mais duas. — O pub está à venda, mas, acredite se quiser, não tivemos muitos interessados. — Com a cabeça. Ishir indicou o bêbado no balcão. — Continuo tentando convencer o Larry a me fazer uma oferta, mas até o momento não tive sorte.

— Filhos? — Norah perguntou.

— Cachorro — ele respondeu.

Norah soltou um gemido baixo e involuntário.

Ela não era boba. Ele era um homem divorciado em uma cidade pequena. Provavelmente já tinha conhecido as mulheres disponíveis e estava apenas em busca de carne fresca. Norah não se sentia ofendida. Pelo contrário, estava encantada.

Ele terminou de servir as cervejas, então levantou o tampo do balcão. Pegou a bandeja de bebidas, mas não se moveu. Ele parecia estar avaliando-a.

— Não posso acreditar que te dei um Caramello Koala. — Ele balançou a cabeça e suspirou, como se estivesse muito desapontado consigo mesmo. — Uma garota como você não merece menos que um Toblerone.

Norah sorriu. Possivelmente, era a coisa mais legal que alguém já tinha dito a ela.

24

JESSICA

ANTES

O comportamento da srta. Fairchild tornou-se intolerável.

— Você não deu *aqueles* biscoitos para ela, deu? — ela gritou numa noite, depois que Alicia conseguiu fazer a bebê mais recente comer alguns biscoitos de arroz. Durante três dias, a criança tinha se recusado a comer qualquer coisa que não fosse fórmula infantil. A ironia é que *foi* a srta. Fairchild quem deu os biscoitos a Alicia e a forçou a alimentar a bebê com eles. Afinal, não seria bom se as bebês perdessem peso sob sua supervisão.

— Sua garota estúpida! Bebês não podem comer *aquilo*. Está tentando matá-la?

Não havia sentido em discutir com ela nem tentar se defender; isso só piorava as coisas. Com o tempo, elas aprenderam a apenas baixar o olhar, como se srta. Fairchild fosse um cachorro vira-lata agressivo.

— Temos tido muitas dessas bebês choronas — a mulher rosnou em outra ocasião, depois que elas comemoraram ao fazer uma recém-nascida com muita cólica arrotar. — Vocês três são o elo comum. Não pensem que não reparei.

Era meio-dia e a srta. Fairchild ainda estava de pijama, com o cabelo oleoso preso em um rabo de cavalo. Enquanto a mulher as observava com desconfiança, Jessica se perguntou se ela tinha bebido. Isso a preocupava. Ela sempre fora imprevisível, mas aquilo era algo diferente.

A primeira invasão noturna aconteceu em uma segunda-feira.

Já passava da meia-noite. Jessica havia acabado de acalmar uma menina de nove meses chamada Suzy, que chegara com picadas de inseto por todo o corpo. Suzy estava (com razão) irritada com a coceira. Foi necessária uma quantidade insana de balanços, sussurros, cantigas e pasta d'água para que ela finalmente adormecesse no berço. Quando enfim caiu no sono, Jessica pensou que fosse chorar de alívio.

Então a srta. Fairchild irrompeu no quarto.

— Meninas! — ela gritou, acendendo a luz.

Alicia e Norah sentaram-se na cama, sonolentas, cobrindo os olhos.

— Fiquei duas horas ninando a bebê e ela acabou de adormecer — Jessica sussurrou, levando o dedo aos lábios. — Você pode apagar a luz, por favor?

— Se eu posso *apagar a luz*? — Pelo tom arrastado, era evidente que a srta. Fairchild tinha bebido muito. — Bem, que maravilha, não é? Sou eu que dou de comer a vocês, que garanto o teto sobre vocês…

Jessica estava tão preocupada em não acordar a bebê que mal deu atenção à raiva desleixada da srta. Fairchild. Ela olhou para o berço e viu que, claro, a neném estava se mexendo.

— Ela acordou! — Jessica exclamou, consternada.

— E de quem é a culpa? — a srta. Fairchild retrucou e saiu do quarto com raiva. Nem se preocupou em explicar o que a levara até ali, mas Jessica teve a sensação de que ela conseguira exatamente o que queria.

Na noite seguinte, ela invadiu o quarto às duas da madrugada.

— O que está acontecendo aqui? — ela exigiu saber, procurando o interruptor.

Jessica e Alicia se levantaram alarmadas. Norah tinha o rosto enterrado sob um travesseiro.

Jessica não sabia o que dizer. *O que estava acontecendo?* Até aquele momento, elas dormiam um sono profundo. Felizmente, a srta. Fairchild não exigiu uma resposta. O objetivo da visita era gritar a respeito de como eram ingratas até que a bebê acordasse. Então a mulher desaparecia, deixando-as lidando sozinhas com a situação.

— Estou tão cansada que acho que vou morrer — Alicia disse no café da manhã do dia seguinte. — Dá para morrer de cansaço?

— Dá — Norah respondeu. — Li isso em um livro.

— Não podemos continuar assim — Jessica concordou. Ela estava comendo de olhos fechados.

Suzy seria levada embora por Scott às nove da manhã. As meninas ousaram esperar que, sem uma bebê para acordar, a srta. Fairchild não fosse invadir o quarto delas naquela noite.

Mas, pouco depois da meia-noite, elas ouviram seus passos trovejando pela escada.

— Bloqueiem a porta! — Norah gritou.

Jessica presumiu que ela estivesse brincando, mas Norah pulou da cama e começou a arrastar o armário em direção à porta.

— Você está louca? — Jessica perguntou. — Não podemos fazer isso!

Mas Norah parecia tão resoluta, tão determinada que primeiro Alicia e depois Jessica saíram da cama para ajudá-la. Uma por todas, todas por uma.

Elas posicionaram o armário diante da porta segundos antes de a srta. Fairchild girar a maçaneta.

Jessica prendeu a respiração.

A maçaneta se mexia inutilmente. Por fim, a mãe adotiva delas bateu à porta.

— Meninas! Abram agora! — A maçaneta mexeu novamente, e, dessa vez, uma fresta da porta se abriu.

As irmãs se entreolharam.

— Empurrem — Norah instruiu, e assim as meninas pressionaram suas costas contra o guarda-roupa até a porta se fechar novamente. *Meu Deus, o que elas estavam fazendo?* A srta. Fairchild se irritava com facilidade, mesmo sem que lhe dessem motivo. Elas pagariam caro por isso.

— Abram essa porta agora, ou que Deus as ajude! — ela gritou enquanto as três continuavam a fazer força contra o guarda-roupa. Jessica começou a temer que a srta. Fairchild fosse pegar um machado e derrubar a porta.

Parecia que o impasse duraria para sempre. A srta. Fairchild bateu e gritou e xingou até ficar rouca. Lançou contra elas palavras que Jessica nunca a ouvira usar antes... palavras terríveis que soavam assustadoras saindo da boca dela.

Ela não desistia, e Norah gritou exasperada:

— Vá embora, sua vaca psicopata!

Para surpresa de todas, as batidas pararam. Depois de toda a comoção, o silêncio foi ainda mais preocupante. Jessica podia sentir o coração quase saindo pela boca.

Finalmente, ouviram passos se afastando.

Meia hora depois, quando parecia seguro acreditar que ela não fosse voltar, elas se afastaram e se deitaram na cama de Norah, deixando o guarda-roupa bloqueando a porta.

— Isso não pode continuar assim — Alicia disse na escuridão.

— Talvez não continue — Jessica respondeu. — Talvez, depois desta noite, ela se livre de nós.

— Ela não vai fazer isso — Alicia disse com uma risada amarga. — Ela precisa de nós para cuidar das bebês.

A luz da lua entrava pela janela do sótão, e Jessica notou a expressão sombria de Norah.

— O que acontece se ela se *desfizer* de nós? — Norah perguntou. — E se formos separadas?

Havia um tremor na voz de Norah. Jessica deu uma olhada em Alicia e viu que ela também tinha percebido.

— Então eu vou atrás de vocês — Jessica respondeu. — De vocês duas. Vou bater na janela de vocês e então arrumamos as malas e fugimos na calada da noite.

— Jessica vai arrumar as malas, é claro — Alicia disse.

Jessica forçou um sorriso.

— Naturalmente.

— Promete? — Norah a olhava, transparecendo uma quantidade incomum de emoção. — Promete que virá me buscar?

Jessica estendeu o mindinho.

— Prometo.

Nunca houve uma promessa que Jessica estivesse mais determinada a cumprir.

Jessica não conseguiu dormir direito. Julgando pela maneira como Norah e Alicia se reviravam, elas também não conseguiram. A incerteza sobre o que as esperava tornava descansar impossível.

Já haviam testemunhado a fúria da srta. Fairchild quando diziam ou faziam algo errado por acidente — mas, dessa vez, tinham agido *deliberadamente* contra ela. Pior, se uniram para isso. A mulher provavelmente tinha passado a noite toda sonhando com novas maneiras de fazê-las sofrer.

Ao nascer do sol, elas se vestiram sem falar nada e esperaram até o último momento possível para tirar o armário da frente da porta. Então desceram as escadas em um silêncio sepulcral, como soldados indo para a guerra.

Jessica esperava encontrar a srta. Fairchild sentada à mesa do café da manhã, com a postura ereta e furiosa, mas ela não estava lá, embora a mesa já estivesse posta.

Norah se sentou.

— Devemos comer?

— Onde ela está? — Alicia perguntou.

Jessica verificou a lavanderia e o banheiro. A srta. Fairchild não estava em nenhum deles. Depois disso, as meninas passaram de quarto em quarto. Mas não havia sinal da mulher. Era como se a srta. Fairchild tivesse evaporado.

25

JESSICA

AGORA

Eram quase nove da noite. Norah havia passado a maior parte da noite no balcão, insistindo em pagar cada rodada (com a ajuda do cartão de crédito de Jessica, é claro). O barman não estava achando ruim. Jessica imaginava que não fosse todo dia que uma beldade como Norah aparecia no pub de Port Agatha.

Alicia contava às "bebês" como era viver em Wild Meadows — sendo honesta, mas não brutal em seu relato —, e as meninas estavam todas inclinadas para a frente, com os cotovelos na mesa, absortas. Jessica também estava... mas não por conta de Alicia. Estava hipnotizada com o que se passava no bar.

Norah estava *flertando*.

Jessica não tinha certeza se já havia visto Norah flertar antes, mas era inegável. Ela se portava de forma diferente — ombros para trás, quadris balançando, cabeça inclinada. Ela dava *risadinhas*. Jessica praticamente sentia o calor das bochechas da irmã.

Ela mesma já flertara com Phil? Supunha que sim. Mas fazia um tempo. Talvez precisasse voltar a fazer isso. Olhou para o celular. Havia recebido duas mensagens dele naquele dia. A primeira: Você regou a samambaia? (Ela tinha regado, naturalmente.) A segunda: Estou torcendo por você hoje. (Ele tinha enviado uma variação da segunda mensagem para Norah e Alicia também; Jessica sabia disso porque Norah perguntou como enviar um GIF de alguém tentando se matar.) Era fofo, de verdade.

Ela respondeu à primeira mensagem: Sim. Quanto à segunda, ainda não tinha respondido. O que poderia dizer? Ela realmente não era boa nesse tipo de coisa. Ao mesmo tempo, não deveria tentar?

Ultimamente, Jessica vinha alimentando um medo secreto de que Phil a deixaria. Ele não teria dificuldade em encontrar outra pessoa. Uma mulher mais jovem, que gostasse de atividades físicas como canoagem e *stand-up paddle*. Depois de um dia com a jovem esportista, Phil postaria fotos dos dois nas redes sociais, e a esportista comentaria "melhor dia" com três emojis de coração. O pior era que, se isso acontecesse, Jessica não teria ninguém para culpar além de si mesma.

Digitou uma resposta curta para a última mensagem dele.

Obrigada, Phil.

Três emojis de coração. Pressionou *enviar* bem na hora que Norah voltou, colocando na mesa bebidas que ninguém tinha pedido. Então, justo quando Jessica estava prestes a perguntar a Norah sobre o barman, a porta do pub se abriu e a detetive Patel entrou.

A conversa na mesa cessou imediatamente.

A expressão de Patel era séria. Sua camisa branca estava amassada. As mangas, dobradas. Seu rabo de cavalo, antes impecável, agora estava mais solto. A mudança na aparência dela deixou Jessica ansiosa.

— Ela não parece feliz — Bianca murmurou.

O coração de Jessica acelerou.

— Pensei mesmo que fosse encontrar vocês aqui — disse Patel.

— Por quê? — perguntou Norah.

— Porque não há mais nenhum lugar aberto depois das cinco nesta cidade. — Ela lhes lançou um sorriso resignado. — E vi que as luzes estavam acesas quando saí da delegacia.

Ela apontou para o outro lado da rua.

— Quer se juntar a nós? — Bianca perguntou, mas Patel balançou a cabeça. Ela hesitou um momento, segurando o encosto da cadeira de madeira à sua frente como se estivesse se preparando para algo.

— É bom que estejam juntas. Recebemos algumas informações do legista, e queria avisar vocês antes que a imprensa saiba.

— É sobre os ossos? — Jessica perguntou.

— Sim. Há mais análises a serem feitas. O antropólogo forense ainda precisa determinar a causa e a data da morte, mas sabemos que o corpo pertencia a uma criança do sexo feminino. Uma criança pequena. Possivelmente uma bebê.

— *Uma bebê?* — Zara perguntou. — Uma criança que foi acolhida, talvez?

— O que isso significa para a investigação? — Bianca indagou.

— Há algum suspeito? — Zara continuou.

— Aposto que foi um dos namorados da mulher — disse Rhiannon. — Sempre é o namorado.

Jessica lançou um olhar furtivo para as irmãs. A testa de Norah estava franzida em uma profunda expressão de preocupação. Alicia tinha o rosto pálido e segurava a mesa oleosa à sua frente como se fosse uma prancha salva-vidas.

— Mas se alguém matou uma criança acolhida — disse Zara —, por que ela não foi reportada como desaparecida? Crianças acolhidas têm um histórico, não têm? Um assistente social? Com certeza alguém notaria se uma criança simplesmente desaparecesse.

Normalmente, esse seria o momento em que Alicia interviria. Ela contara a Norah e Jessica a dura realidade muitas vezes: crianças abrigadas desapareciam com uma frequência assustadora. Dito isso, as crianças que Alicia descrevia costumavam ser adolescentes. Seria difícil que um bebê desaparecesse sem que ninguém fizesse perguntas. Praticamente impossível.

— Estamos investigando tudo isso agora que sabemos que os ossos eram de uma criança — disse Patel. — Sinto muito, sei que isso é perturbador.

Patel fitava Alicia. Jessica seguiu o olhar da detetive e seu coração se alarmou. Alicia estava *chorando*.

Jessica se aproximou de Alicia e se ajoelhou ao seu lado. Colocou a mão na coxa da irmã, na tentativa de reconfortá-la.

— Está tudo bem — Jessica disse baixinho. — Você está bem.

Norah ficou do outro lado de Alicia, com uma mão em seu ombro.

Jessica sentia os olhares da detetive e das outras mulheres sobre as três irmãs, mesmo que não pudessem imaginar a importância daquele momento. Elas não sabiam que Alicia não havia derramado uma única lágrima desde o dia da morte da vovó.

Então, justo quando Jessica pensava que a grandiosidade do momento estava prestes a passar, a srta. Fairchild entrou no pub.

O CONSULTÓRIO DE PSIQUIATRIA DO DR. WARREN

Hoje, quando chego para ver o dr. Warren, ele me cumprimenta e não me faz esperar nem um minuto. Parece *animado*. E estou animada por ele enfim estar ouvindo.

— Assim que John se mudou para Wild Meadows, ele se tornou o dono da casa — digo a ele. — Era tão diferente de quando meu pai ainda estava por lá. Mesmo que os problemas financeiros de minha mãe tivessem sido resolvidos com a venda de terras, ele era obcecado por dinheiro, economizando e controlando cada centavo. Nossas refeições ficaram menores, paramos de comprar roupas novas. John escondia um pote de dinheiro em uma saca cheia de arroz, e, vez por outra, ele o tirava e contava o conteúdo. Se me visse observando, dizia: "Nem pense nisso, sei quanto dinheiro tem aqui, até o último centavo".

"A outra diferença era a mudança na minha mãe. Quando meu pai estava vivo, ela ficava deitada na cama pela manhã, enquanto ele se levantava e fazia as tarefas. Agora, minha mãe já estava acordada ao amanhecer, limpando a casa de cima a baixo. John era meticuloso, apontando até o menor grão de poeira ou sujeira. Quando terminava de limpar, minha mãe preparava o café da manhã para ele, depois lavava toda a louça e a guardava antes de limpar a mesa e os balcões e passar pano no chão. Eu teria ficado horrorizada mesmo que não fosse obrigada a ajudar. Mas John insistiu que eu fizesse minha parte.

"'Mas *ele* não está cumprindo a parte *dele*!', gritei quando minha mãe me deu uma nova lista de tarefas.

"'Ele trabalha.'

"'Assim como o papai trabalhava, e ele não esperava que você se matasse o dia inteiro limpando uma casa que já está limpa!'

"Eu não tinha visto John parado junto à porta, então, quando ele agarrou minha orelha, a surpresa foi quase tão chocante quanto a dor.

"'Você não vai me desrespeitar!', John gritou para mim. Ele me puxou para perto o suficiente para que eu pudesse sentir seu hálito. 'Nem ser respondona com sua mãe.'

"Meus pés mal tocavam o chão enquanto ele me arrastava do quarto para a cozinha. Eu não sabia o que pensar quando ele pegou o sabão. Fiquei em silêncio e perplexa até o momento em que ele o forçou na minha boca com tanta força que eu vomitei.

"'É isso que acontece com pessoas respondonas.' Ele tapou minha boca com a mão.

"Eu já tinha ouvido falar disso acontecendo com outras crianças, mas não era, de forma alguma, como eu imaginava. Achava que, no pior dos casos, houvesse um gosto desagradável de sabonete. Em vez disso, foi um verdadeiro ataque. A cada respiração, eu inalava bolhas em vez de ar. Eu não conseguia tossir. Meu corpo estava encharcado de suor. Pensei que minha mãe fosse mandá-lo parar, que fosse ficar horrorizada. Mas ela só disse 'John...' e não falou mais nada.

"Quando ele finalmente tirou a mão, corri para a pia e comecei a enxaguar a boca.

"'Estou confiante de que não ouviremos mais desrespeito de sua boca', John disse antes de sair da cozinha. Quando ele se foi, pensei que minha mãe fosse se desculpar pelo que seu marido tinha feito. Mas ela não o fez. E percebi que, além do meu pai, também tinha perdido minha mãe por completo."

O dr. Warren balança a cabeça, horrorizado.

— John passou a me punir com frequência depois disso — continuo. — Geralmente quando eu falhava em fazer minhas tarefas. Ele era rigoroso em relação a elas, e eu nunca correspondia a suas expectativas. Quer dizer, não acho que era possível atender aos padrões de John. Mesmo em dias que eu verificava duas ou três vezes, ele sempre encontrava um defeito.

— E então ele lavava sua boca com sabão? — o dr. Warren pergunta, um pouco ofegante.

— Não. Isso estava reservado para quando eu era respondona. Ele tinha outras punições para infrações de limpeza. Uma vez, quando decidiu que eu não tinha limpado a cozinha direito, ele me pegou pela orelha e me arrastou até a porta sob as escadas, me empurrou para dentro e a trancou. Pensei em gritar, mas decidi que era melhor ficar em silêncio enquanto esperava o que viria a seguir. Estupidamente, eu ainda tinha esperança de que minha mãe fosse me salvar. O que não aconteceu, evidentemente.

— O que aconteceu?

Posso estar só imaginando, mas parece que as pupilas do dr. Warren estão dilatadas.

— Nada. Continuei esperando que alguém abrisse a porta, mas ninguém veio. Eles me deixaram lá. Quando finalmente me tiraram de lá, eu estava no porão havia *vinte e quatro horas*.

— Não! — o dr. Warren exclama.

Assinto com a cabeça.

— Eu estava deitada no chão, fraca de fome e sede, meu rosto sujo de tanto lamber o chão para umedecer os lábios. Na luz que vinha de cima, vi John descendo as escadas, seguido por minha mãe. John parou ao meu lado.

"'Você aprendeu a lição?', ele perguntou.

"Como não respondi, ele deu um chute no meu pé. Não foi tão forte, mas dessa vez minha mãe se ajoelhou ao meu lado. 'Dê a ela um minuto', ela implorou.

"'Eu... aprendi', consegui gaguejar.

"'Você será respeitosa a partir de agora?'

"'Sim.'

"'De quem é esta casa?'

"Meu olhar se desviou para minha mãe.

"'Não olhe para ela', John rugiu. 'Olhe para *mim*. De quem é esta casa?'

"'Sua.'

"'De quem são as regras que você deve seguir?'

"'Suas.'

"Com isso, ele assentiu. Demorei um momento até perceber que ele esperava que eu me levantasse. Eu me ergui, mas estava tão fraca que quase caí de novo. Minha mãe tentou me segurar, mas parou, olhando para John como se isso não fosse permitido. Aparentemente não era.

"John liderou o caminho de volta para cima. Enquanto fazia isso, fitei minha mãe. Mais tarde, me consolei com o fato de que pelo menos ela estava envergonhada demais para olhar para mim."

— Então você culpou sua mãe por isso? — o dr. Warren pergunta. — Mesmo que John tenha sido o responsável por deixá-la no porão?

Ele me observa avidamente.

— Sim.

O dr. Warren inclina a cabeça careca e brilhante.

— Não parece justo.

— Não — digo, correspondendo ao sorriso dele. — Mas ninguém nunca falou que a maternidade era justa, dr. Warren.

26

JESSICA

A srta. Fairchild estava vestida com suas melhores roupas da moda típica do interior — jeans, camisa xadrez, botas de montaria e um delicado suéter creme amarrado em volta dos ombros. Seu cabelo estava cortado na altura dos ombros e mais prateado do que loiro, mas, apesar disso, ela parecia a mesma, o que era impressionante, dado que devia estar perto dos sessenta anos. Da entrada, fez um aceno educado e desconfortável. Parecia hesitante, como se não soubesse se deveria se aproximar, como se não soubesse exatamente o que estava fazendo. Por fim, acenou com a cabeça, como se para si mesma.

Enquanto caminhava em direção a elas, Jessica se viu jogando o cabelo por sobre os ombros e endireitando a postura, mesmo enquanto seu coração batia tão forte que parecia ecoar pelo pub.

— Olá — disse a srta. Fairchild. — Pensei que pudesse acabar esbarrando em vocês três esta semana.

De perto, seu rosto tinha aquele leve aspecto de retoque das mulheres de meia-idade que fizeram um uso conservador de Botox combinado com alguns tratamentos cosméticos. Claramente, a srta. Fairchild tinha dinheiro para esse tipo de coisa desde que vendeu Wild Meadows.

— Como vai, Jessica? — a srta. Fairchild perguntou, já que ninguém falava nada. — Você está ótima.

Jessica sentiu que as outras mulheres observavam a dupla com interesse. A srta. Fairchild, Jessica podia perceber, estava ciente de seu público. Ela estendeu a mão e tocou o braço de Jessica.

— Jessica?

A cabeça de Jessica girava; achava que podia desmaiar.

— Como você *acha* que ela está? — Norah perguntou. — Foram encontrados ossos de uma criança sob a casa onde crescemos, caso você não tenha ficado sabendo.

O olhar da srta. Fairchild se voltou para Norah.

— Eu sei. É terrível o que descobriram. Vou ajudar na investigação da maneira que eu puder.

As mãos de Norah estavam cerradas, e seu rosto, corado. Jessica se sentia desconfortável ao observá-la. Quase dava para ver o sangue pulsando sob sua pele.

— O que você está fazendo aqui? — Alicia perguntou, avançando e ficando um pouco à frente de Norah. Jessica se pôs ao seu lado.

— É uma cidade pequena — a srta. Fairchild respondeu, um pouco na defensiva. — Estava dirigindo e vi que o pub ainda estava aberto. Não preciso te dizer que não há muito o que fazer na cidade, então pensei que fosse encontrá-las aqui. — A srta. Fairchild sorriu, como se fosse uma reunião feliz, como se fossem velhas amigas da família.

— E você queria nos encontrar... *por quê?* — Alicia perguntou.

— Porque me importo com vocês. Pensei muito em vocês ao longo dos anos. Me preocupei com vocês. Vocês tiveram um começo de vida tão difícil. Provavelmente não vão acreditar nisso, mas eu realmente tentei ajudá-las.

— Sabemos que você tentou — Norah disse, avançando. — Você tentou nos isolar, nos humilhar, nos aterrorizar...

Os ombros de Alicia e Jessica agora se tocavam, impedindo Norah de se aproximar mais da srta. Fairchild; ao ver a irmã assim, Jessica associou a cena a um cão bravo sendo contido por uma coleira. Não sabia quanto tempo conseguiriam segurá-la se Patel não as tivesse interrompido.

— Eu sou a detetive Patel — disse, estendendo a mão para a srta. Fairchild. — Conversamos ao telefone.

— Claro — a srta. Fairchild declarou. — Prazer em conhecê-la, detetive.

— Por que eu não a acompanho até a saída? — Patel disse para a srta. Fairchild. — A que horas você vai chegar amanhã?

Todos observaram Patel guiar a srta. Fairchild em direção à porta. Foi uma manobra suave da parte da detetive, mas Jessica podia perceber que a srta. Fairchild não ficou feliz por ser afastada. Mesmo depois de vinte e cinco anos, Jessica ainda sabia como lê-la.

Enquanto Jessica as via sair, muitas coisas passaram por sua mente. O principal foi o comentário da srta. Fairchild para ela: "Você está ótima". Envergonhou-se ao perceber o quanto isso a tinha agradado.

27

ALICIA

— Isso foi… intenso — comentou Norah, enquanto elas voltavam para o carro.

Tinha mesmo sido intenso. Tão intenso que Alicia ainda não conseguia encontrar palavras. Mesmo ver o rosto da srta. Fairchild depois de todos esses anos — tentando combiná-lo com o rosto que ela conhecera antes — era o suficiente para fazer Alicia se sentir esgotada e furiosa ao mesmo tempo.

Jessica, talvez sentindo o mesmo, sentou-se no banco do motorista em silêncio.

— Não entendo — Norah começou a dizer. — Por que a srta. Fairchild está cooperando com a polícia?

— Ela não está — Alicia murmurou. — Está acabar com a gente.

Norah abriu a porta de trás do carro e os cachorros saltaram para dentro.

— Como você está, Alicia? — Jessica perguntou quando a irmã se sentou no banco do passageiro. Estava claro que se referia ao fato de Alicia ter chorado.

— Estou bem — Alicia respondeu de modo automático. Então

balançou a cabeça. — Não estou nada bem. Os ossos encontrados são de uma criança.

— Eu... — Jessica começou.

Mas Alicia não tinha terminado.

— Isso muda tudo, não muda?

Jessica, que ainda não tinha ligado o motor, repousou a cabeça sobre o volante.

— Não sei se é bem *assim*.

Era verdade que elas não tinham certeza de nada. E, apesar disso, Alicia não conseguia se livrar da sensação de que, ao descobrir que o corpo era de uma criança, elas tinham descoberto a última peça que faltava do quebra-cabeça. Agora precisavam desmontá-lo e recomeçar, peça por peça. Só então poderiam descobrir *exatamente* onde tinham errado.

Driftwood Cottages era uma série de chalés dispostos em torno de um estacionamento central, com as unidades conectadas por um caminho de cascalho. O interior do chalé de três quartos delas correspondia às expectativas — banheiros azuis e brancos dos anos 1980 com sabonetes envoltos em plástico e copos d'água. Camas com lençóis desgastados e rendados, cortinas translúcidas e quadros decorativos que Alicia tinha visto em promoção na loja de conveniência.

Como cada chalé tinha sua própria entrada, Norah não precisou fazer seu discurso sobre cães de serviço para ninguém na recepção — o que, ao que tudo indicava, a deixou bastante desapontada.

— É melhor que esses cachorros fiquem no seu quarto — Jessica disse quando estavam caídas nos sofás do chalé, olhando os celulares. Jessica sentava-se com as costas eretas, a postura rígida. Converse tentou subir em seu colo em um momento, e Alicia decidiu que chamaria uma ambulância se Jessica permitisse, mas felizmente a irmã o afastou. — Se eu acordar com um cachorro ao meu lado, Norah, juro por Deus...

— *Claro* que eles vão ficar no meu quarto — Norah disse, com notável descrença. Então riu um pouco.

Jessica parecia prestes a retrucar, talvez até a emitir uma ameaça, mas Alicia se distraiu quando seu celular começou a tocar.

— Desculpem, preciso atender — disse. Foi até o canto da sala e levou o celular à orelha. — Oi, Aaron. Theo está te dando trabalho?

— Vinte e quatro horas por dia. — Alicia reconheceu afeto na voz dele. — Uma vantagem de ficar mais velho será ter um pouco de paz e tranquilidade.

Naquela tarde, Alicia recebera a confirmação oficial de que os pais de Theo tinham renunciado aos direitos parentais, o que significava que ele logo seria transferido para um lar permanente — longe de Trish e Aaron, com quem ele, estava claro, se sentia seguro. Isso partia o coração de Alicia.

— A propósito, Trish disse que posso ficar com ela até o fim do ano letivo, mesmo depois que eu completar dezoito anos.

— Isso é ótimo — disse Alicia.

— Sim — Aaron afirmou. — Sou bastante sortudo.

Alicia sentiu seu estômago revirar.

— Não, você não é.

Aaron ficou em silêncio, provavelmente confuso com o comentário.

— Trish é uma mãe acolhedora maravilhosa, e é muito generoso da parte dela te manter depois dos dezoito, mas você não é *sortudo*. Você perdeu seus pais. Perdeu sua avó. Passou os últimos anos vivendo com incertezas. Ter um lar estável até terminar a escola é, na verdade, muito menos do que você merece. Quero que se lembre disso, certo?

Alicia sentiu suas irmãs a observando, o que significava que provavelmente ela tinha sido um pouco severa na elocução. Mas e daí? Amor e segurança são os direitos mais básicos. Forçar essas crianças a acreditar que são sortudas por ter isso é ainda mais danoso do que aquilo que algumas delas experimentaram no acolhimento, pensou Alicia.

— Certo — disse Aaron, parecendo se divertir. — Não sou sortudo. Pobrezinho de mim. — Alicia sorriu. Ela sabia que ele tinha entendido.

— Então, a razão pela qual liguei — continuou Aaron — é que eu queria saber o que vai acontecer com Theo depois que ele sair daqui.

Alicia suspirou.

— Não sei ainda, cara.

— É só que... eu estava me perguntando... se me inscrevesse para abrigar uma criança quando eu completar dezoito anos, poderia... poderia ficar com ele?

Um nó se formou na garganta de Alicia. Ela percebeu que corria o risco de chorar pela segunda vez naquela noite.

— Isso é muito gentil da sua parte. Mas e a universidade?

— Não sei. Acho que pensei que, se eu ficasse ele, poderia arranjar um emprego em vez de ir para a universidade. Então, alugaria um apartamento para nós. Sei que há uma ajuda de custo quando se acolhe uma criança... talvez isso ajudasse com o aluguel?

— Aaron, escuta...

— Eu sei. Eu sei. Só quero saber se é possível.

Ele parecia resoluto. O que significava que Alicia lhe devia uma resposta direta.

— Tudo bem. Em teoria, sim, é possível. Mas leva tempo para ser aprovado como acolhedor. E, até lá, é provável que Theo já terá sido levado para outro lugar.

— Ah. — Aaron soou desapontado e aliviado ao mesmo tempo.

— Escuta — Alicia disse —, sou a assistente social dele, e não vou deixá-lo com qualquer família, certo? Se ele for transferido para um novo lar, vou garantir que ele vá para a melhor família possível, ok? Eu prometo. — Aaron não respondeu. Pelo celular, ela pôde ouvi-lo engolir em seco. — Você é um jovem muito amável, sabia disso?

— Tanto faz — disse ele, sua voz de adolescente voltando. — Eu só queria saber, só isso.

— Me ligue se tiver mais alguma dúvida.

Quando terminou a ligação, Alicia viu que Jessica e Norah ainda a fitavam. Jessica estava encostada nas almofadas, quase reclinada. Dois dos cachorros estavam em cima de Norah, fazendo com que ela parecesse um monstro de três cabeças.

— O que você disse foi bonito — Norah lhe falou. Alicia não

conseguia ver seu rosto, atrás dos cachorros. — Sobre o que uma criança merece.

— Bem — Alicia disse —, é verdade.

— Só para constar, acho que uma criança seria sortuda de tê-la como mãe adotiva.

Soou como se o cachorro tivesse dito isso. O que era estranho, mas ainda assim agradável. Talvez por isso Alicia não tenha respondido com seu discurso de sempre sobre como a melhor maneira de ajudar as crianças era ser assistente social. Em vez disso, ela apenas disse:

— Obrigada, Norah. Isso significa muito para mim.

Em seu quarto, Alicia dobrou um dos travesseiros finos ao meio e se deitou. Ficou esperando o dia inteiro para ouvir a mensagem de Meera. Parecia um mimo, depois do dia que tiveram.

— Oi — dizia a mensagem. — Não é urgente, mas recebi uma petição para tirar a guarda dos pais de Theo Moretti. Me liga na se-gunda-feira para eu te explicar o cronograma e os próximos passos.

Era uma mensagem totalmente profissional, mas Alicia fechou os olhos enquanto a ouvia. Havia algo na voz de Meera — calma, clara e inteligente — que lhe fazia bem. Por essa razão, ela ouviu a mensagem mais duas vezes antes de retornar a ligação.

Meera atendeu após somente um toque.

— Aí está você.

— Aqui estou.

Se ouvir a mensagem de Meera foi reconfortante, tê-la ao telefone em tempo real era como ir a um spa. Alicia imaginou-a na frente da televisão, com o notebook no colo, apoiando o celular entre o ombro e o ouvido. Era possível que usasse um lápis para prender o cabelo.

No cômodo ao lado, os cachorros começaram a latir.

— A Norah está aí? — Meera perguntou. Ela conhecera Jessica e Norah em uma festinha de aniversário de Alicia, que também fa-lava muito sobre as irmãs, o suficiente para que Meera soubesse dos cachorros de Norah e das neuroses de Jessica. Ainda assim, Alicia admirou-se que ela se lembrasse desses detalhes.

— Não. Bem, sim. Estamos viajando. Jessica também veio.

— Ah, diga a elas que eu mandei um oi — disse Meera. — Onde vocês estão?

— Port Agatha.

Uma pausa. Meera sabia pouquíssimo sobre a infância de Alicia, mas *sabia* que Alicia crescera em lares adotivos — e sua localização. Quanto ao resto, ela tinha experiência suficiente com o juizado de menores para preencher as lacunas.

— Olha, podemos falar sobre isso na segunda-feira. Só pensei que talvez você estivesse tão triste quanto eu, trabalhando em uma noite de sábado...

— Eu definitivamente estou tão triste quanto você — disse Alicia. Ela se levantou e pegou outro travesseiro. — Na verdade, eu ia te ligar também.

— Para falar do Theo?

— Não, sobre um jovem. O nome dele é Aaron e ele está prestes a atingir a maioridade. — Alicia se sentiu estranhamente emotiva. — Ele é um bom garoto. E isso me fez pensar... Hipoteticamente falando, se eu quisesse acolhê-lo... eu poderia? — Vários segundos se passaram. Alicia quase podia *ver* as sobrancelhas de Meera se levantando. — Hipoteticamente — ela repetiu. — Eu disse *hipoteticamente*.

— Certo — disse Meera, com certeza não acreditando nela. — Bem, nesse caso, não. Você não pode acolher alguém depois dos dezoito anos.

Alicia suspirou. Era o que ela esperava. De certa forma, estava aliviada por ouvir isso. Aliviada e também... amargamente desapontada.

— Mas você poderia adotá-lo.

Alicia titubeou.

— Poderia? Mesmo que ele tenha dezoito anos?

— Não há restrição de idade para adoção — explicou Meera. — É incomum adotar um adulto, mas acontece... por motivos sentimentais ou financeiros, ou se por ventura se tratar de um adulto com deficiência. Às vezes é por motivos de herança. O adotado teria que concordar, obviamente.

— Obviamente — disse Alicia, se perguntando se Aaron aceitaria. E não podia acreditar que estava se perguntando isso. Era tudo *hipotético*. — Um jovem de dezoito anos realmente precisa de uma mãe? — Alicia ponderou em voz alta. Mas era uma pergunta boba. Ela sabia que a resposta era *sim*. Mesmo aos trinta e oito anos, Alicia teria feito qualquer coisa para ter uma mãe.

Meera devia ter achado a pergunta boba também, porque não respondeu. Em vez disso, disse:

— Me conte mais sobre o Aaron.

Alicia deu de ombros.

— Para ser honesta, não sei muito além do fato de que ele foi criado pela avó. A gente se encontrou só algumas vezes.

— Às vezes, a duração de um encontro não importa muito — Meera comentou. — Às vezes, você simplesmente sabe.

Enquanto o silêncio se instalava entre elas, Alicia se perguntava se ainda estavam falando de Aaron. Ela se viu desejando que não estivessem. Mas isso era algo bobo. Um desejo que não valia a pena.

— Certo — Meera disse por fim. — Devo fazer uma pequena pesquisa sobre adoção de adultos?

— Não — Alicia respondeu rapidamente. — Era uma pergunta hipotética.

Mas Alicia sabia que Meera provavelmente estava pesquisando enquanto elas conversavam. Era o tipo de coisa que Meera fazia.

— Meera…

— Sim?

Ela queria dizer: *Eu te amo. Quero estar com você. Quero me sentir digna de amor e sem medo de retribuir o amor que recebo. Quero isso com você*. Mas, em vez disso, falou:

— Falo com você na segunda-feira. — Então encerrou a ligação e bateu a cabeça várias vezes na cabeceira da cama.

28

NORAH

Sofá, Converse e Calçola já dormiam na cama dela, mas Norah estava bem acordada. Como se o dia não tivesse sido estressante o suficiente, ela tinha acabado de verificar sua caixa de mensagens — maldita fosse — e encontrou uma mensagem de um policial de Melbourne.

— Senhorita Anderson, sou o oficial Perkins, da Polícia de Victoria. Gostaríamos de falar com você assim que possível sobre uma denúncia que recebemos a respeito de uma agressão que ocorreu em Melbourne ontem. Quando receber esta mensagem, por favor, me ligue para...

— Kevin, seu filho da puta! — ela disse em voz alta.

A sensação desagradável que ela havia sentido ao receber a última mensagem de Kevin voltou com força total. Ele tinha feito isso. Fez mesmo. Realmente tinha ido até a *polícia*. Ela não achava que o cara de marmota tivesse essa coragem.

Seu rosto ficou quente, e seu coração começou a martelar forte o suficiente para que ela sentisse cada batida. Norah queria socar alguma coisa... de preferência, o rosto de Kevin... mas teve que se contentar em socar o colchão enquanto tentava organizar os pensamentos.

As ramificações daquilo lhe vinham em ondas. Ela provavelmente seria acusada de agressão, mas também precisava considerar a ordem de prestação de serviços comunitários e o fato de que esse delito poderia fazer com que acabasse na cadeia. Como se isso não fosse ruim o suficiente, a polícia queria falar com ela e as irmãs sobre a *morte de uma criança*, encontrada enterrada sob a casa onde tinham crescido! Com sua ficha criminal, uma acusação de agressão em andamento e uma ordem de prestação de serviços comunitários... sua situação estava começando a ficar muito complicada mesmo.

Respirou fundo. Jessica estava sempre respirando fundo. Nunca parecia ajudar, mas, dada a falta de opções, Norah decidiu tentar. Para sua surpresa, foi eficaz. Enquanto inspirava profundamente, tudo de repente ficou claro. Ela só precisava lidar com isso. Teria gostado de lidar com isso dando um chute rápido nas bolas de Kevin, é claro, mas brigar não iria ajudá-la dessa vez. Precisava ser mais engenhosa. A prioridade era fazer com que tudo acabasse, e rápido. E, como Norah tinha aprendido quando era jovem, às vezes isso significava cerrar os dentes e fazer o que precisava ser feito.

Ela olhou ao redor do quarto. Havia um espelho de corpo inteiro que serviria bem, decidiu. A iluminação no cômodo não era ótima, mas precisava trabalhar com o que tinha. Despiu-se e se agachou com os joelhos posicionados de forma estratégica. Ficou bastante artístico, na verdade. Provavelmente poderia ter enviado isso para uma revista. Era com certeza bom o suficiente para fazer a queixa de agressão ser retirada.

Ela anexou a foto a uma mensagem e escreveu:

Tirei minhas roupas. Agora faça o mesmo com as acusações.

Ela pressionou *enviar* e então lançou o celular para o outro lado do quarto, derrubando uma luminária da mesa de cabeceira e fazendo-a despencar no chão. *Vai se foder, Kevin*, pensou.

— Tudo bem aí? — Alicia chamou do quarto ao lado.

— Tudo — Norah respondeu.

Não via motivo para envolver as irmãs nisso. Elas já tinham o suficiente com que se preocupar.

29

JESSICA

Mesmo antes de se deitar, Jessica sabia que não conseguiria dormir naquela noite. Os ossos pertenciam a uma criança. Talvez até mesmo a uma bebê. *Uma bebê.*

"Isso muda tudo", Alicia tinha dito. Jessica sempre achara difícil pensar em sua criação em Wild Meadows, e não havia dúvida de que essa nova informação — a de que uma bebê tinha sido enterrada sob a casa — tornava tudo infinitamente mais difícil. Mas Alicia estava errada ao dizer que isso mudava tudo. Não era possível. Devia haver outra explicação para o que aconteceu com essa criança ou bebê. Uma que não tivesse nada a ver com elas.

Jessica se movia pelo quarto, tentando recriar sua rotina em casa — tomar um banho, escovar os dentes, tomar o Lexapro e a melatonina, lavar o rosto — na esperança de convencer seu corpo de que era hora de dormir. Mas, claro, ele era esperto demais. Na verdade, estava ofendido com suas tentativas patéticas e mais determinado ainda a ficar acordado. Norah, pelo som de ronco que vinha através da parede, não estava tendo o mesmo problema. E Alicia, quem saberia dizer?

Jessica estava preocupada com ela. Foi tão chocante vê-la chorando.

Desde que Jessica a conhecia — ou pelo menos desde que sua avó tinha morrido —, Alicia manteve suas emoções tão bem contidas que ela mesma não conseguia acessá-las, quanto mais externalizá-las. Isso sempre tinha incomodado Jessica. Os problemas de Norah eram bem visíveis para todos. Os problemas de Alicia estavam mais bem escondidos, mas eram igualmente graves. Jessica precisava ficar de olho nela. Se ela começasse a desmoronar, queria estar por perto.

Na mesa de cabeceira, seu celular piscou com uma mensagem do correio de voz, e Jessica se atirou para pegá-lo, desesperada por algo que a distraísse de suas preocupações.

Mas, infelizmente, a mensagem trouxe mais preocupações.

— Jessica, é Cate McDonald. Pode me ligar o mais rápido possível? Acabei de ter uma conversa com Debbie Montgomery-Squires e...

Jessica encerrou a mensagem e xingou em voz alta. Será que poderia processar Debbie por difamação? Embora Jessica tivesse bastante certeza de que era necessário provar que a pessoa estava espalhando mentiras sobre você — algo que não sabia se conseguiria fazer. Procurou seus contatos no celular em busca do seu advogado e enviou um e-mail, copiando Sonja. Assim que recebesse uma resposta, decidiria como lidar com isso.

Até lá, estava sozinha com sua vergonha.

Jessica sabia lidar com a dor, mas a vergonha era uma forma própria de agonia. Algo sobre sua afirmação de que todos os seus piores medos sobre si mesma eram verdadeiros, seu foco implacável em suas qualidades negativas. Felizmente, Jessica tinha maneiras de lidar com a vergonha. Pegou dois comprimidos de um frasco e os colocou na mão. Então, após um momento de consideração, pegou mais dois. Tudo ficaria melhor depois de uma boa noite de sono, lembrou a si mesma. Engoliu os comprimidos e esperou que a paz chegasse.

30

NORAH

Norah estava do lado de fora do chalé observando os cães correndo pela grama, urinando nos carros e cavando buracos nos canteiros do jardim. Ela ainda não tinha recebido nenhuma resposta de Kevin — nem sequer uma curtida. Ela presumiu que isso fosse uma coisa boa; talvez ele estivesse esperando até falar com a polícia e conseguir retirar a queixa antes de responder? Ainda assim, ela preferiria que ele pelo menos confirmasse o recebimento.

— A Jessica ainda não está pronta? — Alicia perguntou. Estava ao lado do carro, já tendo ido à recepção para fazer o check-out.

— Não — Norah respondeu.

Alicia parecia perplexa.

— Ela está doente?

— Foi o que *eu* perguntei!

Jessica não acordou com o alarme, algo que nunca acontecia. Normalmente, ela e Alicia a provocavam por *nem sequer* precisar de um alarme, já que seu relógio biológico era mais confiável do que qualquer coisa que Steve Jobs pudesse criar. Mas, naquela manhã, após ouvir o alarme tocando por vários minutos no quarto ao lado, Norah mandou os cães para acordá-la. Jessica reclamou amargamente do hálito matinal de Calçola, mas, alguns segundos depois, voltou a dormir.

— Você está doente? — Norah perguntou quando entrou no quarto, após alguns minutos.

Jessica não tinha febre, tosse ou dor de garganta. Dissera que estava apenas cansada. Uma desculpa razoável, e uma que Norah poderia aceitar de qualquer outra pessoa, mas Jessica não ficava cansada. Era muito enérgica para se cansar.

— Desculpem! — Jessica disse, ofegante, saindo tropeçando do chalé. Destrancou o carro. — O que eu perdi?

— A gente falando sobre você ter dormido demais — Norah respondeu. — Sinto que estou em um universo alternativo.

Norah reuniu os cães e todos entraram no carro. Enquanto Jessica se acomodava no banco do motorista, jogou o celular no painel.

— Vocês sempre me mandam relaxar — ela falou, ligando o carro. — Quando eu relaxo, vocês surtam.

— Achávamos que você *não conseguisse* relaxar — Norah explicou. — Como um pinguim não pode voar. Imagino que você também surtaria se pinguins de repente começassem a voar.

Jessica franziu a testa, pensando a respeito enquanto saía do estacionamento para a estrada. Norah ficou decepcionada quando o celular de Jessica começou a tocar. Esperava um elogio por sua inteligente analogia com pinguins.

— Não atenda! — Jessica gritou quando Alicia fez menção de pegar o celular. Sua voz saiu tão alta e abrupta que até os cães se assustaram. Alicia levantou as mãos como se estivesse se rendendo. — Não posso lidar com o trabalho agora, ok? — Jessica acrescentou. — Antes de qualquer coisa, preciso de café.

Alguns instantes se passaram enquanto elas ouviam o toque insistente do telefone. Os olhares de Norah e Alicia se encontraram no espelho.

— Você está bem, Jess? — Alicia perguntou quando o celular parou de tocar.

— Claro que estou. Por quê?

— Você está agindo estranho — Norah respondeu.

— Caso não tenha percebido — Jessica disse, enquanto o telefone começava a tocar novamente —, as circunstâncias são bem estranhas.

Ela recusou a chamada. Em seguida o aparelho voltou a tocar. Assim que ele parou de novo, Jessica o desligou e o guardou no porta-luvas.

Os olhos de Norah e Alicia se encontraram no espelho outra vez.

— *Caladas!* — Jessica exclamou, mesmo que nenhuma delas tivesse falado nada.

Quando pararam em frente à delegacia, Norah recebeu uma mensagem de Kevin.

Legal, mas não é exatamente o que eu tinha em mente.

Norah encarou a mensagem. Mas que inferno. Respirou profundamente e escreveu: O que você tinha em mente?

Três pontinhos indicando que ele estava digitando uma resposta apareceram no mesmo instante.

Norah rangeu os dentes enquanto imaginava seu sorriso de marmota satisfeita e traiçoeira, sua excitação de roedor repugnante.

Eu estava pensando em um vídeo.

Talvez fosse o pensamento de imaginar um roedor excitado, mas Norah sentiu ânsia. Sério? Esse cara, que nem merecia a foto dos seios dela, queria um *vídeo*? Os instintos de Norah a incitavam a mandar ele se foder. Mas ela não podia fazer isso. Nem podia contar às irmãs o que estava acontecendo. Sentia-se como se estivesse encurralada. Como se estivesse de volta àquele espaço debaixo das escadas onde a srta. Fairchild a trancava.

> Que tipo de vídeo?

Ele claramente estava preparado para isso, porque sua longa resposta apareceu meros segundos depois. Norah se considerava sexualmente livre. Entendia de fetiches, encenações e BDSM. Mesmo assim, ao ler a mensagem, ela arquejou.

— O que foi? — Alicia perguntou do banco da frente.

— Nada. Só… um vídeo engraçado do TikTok.

Norah releu a mensagem. Pelo que Kevin sugeria, ele assistia a muita pornografia bem intensa. Pela primeira vez em muito tempo, ela sentiu lágrimas — lágrimas de raiva — ardendo em seus olhos.

Respirou fundo.

> Você já falou com a polícia sobre a agressão?
> Disse a eles que eu não fiz nada?

A resposta dele foi rápida.

Ainda não.

> Filho da puta. Como vou saber se você vai fazer
> isso depois que eu mandar o vídeo?

Outra resposta rápida.

Dou a minha palavra.

A palavra *dele*? Norah queria responder e dizer exatamente o que pensava sobre a palavra dele. Mas que escolha ela tinha além de confiar nele?

Estavam estacionando na delegacia. Enquanto desembarcavam, Norah viu Patel e Hando atravessarem a rua, segurando cafés para viagem. Hando tinha derramado o dele e tentava inutilmente tirar uma mancha de sua camisa branca.

— Que droga de tampa — Hando disse a elas enquanto saíam do carro. — Não comprem café daquele lugar. É a segunda vez que isso acontece!

Patel também tinha derramado café, Norah notou, mas a detetive não disse nada. Evitou olhar para as três enquanto se dirigiam para a porta da delegacia. Norah se perguntou o que a estava incomodando. Ela parecia bem na noite anterior quando escoltou a srta. Fairchild para fora do pub. Talvez, como Jessica, estivesse apenas cansada.

Tucker, que devia estar esperando na recepção, abriu a porta quando todos se aproximaram, seguidos pelos cães. Por um momento, ficaram no saguão enquanto Hando e Patel tentavam se limpar.

— Como vocês estão nesta manhã? — Hando perguntou, pegando alguns lenços de papel na recepção.

— Cansada — Jessica respondeu.

Hando dava batidinhas em sua camisa usando os lenços, acenando com a cabeça.

— É sempre difícil dormir depois de ouvir notícias perturbadoras.

— Eu também não dormi bem — Patel disse, aceitando a caixa de lenços que Hando lhe ofereceu. — Fiquei acordada por horas, me perguntando por que vocês não seriam honestas conosco.

Era como se alguém tivesse entrado na sala carregando uma metralhadora. Todos ficaram em silêncio. Os movimentos se tornaram cautelosos, lentos, e os olhares, perplexos.

— O que você quer dizer? — Jessica perguntou a Patel.

— Estou falando do fato de que nenhuma de vocês a mencionou.

No silêncio, os cães começaram a circular, inquietos, sem dúvida percebendo a mudança no ambiente. Norah lançou um olhar para as irmãs, que pareciam igualmente desconfortáveis.

— Não mencionamos quem?

Patel olhou de uma para a outra como uma diretora de escola decepcionada. Finalmente, levantou as mãos e as deixou cair com um suave e desapontado suspiro.

— A quarta irmã? A outra garota que morava em Wild Meadows

com vocês? Aquela sobre a qual acabamos de saber neste relatório policial, sabem? — Patel gesticulou para seu notebook.

Silêncio. Alicia, Norah e Jessica se entreolharam.

Os policiais as fitavam como se fossem criminosas. Como se tivessem sido enganosas ou ocultado algo relevante, o que certamente *não* era o caso.

— Mas por que *deveríamos* falar sobre ela? — Norah perguntou.

Patel piscou dramaticamente.

— Está falando sério?

Norah parecia indignada.

— Se vocês tivessem feito seu trabalho direito, teriam encontrado esse relatório há dias.

— E, se tivessem lido o relatório — Alicia acrescentou —, saberiam exatamente por que não a mencionamos.

Patel suspirou. Estava encurralada.

Por fim, Jessica deu um passo à frente, sua autoridade de chefe se manifestando com tudo.

— E, se vocês tiverem mais perguntas, terão que falar com nosso advogado.

31

NORAH

ANTES

Parecia um dia tão promissor. Quando desceram as escadas, descobriram que a srta. Fairchild tinha desaparecido. Era como um milagre. Norah se sentia como o Kevin de *Esqueceram de mim*. Enquanto se arrumavam para a escola, ela já fantasiava sobre como seria a vida se fossem apenas as três. Ela ficaria com o quarto principal, contou às irmãs. Estava até disposta a sair para procurar emprego.

Jessica, é claro, a avisou para não criar muitas expectativas. Era um bom conselho, como puderam ver, porque, quando voltaram para casa naquela tarde, não só a srta. Fairchild estava de volta como havia alguém com ela.

— Meninas — a srta. Fairchild chamou da sala de estar. — Podem vir aqui, por favor?

De muitas maneiras, era o clássico déjà-vu. Por outro lado, nem tanto, já que havia algumas diferenças em relação às outras vezes. Primeiro, em vez de estar na poltrona, a srta. Fairchild estava sentada de pernas cruzadas no chão. Além disso, se as outras bebês tinham no máximo um ano, essa já era uma criança pequena e muito cabeluda. Seu cabelo era loiro e ela tinha a boca cheia de dentinhos brancos.

— Quero que conheçam alguém. — A srta. Fairchild sorriu para elas, sem mostrar sinais da interação desagradável da noite anterior. — Esta é a *Amy*.

Elas encararam a criança. Amy piscou para as três, parecendo tão chocada e confusa quanto elas. Segurava uma boneca Barbie desgastada em uma mão e, com a outra, abraçava um ursinho de pelúcia contra o peito.

— Amy tem quase dois anos — a srta. Fairchild disse, com um sorriso ainda maior. — E a melhor parte: Amy não vai ficar conosco apenas temporariamente. Vou adotá-la!

Ela disse isso com tanta alegria que era difícil acreditar que se tratava da mesma mulher que as aterrorizou por meses. Que, na noite anterior, gritou obscenidades enquanto tentava entrar à força no quarto delas.

Alicia parecia tão perturbada quanto Norah.

— Mas... onde estão os pais dela?

— Os pais *biológicos* não a queriam. — A srta. Fairchild fez uma expressão de desgosto. Era mais familiar que o sorriso grotesco, pelo menos. — Algumas pessoas só querem crianças perfeitas.

Norah voltou a olhar para Amy, que segurava seu ursinho. Ela não tinha estrabismo, nem picadas de inseto, nem deficiências aparentes. Parecia uma bebê bastante perfeita.

— Amy nasceu com uma pequena anomalia — a srta. Fairchild disse, respondendo à pergunta não dita delas. — É ridículo, na verdade; não é algo que qualquer um notaria.

Ela tirou uma das meias de Amy, e as meninas se curvaram para a frente. O pezinho da menina era rosado e fofo: perfeito, exceto pelo dedinho extra, minúsculo, que se aninhava contra os outros.

— Os pais dela não a quiseram porque ela tem *um dedo* a mais? — Norah perguntou.

— Algumas pessoas estão tão ocupadas buscando a perfeição que não apreciam as maravilhas bem diante delas — a srta. Fairchild respondeu. — Podem imaginar? Ter uma criança tão linda e não a apreciar? — Ela balançou a cabeça e fez um som de reprovação. — Algumas pessoas não merecem filhos, realmente não merecem.

A srta. Fairchild não perdia Amy de vista. Durante o dia, ela a carregava em um *sling* junto ao peito, e, se tivesse algo para resolver na rua, mandava as meninas irem em seu lugar para não precisar deixar Amy nem por um segundo. À noite, Amy dormia no quarto dela, e a srta. Fairchild se levantava para acalmá-la, caso a pequena acordasse.

— Sou a única que pode cuidar dela — ela dizia se visse as meninas interagindo com Amy. — É importante para o vínculo. Assim ela vai saber que sou a mãe dela.

Raramente havia um momento em que a srta. Fairchild não estivesse cantando ou balançando Amy. Norah presumiu que a mulher eventualmente fosse se cansar dos cuidados integrais, como fizera com as outras bebês, mas as semanas se passaram e a srta. Fairchild continuava dedicada. Era maravilhoso para Norah e Alicia, porque significava que a srta. Fairchild as deixava em paz. Era o mais próximo que a fantasia de ser o Kevin de *Esqueceram de mim* poderia chegar. Mas Jessica não parecia compartilhar do entusiasmo de Norah e Alicia pela nova srta. Fairchild.

— Estou feliz que ela esteja cuidando tão bem da Amy — dizia quando as irmãs perguntavam se estava tudo bem. — Isso torna a nossa vida mais fácil!

Mas seu sorriso não parecia sincero. Para Norah, era um lembrete de que, ao contrário dela e de Alicia, que não sentiam nada além de ódio pela srta. Fairchild, os sentimentos de Jessica pela mãe adotiva eram complicados.

Algumas vezes, Norah pegava Jessica encarando enquanto a srta. Fairchild brincava com Amy. A expressão no rosto da irmã a preocupava. Havia algo de possessivo nela. Se Jessica notasse Norah a observando, revirava os olhos e fazia uma piada, o que a deixava ainda mais preocupada. Jessica nunca foi muito de fazer piadas.

— Feliz aniversário, Amy! — a srta. Fairchild gritou enquanto lançava confetes e comemorava como uma lunática desvairada.

Norah estava na beira da piscina, usando um chapéu de festa, comendo um enroladinho de salsicha frio e se sentindo muito melhor com o fato de nunca ter tido uma festa só para ela. Alicia, pelo que parecia, estava igualmente horrorizada.

O evento, era preciso dizer, foi um fiasco. Amy parecia concordar. Elas fizeram brincadeiras para as quais Amy era muito pequena, abriram presentes nos quais ela não parecia interessada. A única parte que foi um pouco divertida foi a *pinata* — divertida para Norah, porque teve permissão para destruí-la com uma vassoura até se despedaçar em milhões de pedaços.

Agora que as diversões tinham acabado, não sabiam o que mais fazer.

Alguns dias antes, quando desceram para o café da manhã, a srta. Fairchild estava curvada sobre a máquina de costura, cercada por tecido rosa.

— O que está acontecendo? — Jessica perguntou, avaliando o cenário.

— Amy faz aniversário na sexta-feira — a srta. Fairchild respondeu alegremente. — Ela vai fazer dois anos. Vamos fazer uma festa.

Norah, que relutava em demonstrar entusiasmo por qualquer coisa que a srta. Fairchild fizesse, não pôde negar que sentiu uma onda de animação. Uma *festa*. Além do baile silencioso que Alicia fizera para ela, seria a primeira festa de que ela participaria. Ou pelo menos a primeira que ela se *lembrava* de ter participado.

— Vai ter bolo? — ela perguntou.

— Claro! — a srta. Fairchild respondeu, sorrindo. — Só o melhor para a minha menina.

Mas, apesar dos esforços da srta. Fairchild, Amy parecia muito triste. Isso era muito frequente, agora que Norah pensava a respeito. Ela se perguntou, de repente, se o objetivo daquela festa era animar a criança.

— Por que ela não está se divertindo? — a srta. Fairchild perguntou eventualmente, com um toque de irritação.

Diversas razões possíveis passaram pela mente de Norah — sendo
a mais óbvia a proximidade excessiva da srta. Fairchild e seu comportamento maníaco com os confetes. Além disso, havia o fato de que, de
forma bizarra, uma Barbie tinha sido enfiada no bolo de aniversário
de Amy, que foi obrigada a usar um vestido rosa igual ao que a srta.
Fairchild usava.

— Talvez ela esteja entediada? — Norah sugeriu.

— Entediada? — a srta. Fairchild parecia perplexa com a ideia. —
Bem... o que devemos fazer?

Norah deu de ombros.

— Andar de pônei?

Ela não esperava que a srta. Fairchild concordasse, então ficou chocada quando a mãe adotiva olhou na direção do estábulo e então fez
um sinal afirmativo para Norah.

Uau. Norah pensou que ela devia estar *desesperada*.

Demorou apenas alguns minutos para Norah descer furtivamente
até o estábulo. Tentar fazer Bertha subir o morro levou mais tempo.

— Tcharam! — Norah anunciou ofegante quando enfim conseguiu levar a égua teimosa até o topo.

Amy apontou um dedo gorducho para Bertha.

— Cavalinho!

Sua expressão era cautelosa, longe de um sorriso, mas o rosto da
srta. Fairchild se iluminou. Ela até lançou um olhar agradecido para
Norah.

Durante a próxima meia hora, Amy ficou no lombo de Bertha
enquanto a srta. Fairchild conduzia o pônei em círculos ao redor da
piscina e Norah, Alicia e Jessica devoravam os enroladinhos de salsicha. Amy ainda estava montada em Bertha quando Norah notou a
silhueta subindo a colina. Ele usava um boné de beisebol e tinha um
jeito engraçado de andar, mais um arrastar, de fato, com os pés quase
não saindo do chão.

Dirk parou a alguns metros de distância e avaliou a cena: Amy montada em Bertha, as decorações da festa.

— Merda — Norah disse.

Alicia e Jessica a encararam, e ela apontou para Dirk. Ambas empalideceram.

Norah lançou um olhar suplicante para o ajudante do estábulo.

Ele revirou os olhos.

— Leve-a de volta depois — ele disse, e voltou a descer a colina.

A srta. Fairchild estava tão absorta com Amy que não percebeu nada.

— Veja. Ela está dormindo.

Era um dos raros momentos em que eram deixadas sozinhas com Amy. Poucos minutos antes, Amy ainda estava beliscando o jantar quando a srta. Fairchild aproveitou para subir e ir preparar o banho. Elas tinham acabado de comer e lavavam a louça quando Jessica notou que Amy havia adormecido no cadeirão.

— Ah — Alicia disse. — Ela é adorável.

— Acho que ela está roncando — Norah comentou.

Elas a observaram por um momento, seu corpo pendendo para a frente, sua pequena bochecha pressionada contra a mesa. Sabiam que não deveriam pegá-la — a srta. Fairchild era muito estranha em relação a isso —, mas Jessica e Alicia se aproximaram para olhar mais de perto.

Estavam a poucos centímetros de distância quando Amy sentou-se, sorriu e disse:

— Bu!

Jessica e Alicia gritaram.

— Sua pequena traquinas! — Jessica exclamou.

Amy chiou de alegria e logo fechou os olhos e se deitou novamente. Até Norah concordava, embora com relutância, que era bem fofo.

— Certo — Jessica disse, piscando para as outras —, ela está dormindo. Melhor pegá-la e levá-la para a cama.

— Bu! — Amy gritou, sentando-se outra vez. Levantou os braços e então os abriu como se fosse uma estrela.

Dessa vez, quando todas gritaram, Amy riu. Riu de se acabar. Era tão inesperado depois de meses de tristeza que elas ficaram paradas, apreciando o momento.

Amy repousou novamente a cabeça na bandeja, ainda rindo.

— Pegue ela, Norah — Jessica disse.

— Por quê? Ela não está dormindo. Ela está rindo. — Mas Norah se abaixou ao lado do cadeirão, de modo que seu rosto ficou bem próximo ao de Amy. Quando a criança abriu os olhos, Norah foi mais rápida:

— Bu!

O riso de Amy reverberou pela casa. Soava como sinos de vento. Como alegria.

— Certo — a srta. Fairchild disse, entrando na sala como uma tempestade. — Hora do banho. — Sem considerar como estavam se divertindo, pegou Amy nos braços e a carregou para longe, apesar dos protestos da criança. Não era de admirar que a menina estivesse sempre tão triste.

Depois disso, as três irmãs permaneceram na cozinha por um bom tempo, tentando preservar a sensação. Mas, sem Amy por perto, quase parecia que aquilo nunca tinha acontecido. Como se tivesse sido apenas a imaginação delas.

32

JESSICA

ANTES

— Oiá.

Jessica estava na sala lendo um livro quando ouviu o cumprimento.

Era sábado à tarde. A srta. Fairchild tinha colocado Amy para tirar uma soneca e então saiu para resolver algumas coisas. Norah e Alicia faziam o dever de casa na cozinha.

— Ora, ora... olá. — Jessica baixou o livro. Amy estava na porta. Usava fralda e tinha uma expressão de culpa. O ursinho que ela carregava para todo lugar pendia de sua mão por uma pata. — Você não deveria estar tirando uma soneca?

Amy esfregou os olhos, sonolenta, enquanto caminhava até Jessica. Quando ela estendeu os braços, pareceu bem instintivo puxar a menina para o colo dela.

— Ah — Jessica disse, olhando pela janela a fim de verificar se a srta. Fairchild estava voltando. Não havia sinal dela. Só via um dia de céu azul e sol brilhante. — Este abraço é muito bom. Muito obrigada.

Amy repousou a bochecha contra o peito de Jessica e colocou o polegar na boca. Mesmo sendo ela quem segurava Amy, Jessica sentiu uma sensação avassaladora de estar aquecida e abraçada. Segura.

Enquanto Amy se aconchegava, Jessica se viu com medo de respirar, para não atrapalhar o momento. Era como se a criança fosse parte dela. Era como se *fosse* ela.

A chegada da Amy reabriu feridas em Jessica, arrancando crostas de rejeição que ela achava estarem curadas havia muito tempo. A mistura de emoções que sentia quando via Amy e a srta. Fairchild juntas era avassaladora. Uma inveja escaldante e afiada, seguida de uma culpa que consumia tudo. Vergonha ardente. Ressentimento sombrio. Melancolia gélida.

Ela não conversava com Alicia e Norah sobre isso porque sabia que não sentiam o mesmo. Talvez fosse isso que tornava a dor tão íntima. Afinal, elas nunca estiveram no lugar de Amy. Falharam em atender às expectativas da srta. Fairchild, falharam em ser tudo para ela. Dessa forma, nunca entenderiam.

A dor era de Jessica e somente dela.

— Eu durmo aqui — Amy disse.

Jessica estava colocando seu pijama quando Amy correu para o quarto das irmãs e subiu na cama de Jessica. Imediatamente, a menina se enfiou sob as cobertas e fez de conta que roncava.

— Vou mimir.

Jessica olhou ansiosamente para a porta. Não era a primeira vez que Amy pedia para dormir com Jessica, e a srta. Fairchild tinha deixado claro que não estava feliz com isso. Infelizmente, Amy era persistente.

— Amy! — a srta. Fairchild gritou. Ela ainda falava com uma voz estranha e melodiosa, mas envolta em irritação. — Aonde você foi?

A srta. Fairchild enfiou a cabeça no quarto, procurando com os olhos e sabendo o que encontraria.

— Amy... — começou ela, mas a garotinha respondeu antes.

— Eu. Durmo. Aqui. — Ela envolveu Jessica com os braços e olhou para a srta. Fairchild desafiadoramente.

A mulher lançou um olhar frio para Jessica.

— Não, Amy. — A srta. Fairchild sorriu, mas seus olhos estavam gélidos. — Você dorme com a mamãe.

— Não! — Amy resmungou. — Eu durmo *aqui*!

Jessica tinha que admitir, a determinação da Amy era impressionante. Ela se perguntou se as coisas teriam sido diferentes se tivesse desafiado a srta. Fairchild em vez de ceder a cada capricho dela na tentativa de conquistar seu amor.

Era a humilhação, Jessica sabia, o que mais irritava a srta. Fairchild. Ela vivia sempre tão preocupada com as aparências. Jessica estava muito mais interessada em como as coisas eram de fato. E sabia que essa interação não significava boa coisa.

— Certo — a srta. Fairchild disse, avançando em direção a Jessica e Amy de uma maneira que fez a garotinha se encolher. Os dedinhos se agarraram à nuca de Jessica. — Chega de bobagens. Vamos.

Amy se debateu, chutou e chorou enquanto a srta. Fairchild a tirava dali. Jessica sofreu com a agressividade, recebendo vários chutes, mas não se importou. Não era culpa de Amy. A srta. Fairchild não era tão tolerante quando chutada.

— Amy — a srta. Fairchild disse severamente. — Isso é *muito feio*.

Era o mais perto de raiva que ela tinha demonstrado a Amy desde a chegada da menina. Uma preocupação tomou forma no peito de Jessica — uma que nunca realmente desapareceu.

Amy estava com elas havia seis meses quando um carro chegou de maneira inesperada. Jessica e Alicia varriam a varanda naquele momento.

— Quem é? — Jessica perguntou, apertando os olhos.

— Acho que é a Sandi — Alicia respondeu. — Minha assistente social.

Ela parecia perplexa. Isso era justificável, pois havia mais de um ano desde a última visita de um assistente social que não fosse Scott. A srta. Fairchild parecia igualmente perplexa quando Jessica entrou para lhe avisar.

— Mas a casa não está limpa! — ela exclamou.

— Está, sim — Jessica disse, sem conseguir reprimir a urgência de tranquilizá-la. — Está tudo em ordem.

A srta. Fairchild hesitou.

— Não o porão.

Era um comentário estranho. Os assistentes sociais nunca olharam o porão. Scott, pelo menos, nunca o vira.

— Você precisa descer — a srta. Fairchild lhe disse. — Leve a vassoura. Provavelmente está todo empoeirado.

Jessica ficou olhando para ela.

— O quê?

— Vá. Você pode levar Amy para te fazer companhia, já que ela gosta tanto de você. Não volte até que esteja impecável.

A srta. Fairchild arrastou Jessica pelo corredor e a empurrou pela porta que dava para o porão.

— Tem uma lâmpada no fim das escadas — ela disse, impelindo Amy para os braços de Jessica. — Divirtam-se, minhas meninas.

A porta se fechou, mergulhando-as em completa escuridão. Jessica ainda estava atordoada quando ouviu o trinco. Estavam presas.

Amy começou a chorar.

— Está tudo bem — Jessica falou, alcançando o corrimão. — Estamos brincando de esconde-esconde.

Amy se agarrou a ela enquanto Jessica descia cuidadosamente as escadas. Amy estava quente e tinha cheirinho de bebê, o que era reconfortante no escuro. Ao pé da escada, como a srta. Fairchild dissera, Jessica encontrou a correntinha que a acendia a luz do teto. Era uma única lâmpada, apenas um pouco melhor do que nada. Só então Jessica percebeu que a srta. Fairchild se esquecera de lhe dar a vassoura.

O que estamos fazendo aqui embaixo?, Jessica se perguntou. Não fazia sentido. Realmente não acreditava que a srta. Fairchild queria que ela limpasse o porão. Mesmo considerando a visita-surpresa, a assistente social teria encontrado uma casa limpa e crianças bem-cuidadas — pelo menos um aparente retrato da felicidade. Em vez disso, ela notaria a ausência de duas crianças.

— Chão — Amy disse, contorcendo-se para sair do colo de Jessica.

Jessica olhou para o chão, tentando avaliar se era seguro para uma criança pequena. Como a srta. Fairchild tinha dito, *estava* empoeirado. Também era frio. E praticamente vazio, exceto por uma pilha de caixas ao lado de uma bicicleta velha. No canto, havia uma única janela, que dava para uma parede de tijolos, e um colchão virado de lado.

— Chão! — Amy exclamou, agora mais alto, e Jessica não teve escolha a não ser deixá-la descer.

— Certo — ela disse. — Mas não se sente, ok? Temos que ficar em pé.

Amy não mostrou nenhuma indicação de que tinha ouvido ou entendido enquanto caminhava em direção à bicicleta. No andar de cima, Jessica podia ouvir passos e o murmúrio de vozes. Amy girou a roda da bicicleta e mexeu nas caixas. Ao contrário de Jessica, que estava bastante nervosa por estar no escuro, agora Amy parecia bastante relaxada e feliz.

— Raaaaaaa — ela falou para a escuridão.

Segurava um leão de tricô que tinha retirado de uma caixa. O brinquedo claramente tinha sido feito à mão.

— Um leão — Jessica disse. — Consegue dizer "leão"?

Amy o deixou cair e mexeu em outra caixa, dessa vez pegando um pato de brinquedo.

— Cá-cá — ela disse.

— Quá-quá. — Jessica olhou para os brinquedos. Não os reconhecia. Talvez fossem da infância da srta. Fairchild.

Amy pegou uma boneca de tricô. Era maior que o pato e o leão, quase do tamanho de um recém-nascido. Amy começou a brincar com ela, fazendo sons adoráveis de choro e depois dando tapinhas nas costas da boneca, enquanto Jessica ouvia o que estava acontecendo no andar de cima.

Estavam lá embaixo havia cerca de meia hora quando um feixe de luz finalmente penetrou no espaço.

— Jessica? — Era a srta. Fairchild. — Pode subir agora.

— Vamos, Amy — Jessica disse, ansiosa para sair dali. Ao pegar a boneca da menina para devolvê-la à caixa, ela notou que ela tinha cachos loiros, olhos e vestido azuis, meias rendadas e sapatinhos pretos. No peito estava costurado um nome em letras maiúsculas.

Jessica titubeou enquanto lia.

AMY.

33

JESSICA

— Estão me ouvindo?

Era o cumprimento universal de uma chamada no Zoom. Alicia, Jessica e Norah responderam que sim, podiam ouvir a advogada, mas infelizmente o microfone delas estava mudo.

Alicia tinha ligado para Meera depois que saíram da delegacia. Meera conseguiu encontrar uma advogada tão rapidamente que elas nem tiveram tempo de voltar para a cidade. Em vez disso, precisaram se hospedar novamente em Driftwood Cottages e conversar com a advogada por Zoom. Agora, estavam sentadas lado a lado no mesmo sofá, com o notebook de Jessica à frente delas na mesa de centro de vidro.

A advogada se chamava Anna Ross. Parecia ter cinquenta e poucos anos, com cabelo curto e grisalho e, algo inusitado, um pequeno piercing prateado no nariz. Usava óculos de leitura e tinha olhos penetrantes mesmo sem usar sombra ou rímel. A ausência de maquiagem gritava: *Tenho coisas mais importantes com que me preocupar do que com meus cílios!* Jessica se sentia intimidada pela confiança dela, mesmo sabendo que Anna estava do seu lado.

— Certo — Anna disse, quando elas ligaram o microfone. — Acho que estou a par dos detalhes. — Tirou os óculos e olhou diretamente para a lente da câmera. Estava claro que era uma advogada imponente. — Me contem sobre a boneca.

Jessica deu de ombros.

— O que você quer saber? Ela tinha cachos loiros, olhos azuis e "Amy" escrito no peito.

Anna a fitou com seus olhos sem maquiagem.

— E vocês simplesmente a encontraram no porão?

— Sim — Jessica respondeu. — Parecia velha. Como se estivesse lá há algum tempo.

— Que esquisito — Anna disse. — O que vocês acharam disso?

— Achamos estranho — Jessica declarou. — Mas o que poderíamos fazer? Não era como se a srta. Fairchild fosse nos dar respostas.

— Mas vocês devem ter se perguntado a respeito, certo?

— A princípio, sim. Então… eu não sei. — Jessica olhou para as irmãs. — Meio que nos esquecemos disso.

Anna ergueu as sobrancelhas.

— *Esqueceram?*

Jessica sabia que a reunião seria intensa, então tinha tomado dois comprimidos antes de começar, mas já sentia o efeito deles se esvaindo. Ela começou a gaguejar.

— E-eu sei que parece estranho. Mas tínhamos que nos concentrar em tantas coisas. No fim das contas, a boneca simplesmente não era muito importante.

Anna assentiu, recolocando os óculos e olhando para o arquivo à sua frente.

— Mas, de acordo com minhas anotações — disse —, a boneca acabaria se tornando muito importante…

34

ALICIA

ANTES

— A boneca tinha o nome "Amy" escrito nela?

Alicia e Norah estavam sentadas em suas camas, observando Jessica. Era a primeira vez que conseguiam conversar desde que Sandi fora embora, pois a visita tinha atrasado as tarefas delas. Só na hora de dormir puderam discutir o ocorrido.

— Sim. Estava escrito no peito dela.

A visita tinha sido rotineira. Aparentemente, Scott estava de licença médica e Sandi era a substituta. Ela perguntou sobre Jessica, mas não pareceu preocupada quando a srta. Fairchild explicou que ela estava na casa de uma amiga. A assistente social não fez nenhuma pergunta sobre Amy.

— Talvez a srta. Fairchild tenha comprado a boneca para Amy? — sugeriu Alicia.

— Mas estava velha e empoeirada — respondeu Jessica. — Parecia feita à mão. Como algo que se encontra na casa de uma senhora idosa.

— Amy é um nome bem comum — Norah disse, após uma breve

reflexão. — Talvez ela tivesse uma boneca chamada Amy quando era criança.

— Provavelmente — Alicia concordou.

Mas, enquanto o silêncio recaía, Alicia sentia que não era a única procurando outra explicação.

— Olá, Barbie — disse Alicia. — Eu sou o sr. Ursinho.

Alicia se ajoelhou em frente a Amy, segurando o ursinho da menina. Elas tinham acabado de chegar em casa da escola e encontraram Amy sentada no chão da sala de estar, segurando uma boneca Barbie careca. A srta. Fairchild não estava em lugar algum.

Alicia balançou o ursinho para cima e para baixo.

— Uh-oh. — Lançou o urso no ar e o deixou cair no chão. — Eu caí.

Era uma tentativa patética de brincar, mas Alicia foi recompensada com uma das risadinhas mágicas de Amy. Alicia teria lançado o ursinho um milhão de vezes por aquela risada.

Era incomum que Alicia buscasse um momento de alegria como esse. Após a morte de sua avó, ela percebeu que, nas raras ocasiões em que alguém lhe demonstrava gentileza — uma pessoa a deixando passar na frente na fila na loja, um professor elogiando um trabalho bem-feito, alguém lhe fazendo um elogio —, ficava à beira das lágrimas. Sua vulnerabilidade se tornou tão constrangedora que, em vez de procurar pessoas gentis, ela buscava aquelas que a desagradavam — como Edwina Wooldridge, a garota má da escola que parecia revoltada com a mera existência de Alicia. Algo naquela crueldade a fortalecia. A certeza e a segurança do que ela estava recebendo tornaram-se uma droga. Uma droga muito mais potente do que a agonia causada pelo desejo de amor e aconchego.

Mas era diferente com Amy. Talvez fosse o rostinho adorável que mudava como um botão de ligar e desligar de acordo com o humor, de confuso para encantado para zangado. Ou talvez fossem os gestos teatrais — o jeito como ela batia o pé quando estava impaciente ou apoiava o queixo para pensar. Ou talvez fosse o conforto que ela trazia. Era impressionante quanto uma mãozinha gorducha no seu colo poderia proporcionar conforto. Alicia se tornou faminta por isso.

— Uhuuu! — Alicia exclamou, jogando o ursinho no ar.

Claro que a srta. Fairchild apareceu para acabar com sua alegria.

— Ah — disse ela para Alicia, sem nem tentar esconder sua decepção. — Você chegou.

— De novo — Amy pediu, pegando o ursinho e devolvendo-o a Alicia.

— Olá, Barbie — Alicia começou, balançando o ursinho. — Eu sou o sr. Ursinho.

Mas, antes que Alicia pudesse lançar o urso, a srta. Fairchild o arrancou das mãos dela.

— Não! — Amy gritou.

A srta. Fairchild se ajoelhou ao lado da menina.

— Eu posso ser o sr. Ursinho — disse ela. — Olhe! — E começou a balançar o urso freneticamente.

— *Não!* — Amy repetiu, mais alto.

Mas a srta. Fairchild continuou balançando o urso desesperadamente. Estava tão absorta nisso que nem percebeu Amy pegando a Barbie. No entanto, Alicia sim. Ela viu o que estava prestes a acontecer, em câmera lenta, mas não podia fazer nada para impedir.

Amy bateu a boneca com força na testa da srta. Fairchild, que arfou, lágrimas surgindo em seus olhos. Alicia estava prestes a perguntar se ela estava bem quando a srta. Fairchild avançou, desferindo um tapa tão forte no rosto de Alicia que ela viu estrelas.

Amy parecia ter começado a demonstrar uma clara aversão pela srta. Fairchild. E o carinho da menina por Norah, Alicia e Jessica parecia aumentar na mesma proporção em que sua aversão pela mulher crescia.

— Não! — Amy gritava quando a srta. Fairchild tentava pegá-la, seu corpinho se tensionando e se debatendo. — Chão. Eu não *gosta* de você.

Quanto mais a srta. Fairchild a sufocava com atenção, mais irritada Amy ficava. Alicia percebeu que gostava disso, mesmo que a situação a deixasse preocupada com Amy, que era pequena demais para entender quão perigoso era fazer da srta. Fairchild uma inimiga.

— Você não pode falar assim com a mamãe — a srta. Fairchild dizia no início, tentando convencer Amy a mudar de atitude, mas depois do sexto ou sétimo machucado causado por uma boneca Barbie voadora, ela começou a perder a paciência. — Isso é muito feio, Amy — ela disse um dia, depois que Amy tentou lhe dar um tapa. — Agora você vai ficar de castigo no cadeirão.

Alicia não ousou intervir enquanto a srta. Fairchild arrastava Amy, que chorava, para a cozinha, mas foi uma testemunha silenciosa, esperançosa de que talvez sua presença amainasse a raiva da srta. Fairchild. Norah e Jessica apareceram, talvez na mesma esperança. A srta. Fairchild estava colocando a menina no cadeirão quando o pé de Amy — em um sapatinho de verniz — atingiu seu rosto.

— Aaaai!

A srta. Fairchild soltou Amy, deixando-a cair no chão. Na queda, ela bateu a cabeça com tudo na bandeja de madeira do cadeirão.

Por um momento horrível, tudo ficou em silêncio. Alicia e suas irmãs caíram de joelhos. Alicia pegou Amy e segurou seu corpinho mole. Depois de uma espera aterrorizante, Amy começou a chorar.

As meninas voltaram a respirar, se entreolhando aliviadas. A srta. Fairchild, que estava xingando e esfregando o queixo, gritou:

— Coloque ela no chão.

Alicia a encarou.

— Mas… ela está machucada.

— Eu disse: *Coloque. Ela. No. Chão.*

Alicia não podia acreditar. Isso não era com ela, nem com Norah, nem com Jessica. Amy era uma bebê. Era inocente. Estava *machucada*. Chorando! Que tipo de monstro não gostaria que ela fosse consolada?

A srta. Fairchild pegou um papel-toalha e limpou o lábio, que sangrava.

— Agora, Alicia.

Depois de lançar um olhar para suas irmãs, Alicia levantou a pequena e a colocou no chão. No mesmo instante, Amy tentou se agarrar novamente ao colo de Alicia, chorando alto. Alicia a empurrou para longe. Nunca se odiou tanto. A srta. Fairchild pairava sobre ela, observando. Alicia se perguntava se a mulher estava se divertindo.

Amy estava agora deitada no chão, com o rosto vermelho, gritando. Os instintos de Alicia a incentivavam a consolar a criança, mas ela se conteve por medo de que isso trouxesse problemas. Não para ela — para Amy.

— Viu, Amy? — perguntou a srta. Fairchild. — É isso que acontece quando se chuta a mamãe. Você precisa aprender que suas ações têm consequências.

Depois do que pareceu uma eternidade, a srta. Fairchild saiu da cozinha, e Alicia pegou a menina outra vez. Suas irmãs se aglomeraram ao redor delas e, juntas, seguraram Amy enquanto ela soluçava. Quando finalmente as lágrimas secaram, todas fingiram ser cavalos desajeitados, rastejando pela cozinha em quatro patas, batendo nas coisas. Apenas quando Amy começou a rir foi que Alicia conseguiu soltar o ar.

Elas estavam completamente em dívida com essa criança, percebeu Alicia. Não tinha certeza de como, por que ou quando isso havia acontecido. Tudo o que sabia era que proteger Amy tinha se tornado a missão da vida delas. Poderiam não ser capazes de salvar a si mesmas, mas, pela misericórdia de Deus, iriam salvá-la.

— Se você abraçar a srta. Fairchild, eu te dou esse chocolate — Alicia disse a Amy, balançando o doce em formato de sapo na frente dela. Norah o ganhou em troca de fazer a lição de casa de alguém na escola, e parecia que chocolate era uma linguagem que Amy entendia.

— Choco-ate — Amy repetiu, com os olhos arregalados.

— Shh. É um segredo nosso.

— Se... guedo.

— Vai lá. Ela está vindo.

Era chocante quão eficaz foi. Amy se virou e correu na direção da srta. Fairchild, abraçando suas pernas.

— Ah! — A srta. Fairchild parecia tão satisfeita que Alicia quase se sentiu culpada. — Que abraço adorável.

— Eu ti amu.

Amy olhou de esguelha para Alicia, que fez um sinal de aprovação com o polegar.

Mas o problema é que crianças pequenas não compreendem a importância da consistência. Alguns dias, Amy não tinha vontade de fazer uma cara feliz quando a srta. Fairchild brincava com ela. Outros dias, quando as meninas iam para a escola, ela ficava na porta da frente chorando.

— Como você vai sobreviver sem as *suas meninas*? — a srta. Fairchild perguntava de maneira ríspida.

Todos os dias elas iam para a escola com o coração pesado. E, embora não falassem sobre isso, Alicia sabia que nenhuma delas era capaz de relaxar até o momento em que voltassem para casa no fim do dia.

— O que você acha que acontece com Amy quando estamos na escola? — Alicia perguntou um dia enquanto caminhavam para o colégio.

— Todos os dias verifico se ela tem machucados — Norah respondeu. — Não encontrei nada desde o dia em que ela bateu a cabeça no cadeirão.

Mas Norah parecia tão insegura quanto Alicia se sentia sempre que deixavam Amy sozinha em Wild Meadows. Elas deveriam ter prestado atenção naquela incerteza. Quando se tratava da srta. Fairchild, seus instintos raramente estavam errados.

— Que estranho — Norah disse certo dia enquanto caminhavam pela entrada da casa depois da escola. — A srta. Fairchild está na piscina?

Ela tapou o sol da tarde com a mão. As outras seguiram seu olhar. Quando se aproximaram, puderam ver claramente uma pessoa na água e duas toalhas de praia na grama próxima. Era *estranho*. Ninguém usava a piscina havia anos, não desde que Alicia chegara a Wild Meadows. E nem estava fazendo muito calor.

— Por que ela está na piscina? — Alicia perguntou em voz alta.

Foi quando notaram que Jessica estava correndo. Jessica nunca foi particularmente atlética, mas agora estava descendo pelo caminho a toda velocidade, levantando a terra vermelha com os calcanhares.

Alicia sentiu um arrepio de alerta percorrer seu corpo mesmo antes de entender o que estava acontecendo. Enquanto Norah corria atrás de Jessica, Alicia olhou ao redor. No pasto inferior, um trator passava. Os cavalos estavam correndo e Dirk os observava. Tudo parecia normal. Mas, quando Alicia olhou de volta para a piscina, percebeu. Havia *duas* toalhas ao lado da piscina.

Então, onde estava Amy?

Quando Alicia começou a correr, Jessica já estava pulando vestida na piscina. A srta. Fairchild gesticulava e gritava inutilmente enquanto Norah mergulhava atrás dela.

Alicia chegou à piscina quando Jessica emergiu com Amy nos braços, tossindo e engasgando.

— Você a estava afogando? — Norah gritou para a srta. Fairchild.

A mãe adotiva riu, zombando.

— Eu a estava ensinando a nadar.

O timing, Alicia percebeu, era interessante. A mulher sabia que chegariam em casa nesse horário. Esse espetáculo não era para Amy — era para elas.

Dirk deve ter ouvido a confusão, porque, quando Alicia olhou para o pasto dos cavalos, viu que ele as encarava.

— Da mesma forma como você me ensinou a nadar? — Jessica gritou.

— Bem... — A srta. Fairchild parecia se divertir. — Você aprendeu, não aprendeu?

A mulher nem sequer tentava negar. Achava *engraçado*.

Amy tossiu, e então começou a vomitar água. Jessica a carregou para o lado da piscina, dando-lhe tapinhas nas costas enquanto a menina se agarrava ao pescoço dela. Era tão pequena, tão vulnerável.

Não podiam simplesmente esperar que as coisas terminassem bem, percebeu Alicia. Não mais. O risco era muito alto. Precisavam fazer algo.

O CONSULTÓRIO DE PSIQUIATRIA DO DR. WARREN

Quando chego para nossa próxima sessão, o dr. Warren *sorri* para mim. É preocupante, considerando o ponto em que paramos nossa última conversa e como ele sugere que esta sessão comece, mas não cabe a mim julgar.

— Então ele te deixou sair do porão. O que aconteceu depois?

— A vida doméstica virou um jogo de tentar descobrir como existir sem perturbar John. Eu limpava a casa, ia à igreja e não abria a boca para reclamar. Na maioria das vezes, nem abria a boca. Tentei ficar fora do caminho dele, mas havia dias em que, mesmo sem dizer uma palavra, conseguia invocar a ira dele. — Recrio esses momentos mentalmente, observando-os se desenrolarem como cenas de um filme. — Esses ataques de raiva podiam acontecer quando John achava que eu não tinha limpado alguma coisa direito ou havia usado o tom errado ao falar com ele. Em algumas ocasiões, ocorriam simplesmente porque eu precisava entender quem estava no comando. Quando aconteciam, não havia discussão nem oportunidade de me defender... ele apenas agarrava minha orelha e me arrastava para o porão.

Penso sobre o que o dr. Warren disse da última vez, sobre como eu culpava minha mãe pelos maus-tratos de John. Isso traz lágrimas furiosas aos meus olhos.

— Minha mãe *sempre* ficou em silêncio. O fato de ela nem ter *tentado* intervir foi pior do que ficar trancada no porão. Depois de um tempo, meu ódio por ela se tornou uma válvula de escape para minha dor. Um foco. Um lugar para canalizá-la.

— Como você canalizou isso? — o dr. Warren pergunta baixinho.

Dou de ombros.

— Foi muito fácil. Todas as manhãs, enquanto John dormia, minha mãe passava uma camisa para ele e a deixava pendurada em um gancho no banheiro. Naturalmente, John era tão meticuloso com suas camisas quanto com todo o restante. Antes de minha mãe se casar com John, duvido que ela tivesse passado alguma camisa na vida. Com certeza, nunca passou uma para meu pai. Então ela precisou aprender rápido. Muitas vezes, enquanto tomava o café da manhã, John a repreendia porque seu colarinho não estava engomado o suficiente ou suas mangas estavam amarrotadas. Criticar as habilidades domésticas da minha mãe era o passatempo favorito de John. No começo, fiquei indignada por ela, mas, depois de um tempo, passei a gostar.

"Um dia, enquanto minha mãe e eu preparávamos o café da manhã, John invadiu a cozinha e jogou uma camisa na mesa com tanta força que derrubou um copo d'água. Ele gritou para minha mãe: 'Olha o que você fez, sua mulher estúpida!'

"Minha mãe olhou para ele confusa. Então ela pegou a camisa e a ergueu. Havia uma grande marca de queimadura em forma de ferro na parte inferior das costas.

"Mamãe ficou tão confusa. 'Eu… eu… Me desculpe, não percebi…'

"Eu me ocupei em limpar a água derramada.

"'Você não percebeu porque é preguiçosa e não presta atenção. É por isso que nunca faz nada direito.'

"John estava louco de fúria. Nunca o tinha ouvido gritar com mamãe antes. Eu me perguntei se ele iria pegá-la pela orelha e jogá-la no porão.

"'Esta camisa era nova', ele gritou. 'Quem vai pagar por outra? Você vai conseguir um emprego e começar a trabalhar? Não, afinal quem contrataria uma mulher estúpida e preguiçosa como você?'

"'Eu… Vou pagar por ela com meu dinheiro para as despesas domésticas', minha mãe gaguejou.

"O dinheiro que ela recebia para as 'despesas domésticas' dela mal dava para comprar comida. Se ela tivesse que comprar uma camisa, todos nós ficaríamos ao deus-dará durante a semana. Pelo menos, mamãe e eu ficaríamos. Mas valeria a pena.

"'Passe outra camisa para mim', John ordenou, saindo furioso da sala.

"Consegui dar um sorrisinho para mamãe antes que ela corresse atrás dele.

"A partir de então, encontrar maneiras de deixar John zangado com mamãe se tornou uma válvula de escape para mim quando as coisas ficavam duras demais. Não era difícil. Eu encontrava um canto do chão que mamãe já tinha limpado e pisava nele com os sapatos sujos. Usava o banheiro deles e 'esquecia' de secar o sabonete, para que ele derretesse na pia. Pegava algumas notas da lata onde ele escondia o dinheiro."

As pupilas do dr. Warren dilataram-se de prazer.

— Mamãe nunca disse a ele que era eu. Talvez por isso continuei fazendo aquilo.

— Para tê-la de volta para você?

Pondero sobre a pergunta.

— Mais para provar a mim mesma que ela ainda tinha sentimentos por mim. De qualquer forma... agora que a atenção de John havia se voltado para ela, eu tinha mais liberdade. Eu ainda precisava limpar e ir à igreja, e não podia abrir a boca para reclamar, mas, enquanto fizesse essas três coisas, John realmente não me incomodaria. Ele não parecia se importar com o horário que eu voltava da escola, ou com quem eu saía, ou com as minhas notas.

"Foi nessa época que um garoto da minha turma chamado Troy começou a reparar em mim. Troy não era particularmente atraente ou carismático e tinha o hábito irritante de dizer 'tantufas', mas tinha uma vantagem importante a seu favor: ele gostava de mim. Quando uma pessoa sente que ninguém gosta dela, é difícil descrever quão emocionante é quando algo assim acontece. Não importava que eu não gostasse dele. Ou, na verdade, que eu o detestasse. Seu interesse por mim era inebriante.

"E então nos encontrávamos antes da escola e íamos para perto do galpão de equipamentos esportivos no campinho e nos beijávamos. Ele me passava bilhetinhos e cartas escritos em páginas arrancadas de sua agenda escolar, dizendo que pensava em mim o tempo todo. Depois da escola, saíamos em grupo com alguns de nossos colegas de classe, ou às vezes éramos apenas nós dois na casa dele, na garagem que tinha sido transformada em sala de jogos. Ficávamos nos beijando, inicialmente vestidos, trocando carícias. Depois de um tempo, passamos a tirar as roupas.

"O sexo não era ótimo; na verdade, era monótono. Mas eu aproveitava o tempo fora de casa sendo uma garota normal de quinze anos, vagando pelas ruas com meus amigos, andando no guidão de bicicletas e furtando lojas de conveniência. Troy sempre esteve ao meu lado, como um cachorrinho fiel. Quando o sol começava a se pôr, nos despedíamos e voltávamos para nossas casas. Normalmente eu encontrava mamãe cozinhando e John lendo o jornal ou um livro na sala de estar. Mas um dia eles estavam me esperando na porta. Reconheci a postura de John. Seu olhar estava afiado; sua mandíbula, tensa. As veias de seus antebraços estavam saltadas. Minha mãe ficou em silêncio ao lado dele, como sempre.

"'Onde você estava?', ele me perguntou.

"Odiava me sentir nervosa. 'Eu… só saí com meus amigos.'

"'Os olhos de John se estreitaram. 'Com amigos? Ou com um namorado?'

"'Não respondi. Minha mãe baixou o olhar, como se tudo aquilo não tivesse nada a ver com ela.

"'Me responda', ele rugiu. 'Você tem um namorado chamado Troy?'

"'Troy. Ele sabia o nome. Eu me perguntei como.

"'Eu tenho um colega de escola chamado Troy, mas ele não é meu namorado.'

"'Os olhos de John se arregalaram dramaticamente.

"'É mesmo? Então talvez você possa me explicar por que o estava beijando atrás do restaurante de peixe e fritas esta tarde?

"'Não havia mais nada a dizer. Mas John ficou feliz o suficiente para preencher o silêncio me xingando. Vagabunda. Prostituta. Lixo.

"'De agora em diante, você vem direto para casa depois da escola.

Nada de ir para a casa de amigos. Nada de praticar esportes depois das aulas. Escola, casa. É isso.'

"Ele agarrou minha orelha, torcendo-a dolorosamente, e, com minha mãe observando, me arrastou até o porão."

— Está se sentindo bem? — o dr. Warren pergunta.

Meus olhos estão arregalados.

— Era tão injusto. Eu não tinha ninguém. Meu pai estava morto. Minha própria mãe havia escolhido John. E então eu não poderia ter um namorado... — As lágrimas transbordam. — Todo ser humano precisa de alguém, não é, dr. Warren? Uma pessoa que fique ao seu lado. Uma pessoa que seja *sua*?

O dr. Warren me encara com a boca ligeiramente aberta. Aos poucos, ele volta a si.

— Eu... diria que isso é verdade.

Concordo com a cabeça, enxugando as lágrimas do rosto.

— E o que acontece quando não se tem essa pessoa?

O dr. Warren desvia seu olhar do meu rosto quando ouvimos uma batida à porta.

— Ah — ele diz. — Por hoje é só.

Mas ele parece um pouco triste por eu estar indo embora.

35

ALICIA

ANTES

— A srta. Fairchild fez isso comigo — Jessica sussurrou. As três estavam na cama de Jessica, deitadas lado a lado, juntinhas sob as cobertas em seus pijamas de verão. Jessica estava no meio, e Alicia e Norah repousavam a cabeça em seus ombros. — Na piscina. Ela "me ensinou a nadar". — Jessica fez uma careta ao dizer aquilo. — Ela disse que me pegaria. *Prometeu.* Então, deixou que eu me debatesse na água até desmaiar.

Uma lágrima de Jessica caiu na bochecha de Alicia. Isso gerou uma onda de fúria nela, que tinha os punhos cerrados.

— Isso é errado pra caralho — Norah respondeu.

— Sim — Alicia concordou com total convicção. — Pra caralho. É abuso infantil. É… é tentativa de *homicídio.*

— Ela não teria deixado eu me afogar — Jessica disse. — Nem a Amy. Uma hora ela a pegaria.

— Jessica! — Alicia exclamou. — Diga que você não está mais defendendo essa mulher. Que *diferença* faz se ela teria salvado a Amy… ou você?

Jessica parecia desesperadamente em dúvida.

— Acho que você tem razão.

— Temos que contar para alguém — Alicia sugeriu. — Para um professor. Para a polícia.

— Ela simplesmente vai negar. — Jessica fungou e se apoiou nos cotovelos. — E mesmo que acreditem em nós, e daí? Teremos que deixar Wild Meadows. Podemos acabar em qualquer lugar. Quais são as chances de que nos deixem ficar juntas?

Claro, elas já tinham discutido isso antes e sempre decidiam ficar em silêncio por medo de serem separadas. Mas dessa vez era diferente. Elas sabiam disso.

Alicia olhou para Norah, que mirava o teto.

— É um risco que temos que correr — disse Alicia. — Eu sei que é assustador, mas…

Jessica enxugou o rosto com o antebraço.

— Se acalme, Alicia. Apenas precisamos ficar mais atentas com a Amy, só isso. Talvez a gente possa se revezar para ficar em casa com ela, como fizemos com as outras bebês?

— E se ela não deixar a gente ficar em casa? — Alicia perguntou. — E aí? Não podemos proteger a Amy se não estivermos aqui.

Alicia voltou a olhar para Norah. O rosto dela estava cuidadosamente neutro, mas Alicia percebeu o esforço que fazia para conter as emoções. Elas sabiam que não havia ninguém mais aterrorizado com a ideia de serem separadas do que Norah.

— Concordo com a Alicia — Norah disse, ainda com o olhar fixo no teto. — *Precisamos* contar. Já esperamos tempo demais.

O rosto de Amy iluminou-se quando elas entraram na cozinha para o café da manhã no dia seguinte. Ela largou o pedaço de torrada que estava esmigalhando por toda a bandeja do cadeirão e começou a balançar as mãos.

A srta. Fairchild bufou.

— Ótimo. Agora ela nunca vai comer o café da manhã dela.

— Olá, Amy — Norah disse alegremente, pegando-a do cadeirão e girando-a no ar. Amy riu descontroladamente.

— Norah — a srta. Fairchild gritou. — Eu sou a única que...

— Uiiiii! — Norah gritou, ignorando a srta. Fairchild e girando Amy mais rápido.

Teria sido engraçado ver a confusão da srta. Fairchild se Alicia não estivesse preocupada com a possibilidade de a mulher perceber que havia algo errado.

Jessica deve ter pensado o mesmo, porque escolheu aquele momento para dizer:

— É melhor irmos, gente.

Assim que ela falou, Amy começou a chorar desesperadamente.

— Nããããããão — ela gritou, se sentindo traída. — Não vai! — Olhou para Norah e Jessica implorando, em desespero.

— A gente volta depois da escola — Alicia disse enquanto a criança abraçava sua perna com seus bracinhos gorduchos. Quando Alicia passou a mão na cabeça de Amy, sentiu que ela estava quente e suada. Ao terminarem de escovar os dentes e pegar as mochilas, a menina chorava de soluçar e tinha o nariz cheio de meleca e o rosto vermelho.

— Já basta — bradou a srta. Fairchild, afastando-a. — Pelo amor de Deus, que confusão!

— Tchau — disseram a ela, constrangidas, e então saíram da casa tão rapidamente que Jessica se esqueceu da mochila e precisou correr de volta para pegá-la.

Enquanto Norah e Alicia esperavam por ela, se consolavam com o fato de que, com um pouco de sorte, depois daquele dia nunca mais teriam que passar por isso. Claro, se estivessem erradas, piorariam a própria situação. E não só isso: piorariam ainda mais a situação de Amy.

Não trocaram nem uma palavra no caminho para a escola. O que estavam fazendo parecia muito importante. Precisavam se concentrar.

Norah andava com a cabeça baixa, séria e impassível, como uma prisioneira a caminho da morte. Jessica lutava contra as lágrimas e, às vezes, as derramava. Enquanto Alicia caminhava ao lado delas, a ideia de que poderiam ser separadas por fim se instalou em seu peito. Os últimos anos não tinham sido felizes, nem de longe. Comparados à sua vida de antes, com a vovó, haviam sido um pesadelo. Mas a verdade era que pelo menos ela tinha as duas — suas irmãs. Como Norah dissera no dia em que Alicia soube da morte da vovó, ela não podia dizer que estava sozinha. Que não tinha nada. Pelo contrário, Alicia percebeu agora, as irmãs eram *tudo* para ela.

— Devemos ir até os nossos armários? — Jessica perguntou quando chegaram à escola.

Norah balançou a cabeça, apontando para a sala do diretor.

— Vamos acabar logo com isso.

Elas tiveram que esperar pelo sr. O'Day por quase vinte minutos. Ele estava ao telefone, e, da pequena recepção onde as três estavam, ouviram cada palavra dele. Poderia ter sido interessante se a conversa não fosse sobre financiamento para novos materiais esportivos. O sr. O'Day tinha sido professor de educação física antes de se tornar diretor e não fazia questão de esconder seu pouco interesse em outras disciplinas ou pela educação no geral.

Finalmente, encerrou a ligação e convidou as meninas para entrarem em sua sala — um pequeno cômodo marrom com persianas brancas e uma foto emoldurada de Shane Warne na parede. Em frente à sua mesa em forma de L, havia um armário cheio de troféus de campeonatos esportivos.

O diretor só tinha duas cadeiras para visitantes, então Alicia permaneceu em pé.

— Tenho cinco minutos antes de ter que ir avaliar a mostra de arte do segundo ano — ele disse, dando uma olhada no relógio na parede. — Então, do que se trata?

■ ■ ■

O sr. O'Day não conseguiu ir à mostra de arte do segundo ano. Em vez disso, ele chamou a polícia, e seus compromissos do dia foram cancelados.

Dois policiais chegaram rapidamente à escola e se juntaram a elas na sala do diretor.

— Olá, meninas — disse o policial mais velho, arrastando a cadeira do sr. O'Day para Alicia. Ele tinha cabelos brancos e olhos gentis. Sentou-se no canto da mesa. — Sou o sargento Grady, mas todo mundo me chama de Max. Este é meu colega, o agente Hart. — Ele apontou para o outro policial, que era jovem o bastante para ser seu neto. — Podem chamá-lo de Robbie. Vocês são Norah, Jessica e Alicia?

Elas assentiram.

— É um prazer conhecê-las. O diretor me contou que vocês pediram para falar conosco, está correto?

— Sim — Norah disse. — Nossa mãe adotiva é abusiva.

— Isso é muito preocupante. — As sobrancelhas grossas do sargento se franziram. — Vocês fizeram a coisa certa ao nos procurar.

Era provavelmente parte do seu discurso padrão, mas Alicia ainda assim achou aquilo encorajador. *Elas tinham feito a coisa certa!* Alicia não conseguia lembrar a última vez que alguém lhe dissera isso.

— Estamos preocupadas com a Amy — Jessica disse.

— Amy? — Max olhou brevemente para seu colega. — Quem é Amy?

— Ela mora conosco. A srta. Fairchild a adotou há seis meses. Ela tem dois anos.

— Entendi. E vocês testemunharam sua mãe adotiva sendo abusiva com ela?

— Sim — disse Alicia. — E está ficando pior.

Norah se inclinou para a frente.

— Estamos preocupadas que algo possa estar acontecendo agora mesmo!

Max levantou a mão.

— Já enviamos um carro para Wild Meadows. Os policiais provavelmente já estão lá. Podemos enviar uma mensagem para eles verificarem o bem-estar da Amy.

Ele acenou para Robbie, que saiu da sala. Enquanto Alicia o observava se afastar, sentiu alívio misturado com um forte receio ao pensar na chegada da viatura. Ela conseguia imaginar o rosto educado e preocupado da srta. Fairchild disfarçando sua raiva violenta como um furacão por estar sendo questionada como uma criminosa.

— É a primeira vez que vocês relatam o abuso? — Max perguntou quando Robbie já tinha saído.

— Sim. — Alicia sentiu um aperto no peito. — Devíamos ter relatado antes, mas…

— O importante é que vocês o relataram agora — Max disse. — Infelizmente, vou precisar que me contem um pouco mais sobre o abuso. Sei que pode ser perturbador, então não tenham pressa. O sr. O'Day está esperando ali fora caso vocês tenham alguma pergunta ou se sintam inseguras sobre algo.

— Bem — Alicia disse. — Estamos aqui por conta do que aconteceu ontem.

— Certo — Max declarou. — Vamos começar por aí.

— Chegamos em casa da escola e encontramos a srta. Fairchild na piscina. Amy também estava na piscina, mas com a cabeça submersa. Corremos do portão, um caminho que deve ter levado quase um minuto, e ela continuou debaixo d'água esse tempo todo. A srta. Fairchild fez a mesma coisa com Jessica quando ela era criança. É uma punição por não a amar o suficiente.

— Ela dirá que estava ensinando Amy a nadar — falou Jessica —, mas ela só tem dois anos. Ninguém deixa uma criança de dois anos se debater debaixo d'água por um minuto inteiro.

O policial assentiu com a cabeça, mas não parecia tão horrorizado quanto Alicia esperava.

— E houve outros casos de… abuso? — ele perguntou.

— A srta. Fairchild deixou Amy cair e ela bateu a cabeça no cadeirão — disse Norah.

O policial levantou as sobrancelhas espessas.

— Ela deixou a Amy cair? De propósito?

— Amy deu um chute na cara dela enquanto era colocada no cadeirão — Norah explicou. — A srta. Fairchild a soltou e ela bateu a cabeça com força. Então a srta. Fairchild não nos deixou consolar Amy. Disse que ela precisava saber que suas ações tinham consequências.

O policial assentiu.

— Entendi.

— Ela mal nos alimenta — Alicia disse.

— Ela é obcecada por limpeza e nos obriga a passar horas limpando a casa todos os dias — Jessica acrescentou.

— Ela bebe — disse Norah. — À noite, anda pelos corredores e às vezes entra no nosso quarto e nos acorda.

As três fizeram o possível para relatar cada incidente em detalhes, e Max prestou muita atenção, anotando e fazendo perguntas, mas uma hora se passou e Alicia percebeu que não haviam dado a ele informações suficientes. A srta. Fairchild fora astuta. Nenhum de seus abusos era claro e direto. Em todos os casos, havia uma maneira de ela justificá-los como disciplina, um acidente ou mentiras. Elas não tinham nenhuma prova tangível. Era a palavra delas contra a da srta. Fairchild. Tudo se resumia a em quem os policiais escolheriam acreditar.

— O que mais vocês podem me dizer? — Max perguntou.

— Por um período, ela se inscreveu para receber bebês no programa de acolhimento temporário — Alicia acrescentou. — Quando ela se cansava das crianças, a gente cuidava delas. Verifique com a escola. Não aparecíamos em metade das aulas. Era porque estávamos cuidando das bebês que a srta. Fairchild acolhia.

Max anotou isso.

— E teve um dia em que ela me fez levar Amy para o porão quando a assistente social veio nos visitar. A srta. Fairchild nos deixou trancadas lá por quase uma hora. Isso foi meio estranho.

Houve uma batida à porta.

— Telefone para você, sargento Grady — disse a secretária do sr. O'Day.

O policial assegurou às meninas que voltaria logo e saiu da sala.

— Acham que ele acredita na gente? — Jessica perguntou.

— É difícil dizer — Alicia respondeu. — Mas ele vai ter que investigar. Não pode simplesmente nos ignorar sem averiguar.

A porta se abriu novamente. Quando Max voltou à sala, Alicia notou algo diferente nele. Havia uma rigidez em seus movimentos, uma tensão generalizada.

— Desculpem a interrupção — Max disse, retomando seu lugar à mesa do sr. O'Day. — Era meu colega. Ele está em Wild Meadows agora.

Norah já estava de pé.

— Amy está bem?

— Não nos diga que chegamos tarde demais — falou Alicia.

Jessica tremia, como se já tivesse decidido que o pior acontecera.

Max não as tranquilizou. Seu rosto estava perplexo, suas sobrancelhas tão franzidas que quase se tocavam.

— Fizeram uma busca minuciosa na casa — ele disse, por fim. — Não encontraram a Amy.

Horrorizada, Alicia olhou para Norah e Jessica.

— Mas onde mais ela poderia estar? A srta. Fairchild nunca a leva a lugar nenhum.

— Eles verificaram o porão? — Norah perguntou.

— Ela deve estar em *algum lugar* — Alicia disse.

Max balançou a cabeça.

— Eles não encontraram nenhum sinal de uma criança pequena. Nenhuma fralda ou cadeirão. Nenhuma peça de roupa de bebê. Nada.

O policial aguardou, talvez esperando que tivessem uma resposta para isso. Mas elas apenas o encararam, perplexas.

— Isso não faz sentido — Alicia disse, finalmente. — Ela estava lá esta manhã quando saímos para vir para a escola.

— É possível que alguém a tenha avisado? — Max perguntou.

— Mas ninguém sabia de nada — Norah respondeu. — Ninguém além de nós três.

Tinha que haver uma explicação. A srta. Fairchild teria juntado as coisas de Amy e a levado para algum outro lugar? Era possível, claro, mas não fazia sentido. Por que ela não as informou sobre o que estava planejando? E por que empacotar todas as coisas de Amy?

Jessica e Norah pareciam tão perplexas quanto Alicia.

— Há mais uma coisa — Max disse. — Meus colegas falaram com o serviço social. Os registros mostram três crianças sob os cuidados da srta. Fairchild. *Vocês três.* Não há registro de uma criança pequena em Wild Meadows. — Max se levantou da mesa e começou a andar, cansado ou frustrado, ou ambas as coisas. — De acordo com nossos registros, Amy não existe.

36

ALICIA

— Não havia registros de Amy? — Anna perguntou. Ela estava em sua mesa, almoçando um sanduíche de frango empanado, e se inclinava para a frente como se estivesse assistindo a um filme aterrorizante e fascinante. — Que estranho.

— Não é? — Norah disse. — Isso renderia um ótimo podcast de *true crime*.

— O que vocês acharam disso? — Anna perguntou.

— Não sabíamos o que pensar. Talvez a srta. Fairchild tenha feito algo com ela e depois encoberto? Mas isso também não fazia sentido. Como ela sabia que falaríamos com a polícia justo *naquele* dia? Quero dizer, ela era bastante boa em nos ler, mas, mesmo que tivesse adivinhado, o que ela fez com Amy? E por que as autoridades não tinham nenhum registro de Amy?

— São boas perguntas — Anna disse. Ela parecia tão confusa quanto as três. — Vocês encontraram alguma resposta?

— Não de imediato — Alicia afirmou. — Não fazia sentido.

Anna assentiu.

— Certo. Antes de entrarmos nisso, preciso informá-las sobre um novo desdobramento.

Alicia se preparou. Ela não tinha certeza de que conseguiria lidar com mais algum desdobramento. Nos últimos dias, ela tinha enfrentado desdobramentos suficientes para uma vida inteira.

— Ela falou com a imprensa.

— Quem? — Jessica perguntou, embora, é claro, todas soubessem.

Norah já tinha pegado o celular. Alicia fez o mesmo. Não demorou muito para encontrar a notícia. As outras se inclinaram para ler junto com ela.

Antiga proprietária de Wild Meadows fala sobre escândalo na casa de acolhimento

A antiga proprietária de Wild Meadows, Holly Fairchild, manifestou seu horror depois que restos humanos foram descobertos sob a casa de campo onde ela acolheu dezenas de crianças no fim dos anos 1990.

— Meu coração está despedaçado com essa notícia terrível — disse Fairchild. — Vou ajudar a polícia com as investigações da melhor maneira possível e não descansarei até que o assunto seja resolvido.

Fairchild também se pronunciou sobre a "crise das crianças abandonadas" na Austrália, implorando às famílias que "abram seu coração e seu lar para essas pobres almas perdidas".

Quando questionada se tinha alguma ideia do que poderia ter ocorrido, Fairchild respondeu:

— Não gostaria de especular com uma investigação policial em andamento. Digo apenas que, como tive a oportunidade de trabalhar com muitas crianças acolhidas traumatizadas, o dano pode ser extenso. Frequentemente, as vítimas acabam se tornando perpetradores. Vi isso de perto. Para ser franca, não gosto de pensar no que elas são capazes de fazer.

— Ela pode dizer uma coisa dessas? — Alicia perguntou, ao chegar ao final do artigo. — Ela basicamente nos chamou de perpetradoras!

— Não estou feliz com isso — Anna disse. — Mas ela não mencionou nomes e falou de maneira geral, então, legalmente, ela pode, sim.

Era típico da índole da srta. Fairchild. Um jeito de ter a última palavra, de deixar claro que *ela* estava no controle da situação, como sempre. Nem precisava ter se dado ao trabalho. Ninguém sabia disso melhor que as três ali.

37

JESSICA

— Vou pegar as bebidas — Norah disse assim que entraram no pub.

Anna tinha outra reunião, então as três decidiram almoçar antes de se reencontrarem em algumas horas. Jessica sugeriu que experimentassem algo diferente, talvez um peixe com batatas fritas, mas Norah não quis saber. Estava desesperada para rever o bartender, é claro. O lugar estava bem mais movimentado do que na noite anterior. Havia três filas perto do balcão, mas Norah abriu caminho até a frente, indiferente aos comentários irritados de quem esperava.

— Boa sorte para conseguir uma mesa — Hando disse, aparecendo atrás delas. Patel estava ao seu lado.

— Nossa advogada disse que não podemos falar com vocês — Jessica declarou.

— Entendido — Patel respondeu. — E não vamos perguntar nada sobre o caso. Mas podemos conversar sobre hambúrgueres, não podemos? Os policiais daqui nos disseram que são a única coisa comível no cardápio. Aparentemente, precisamos evitar o frango a todo custo.

— Três hambúrgueres — Alicia gritou para Norah, que passou o pedido para o barman.

— Cinco — Hando disse, e o barman acenou com a cabeça e se virou para repassar o pedido à cozinha.

Enquanto esperavam por uma mesa, Jessica e Alicia ficaram ao lado dos detetives. Jessica recebeu uma mensagem de texto de Sonja, informando que precisava falar com ela com urgência. Ela pegou outro comprimido na bolsa e desligou o celular.

— Posso perguntar uma coisa para vocês? — Patel indagou. — Não sobre o caso, prometo. — Como ninguém respondeu, ela continuou: — Por que vocês não têm filhos?

O lugar estava tumultuado, e havia empurra-empurra. Na extremidade oposta, uma corrida de cavalos era transmitida em uma televisão enorme, sendo assistida por vários homens com cerveja em mãos. Todo mundo em Port Agatha parecia estar almoçando no pub naquele dia.

— Eu sou assistente social — Alicia disse. — Tenho milhares de crianças.

— Nunca pensou em acolher uma delas?

— Uma ou duas vezes. — Ela deu de ombros. — Mas nunca pareceu ser a hora certa.

Até onde Jessica sabia, Alicia nunca considerara acolher uma criança. Mas a irmã poderia muito bem estar mentindo. Afinal, se os romances policiais estivessem certos, a única pessoa mais propensa a cometer um assassinato do que uma criança acolhida seria uma mulher que optou por não ter filhos.

— E você, Jessica?

Jessica ofereceu sua resposta habitual.

— Eu gostaria, mas...

Ela deu de ombros, como se querendo dizer que não podia ter filhos. Ela achava que era a resposta mais fácil e a que menos deixava margem para outras perguntas. A verdade era que Jessica nunca tinha tentado engravidar. Sempre que Phil mencionava isso de forma desinteressada, ela dizia que definitivamente tentariam — alguns anos mais tarde —, e ele sempre aceitava. Não era que não quisesse filhos. Se um aparecesse em sua vida como um cachorro perdido, ela o acolheria, amaria e protegeria para sempre. Mas tomar a decisão de ter um filho, de *gerar* um, era um passo grande demais.

Em alguns momentos, ao longo dos anos, ela fantasiava sobre Norah engravidando. Ao contrário de Alicia, Norah transava bastante. Também ao contrário de Alicia, tinha aversão profunda a crianças. Na fantasia, Norah daria à luz a criança e Jessica graciosamente se ofereceria para criá-la como se fosse sua, deixando Norah para ser a tia favorita. Jessica desempenharia todos os papéis necessários de uma mãe, e mais. Seria mais feroz, mais amorosa do que jamais foi. O que realmente levava à questão: se podia fazer isso pelo filho de Norah, por que não poderia fazer isso por seu próprio filho?

— Teve uma boa conversa com o barman? — Alicia perguntou a Norah quando ela finalmente reapareceu.

O barulho da multidão e da televisão estava deixando Jessica com dor de cabeça. Estava aliviada por ter tomado dois comprimidos antes de sair.

— Eu estava pegando as bebidas de vocês! — Norah respondeu. — Que ingratidão... Ei, tem uma mesinha livre... ali!

Norah apressou-se a se aproximar da mesa, quase esbarrando em um casal que ia na mesma direção. Quando todos se juntaram a ela — incluindo os detetives —, Norah disse:

— Pelo amor de Deus.

— O que foi? — Jessica perguntou.

Norah apontou para a porta, e os demais se viraram. Ali estava a srta. Fairchild, arrumada e elegante em um jeans e um caro anoraque acolchoado, observando o ambiente com uma leve expressão de descontentamento. Para qualquer outra pessoa, ela pareceria estar avaliando se ficaria no pub ou iria para outro lugar, mas Jessica reconheceu o gesto como uma encenação. A srta. Fairchild sabia que elas estavam ali. Nada em seu mundo acontecia por acaso.

Houve um momento teatral em que a mulher aparentou notar as três e, então, passou pela multidão em direção a elas como se fossem amigas.

— Olá — disse alegremente, olhando para Jessica. — Veio almoçar? Eu também.

— Peça o frango — Norah sugeriu. — Muita gente recomenda.

— Lemos sua entrevista — Alicia disse. — Boa jogada, pintando não só nós, mas todas as crianças acolhidas como suspeitas.

Patel e Hando deram um passo à frente, claramente ansiosos para impedir um confronto.

O rosto da srta. Fairchild se retorceu. Isso a envelheceu, destacando as pequenas rugas ao redor da boca.

— Para mim, é importante que esse caso receba a atenção midiática que merece — disse. — Posso não ter conseguido impedir o que aconteceu com aquela criança, mas quero garantir que a justiça será feita agora.

— Qual criança? — Norah rosnou. — A que não existia?

As bochechas da srta. Fairchild ficaram coradas e ela lançou um olhar rápido para os detetives.

— A que está enterrada sob a casa.

— Diga o nome dela — Norah disse, avançando. Seus punhos estavam cerrados. Jessica estava grata por haver uma mesa entre ela e a srta. Fairchild.

— Por que não diz você, Norah? — a srta. Fairchild retrucou. — Você é quem tem falado sobre ela desde que era criança. Na verdade, pensando bem, é realmente o crime perfeito. Você machuca uma pobre criança indefesa, a enterra sob a casa e depois afirma que eu a adotei. Você sempre foi a mais esperta, assim como a mais violenta.

Tudo aconteceu muito rápido. Norah virou a mesa, saltou sobre ela e agarrou a srta. Fairchild pelo colarinho. Alicia reagiu imediatamente, pegando Norah pelo ombro e tentando contê-la. Jessica tentou fazer o mesmo, mas seus movimentos pareciam desajeitados e lentos, como se seu corpo não conseguisse acompanhar.

— Tudo bem — Hando disse, vários momentos depois do que deveria. — Acho que já basta.

— Ela me agrediu — a srta. Fairchild declarou. — Isso é agressão.

E lá estava. Elas caíram direitinho na armadilha da srta. Fairchild.

— Vamos embora — Alicia disse. — Cancele os hambúrgueres.

— Nunca pude controlá-la, sabem, mesmo quando era uma menina — a srta. Fairchild disse aos policiais, enquanto Jessica e Alicia arrastavam Norah para fora. — Suas irmãs sempre a encobriram. Claramente, ainda fazem isso.

Norah tentou se desvencilhar ao ouvir isso, mas dessa vez suas irmãs não a soltaram.

38

NORAH

ANTES

O dia em que contaram à polícia sobre Amy parecia interminável. Após ouvir a notícia de que Amy não estava em Wild Meadows, elas foram levadas de carro para a delegacia.

Lá, Norah, Alicia e Jessica foram colocadas em salas separadas e tiveram que recontar suas histórias. Elas responderam a um número aparentemente interminável de perguntas. Como Amy era? Quando ela chegou? Qual era a rotina diária dela? De quais interações específicas com a criança elas se lembravam? Norah não conseguia entender como essas informações poderiam ajudá-los a encontrá-la, mas, após uma policial oferecer um chocolate em troca das respostas, ela decidiu colaborar.

— Então, ninguém mais viu a Amy além de vocês três? — a mulher perguntou. — Ninguém mesmo?

Era chocante perceber que era verdade. Era algo que ela nunca tinha considerado antes. Raramente recebiam visitas. Nenhum amigo. Nenhum parente. E a srta. Fairchild era tão relutante em levar Amy para sair, dizendo que ela precisava ficar perto de casa para "criar vínculo". As únicas pessoas que visitavam a casa eram assistentes sociais, e, na última vez que Sandi fora até lá, Jessica foi instruída a levar Amy para o porão.

— *Scott!* — Norah exclamou de repente. — Scott a viu. Várias vezes.

— Scott Michaels? — a mulher perguntou.

— Não sei o sobrenome dele, mas ele é meu assistente social — Norah respondeu. — Um cara horrível.

Norah esperou que a mulher saísse da sala ou fizesse uma ligação ou avisasse alguém, mas ela não fez nada. Sua expressão nem sequer se alterou.

— O problema — a mulher disse — é que meus colegas falaram com Scott e com Sandi Riley, mas nenhum deles sabia de uma criança pequena em Wild Meadows.

Norah balançou a cabeça.

— Sandi nunca a viu porque a srta. Fairchild fez Jessica escondê-la no porão, mas Scott *definitivamente* viu a Amy.

Norah pensou por um momento. Scott e a srta. Fairchild eram amigos. Ele mentiria por ela. Mas Norah não entendia o motivo. E por que não havia nenhum registro de Amy? Por que a srta. Fairchild de repente guardara as coisas dela na manhã em que as meninas decidiram ir à polícia? Não fazia sentido!

A policial parecia tão frustrada quanto Norah.

— Ninguém mais a viu?

Norah balançou a cabeça.

— Acho que não.

— Certo — disse. Pegou na mão de Norah, talvez tentando reconfortá-la. Norah puxou a mão de volta rapidamente.

— Espera! — Norah teve uma ideia. — Havia alguém... Dirk! Dirk a viu! Dirk cuida dos cavalos em Wild Meadows. Ele foi até a festa de aniversário da Amy para buscar o cavalo que eu roubei.

A policial se animou com isso.

— Dirk Winterbourne?

Norah assentiu, embora não soubesse o sobrenome dele.

— Sim! Pergunte a Dirk. Ele vai te contar.

Finalmente, a policial acenou com a cabeça e se dirigiu para a porta. Antes que ela saísse, Norah acrescentou:

— Certifique-se de que eles tenham revistado a casa minuciosamente. Verifique também as lixeiras.

Norah se sentiu encorajada. Amy tinha que estar em algum lugar. E, quando a polícia falasse com Dirk, eles precisariam começar a levar as alegações das irmãs a sério. Norah só esperava que agissem rápido o suficiente para encontrar Amy, onde quer que ela estivesse.

Por volta do meio-dia, as meninas foram levadas ao refeitório da delegacia, onde foram recebidas por uma assistente social que não conheciam. Seu nome era Genevieve, e ela usava botas Dr. Martens e um vestido floral bonito. Além disso, havia levado *wraps* de vegetais e mais barras de chocolate para elas comerem, mas não sabia nada sobre o caso, então Norah teve que sentar perto da porta entreaberta para ouvir as conversas dos policiais e obter informações.

— As histórias delas são consistentes. — Norah ouviu Max dizendo. — Elas podem ter planejado isso.

— Possivelmente — outro policial disse. — No entanto, as histórias não são idênticas. Cada uma descreveu os eventos de maneiras diferentes, mas eles são os mesmos.

— Ok, mas...

— Eu acredito nelas, Jerry. Sempre achei que tivesse algo de errado com aquela mulher de Wild Meadows.

Então pararam de falar, e Norah ouviu uma terceira e nova voz na conversa.

— Vocês precisam ver isso — a outra pessoa disse.

Norah se inclinou para mais perto da porta.

— Vocês estão com sede? — Genevieve perguntou. — Posso pegar algo para beber na máquina de bebidas.

— Shh! — Norah disse.

— Onde você encontrou isso? — Norah ouviu Max perguntar.

— Em Wild Meadows. No porão.

Norah olhou na direção da porta e se deparou com Max, que estava se dirigindo até elas. Em sua mão havia uma boneca de lã com cabelo loiro e olhos azuis. AMY estava escrito em seu peito.

— Essa é a boneca que encontrei no porão no dia em que Amy e eu ficamos trancadas lá — Jessica disse.

Max franziu a testa.

— Você já tinha visto isso?

Jessica pegou a boneca.

— Achei estranho que a srta. Fairchild tivesse uma boneca chamada Amy, porque é definitivamente mais velha que a nossa Amy.

Max olhou para a boneca.

— Então, não é possível... — Ele hesitou, franziu o rosto. — Não é possível que a boneca *seja* a Amy?

— É uma *boneca* — Norah disse devagar, como se estivesse falando com um idiota, o que parecia ser o caso. — Amy é um ser humano.

Max suspirou. Parecia triste. Como se quisesse acreditar nela, mas fosse impossível.

— E quanto a Dirk? — Norah perguntou. — Vocês falaram com ele?

— Meu colega falou.

— E? — ela exigiu saber. — Ele te contou? Sobre a festa de aniversário da Amy? O passeio de pônei?

Um longo suspiro.

— Dirk não tem conhecimento de uma menina chamada Amy vivendo na fazenda.

— Mentira! — Norah gritou. Cerrando o punho, ela bateu na parede, que cedeu um pouco; era fina como papel.

Max não pareceu se preocupar.

— Ele disse que...

— O quê? — Jessica perguntou.

— Ele disse que viu vocês três brincando com uma boneca que correspondia à descrição da criança.

Norah sentiu a raiva subindo por seu corpo como uma maré. Pulsava tão forte que ela sentia que poderia explodir de dentro dela.

Ela bateu com o punho na parede de novo e de novo. Socou até o nó dos dedos sangrarem, até seu punho romper a fina placa de gesso. Então foi procurar outra coisa para socar.

39

ALICIA

— Merda. Merda, merda, merda. *Merda.*

Alicia andava de um lado para o outro na varanda lateral do antigo pub. O barulho dos clientes escapava pelas janelas abertas, mas as ruas estavam desertas, com exceção de alguns carros que passavam.

— Você ouviu o que ela disse? Ela vai processar a Norah por agressão.

— E eu nem consegui acertar um soco nela — disse Norah, parecendo triste.

Norah e Jessica estavam sentadas em um antigo banco de igreja junto à parede de tijolos. Alicia esperava que Jessica estivesse fora de si, mas não era o caso. Ela estava quieta. Quase aérea.

— Jessica! — Alicia a encarou com intensidade. — Você entende o que acabou de acontecer? A Norah tem uma ordem de prestação de serviços comunitários! Ela vai para a cadeia!

— Eu sei disso — Jessica respondeu.

— Então, por que você não está pirando? Você está drogada? Por que eu sou a única que está em pânico?

Jessica deu de ombros.

— Desculpe se não consigo alcançar o nível correto de estresse para você, mas garanto que estou preocupada. O que você quer que eu faça?

Alicia afundou no banco ao lado delas.

— Desculpe. Eu só estou... preocupada. — Ela olhou para Norah. — Mas vamos dar um jeito. Talvez a Anna possa nos dar algum conselho.

Elas ficaram lá por alguns minutos, até Alicia perceber o que a estava incomodando.

— Não acham estranho que a srta. Fairchild não parecia ansiosa? Quero dizer, se o corpo é da Amy, isso é bastante comprometedor para ela.

— O corpo *não é* da Amy — Jessica disse.

— A menos que seja — Alicia respondeu.

— Alicia, você está se ouvindo?

— Ouçam. A srta. Fairchild era a adulta da casa quando Amy vivia lá. Se o corpo for de Amy, ela terá que explicar muita coisa. O que ela vai dizer? Que não sabia que a criança existia? Que nós a escondemos na casa, matamos e enterramos Amy sem o conhecimento dela?

Jessica abriu a boca como se fosse contestar isso, mas, antes que pudesse falar, uma voz disse:

— Quase isso.

Elas se viraram para a porta. Patel e Hando tinham se juntado a elas na varanda sem que percebessem.

— A história atual da srta. Fairchild é que ela precisou parar de acolher bebês porque vocês três tinham ciúmes e muitas vezes ficavam agitadas ou até violentas com as crianças menores — Patel disse. — Ela diz que, se há um corpo de criança na propriedade, vocês são as responsáveis. — Seu olhar se voltou para Norah. — Norah, mais especificamente.

— Que mentira! — Norah saltou de seu lugar. — Era *ela* que tinha ciúmes! Ela era quem ficava agitada com a presença das bebês!

Alicia levantou-se e pôs a mão no ombro de Norah.

— Mas o depoimento dela foi convincente — Patel apontou. — Vocês três tiveram infâncias problemáticas, e o comportamento violento de Norah está bem documentado. Também vimos o suficiente para saber que as três fariam qualquer coisa para proteger umas às outras. Uma característica adorável entre irmãs, mas também uma forte motivação para mentir.

Alicia recostou-se na parede de tijolos. Mais uma vez, a srta. Fairchild tinha conseguido se colocar como vítima. Elas ainda eram três crianças acolhidas, problemáticas, raivosas e inerentemente suspeitas.

Patel suspirou.

— Só quero saber o que aconteceu em Wild Meadows — disse ela, soando frustrada. — *Quero saber* de quem são os ossos enterrados sob a casa.

— Nós também queremos. — A voz de Jessica estava baixa, mas intensa. — É por isso que viemos para cá.

— Então por que vocês não mencionaram Amy desde o início? — Patel exclamou.

— Nós mencionamos — Jessica se levantou. — *Mencionamos*. Há vinte e cinco anos, arriscamos tudo para contar à polícia sobre Amy e ninguém acreditou que ela era real. Agora, recebemos uma ligação do nada nos dizendo que há um corpo e, de repente, devemos entender que neste momento vocês aceitam que Amy era real? Vocês deveriam estar pedindo desculpas pelo erro que a polícia cometeu há vinte e cinco anos!

Patel teve a decência de parecer constrangida. Hando também parecia desconfortável.

— Então vocês acham que os ossos são da Amy? — Norah perguntou.

Patel deu de ombros.

— É possível.

— Bem, se há uma coisa a aprender com o que aconteceu vinte e cinco anos atrás — Alicia disse — é que somos *nós* que estamos dizendo a verdade.

40

JESSICA

ANTES

Apesar de parecerem duvidar da história delas, os policiais estavam sendo gentis — talvez por serem crianças. Nas três horas que estiveram na delegacia, receberam uma quantidade interminável de refrigerantes e chocolates, e um policial enfaixou as mãos de Norah, que agora pareciam grandes luvas de boxe. Ela tinha causado alguns danos à parede, mas não se meteu em problemas por isso. Uma das vantagens do buraco era que agora podiam ouvir com clareza as conversas que aconteciam em outros escritórios. Era sem dúvida um dia parado para a polícia, porque cem por cento das discussões giravam em torno das garotas.

— As meninas têm um histórico de trauma — alguém dizia. — A mãe adotiva diz que todas elas são problemáticas e vivem inventando coisas.

— Mas a parte sobre a baixa frequência na escola era verdade. — Era Max quem falava. — Como Holly explica isso?

— Evasão escolar, aparentemente. Holly queria que as meninas fossem à escola, mas elas se recusavam.

— Ela informou a escola disso?

— Não. A escola registrou doença como motivo das faltas.

Um longo suspiro. Norah balançava uma de suas luvas de boxe no ar, com os olhos semicerrados.

— Evasão escolar — murmurou, irritada.

— Vou falar com o garoto de novo — Max disse. — Para confirmar.

— Já falamos com ele duas vezes.

— Então vou confirmar pela terceira vez.

As luvas de boxe de Norah ergueram-se como se fossem pompons de líder de torcida.

— Muito bem, velho Max.

— Você está dizendo que acredita nessas meninas, sargento? — a outra voz perguntou.

Uma cadeira foi arrastada pelo chão.

— Estou dizendo que essas são alegações sérias que precisam ser investigadas. Se a história delas for verdadeira, uma criança está desaparecida ou morta. Mesmo que sejam meninas problemáticas, isso não significa que estejam mentindo.

Alguns segundos depois, Max apareceu à porta.

— Obrigada — Norah disse. — Por confirmar pela terceira vez.

Ele parecia surpreso, então sorriu.

— Essas paredes são mais finas do que eu pensava. — Max se sentou em uma das cadeiras de plástico e soltou um longo suspiro. — Olha. Vasculhamos a casa outra vez, de cima a baixo, e não encontramos nada. Dirk continua afirmando que nunca a viu. E não há registro de a Amy ter ido para aquela casa algum dia. Ela não foi legalmente adotada, não foi acolhida, e suas características não correspondem à descrição de nenhuma criança desaparecida. — Ele parecia abatido. — De onde mais ela poderia ter vindo?

As três meninas se viraram umas para as outras. Nenhuma delas conseguiu responder à pergunta do policial.

41

NORAH

Norah não tinha certeza se acreditava em paraíso, mas se ele existisse, pensava que se pareceria com esse pedaço de terra cercado, com esses quatro cachorros gigantes e barulhentos.

Ela estava nos fundos reunindo seus cachorros quando Ishir apareceu.

— Estava me perguntando aonde você teria ido! — ele exclamou, sorrindo para ela. — Quer jogar gravetos para os cachorros?

Claro que Norah queria jogar gravetos.

— Banjo… pega!

Ishir lançou um graveto no ar e Banjo saltou como um elefante desajeitado. Para não ficar para trás, Calçola, Converse e Sofá também saltaram, com seus níveis variados de altura e coordenação motora resultando em um alegre amontoado de cachorros na grama.

— Ishir! — Uma garçonete com cara de irritada apareceu à porta. — O que é que você está fazendo? A casa está cheia. Volte para dentro, ou vou pedir demissão! — Ela foi embora sem esperar resposta.

— De novo? — Ishir disse aos cachorros, e todos eles assentiram.

Norah não conseguia lembrar a última vez que tinha se divertido tanto. Um ponto alto era admirar os bíceps de Ishir. Naquele dia ele usava uma gravata borboleta estampada com Beto e Ênio. O cara tinha estilo, sem dúvida.

— Quer tentar? — ele perguntou a Norah.

— Não, não — ela respondeu. — Você está fazendo um ótimo trabalho.

— Deve ser estranho — ele disse, entre uma jogada e outra. — Estar aqui de volta, depois de tanto tempo.

— É.

— Não é um estranho *bom*, imagino.

Ele jogou o graveto novamente enquanto Norah refletia a respeito. Naquele momento, pelo menos, não era um estranho *ruim*.

— Acho que minhas irmãs estão mais perturbadas do que eu. E entendo. Passamos por algumas coisas assustadoras aqui. Mas, para mim, a coisa mais assustadora sempre foi a perspectiva de ser separada das duas. Para ser honesta, voltar aqui sem ter que temer isso… parece bom. — Ele a observava pensativo, aparentemente alheio aos quatro cachorros se debatendo aos seus pés. — Além disso — ela acrescentou —, não culpo Port Agatha pelo que aconteceu. Não é culpa da cidade. Eu meio que gosto daqui.

Ele lançou o graveto.

— Não vou mentir, eu estava torcendo para que você dissesse isso, porque meu carro é muito velho, e não tenho certeza se ele conseguiria suportar a viagem até Melbourne toda semana.

Norah sentiu um frio na barriga.

— Você não é muito bom em se fazer de desinteressado, Ishir.

— Não — ele concordou. — Nunca fui.

— E como isso tem sido para você? — ela perguntou, com uma entonação de terapeuta.

— Bem, eu sou divorciado — ele disse. — Tive dois namoros sérios antes de me casar, e mais um depois. Todas as minhas namoradas terminaram comigo. — Ele atirou o graveto novamente. — Então, vou dizer que os resultados não são muito bons.

— Eu nunca me casei — Norah lhe contou. — Às vezes eu saio

com uns caras, principalmente para conseguir quem faça alguns reparos em casa de graça. Quebrei o nariz do último cara com quem saí e mandei nudes em troca de ele não ir à polícia.

Ishir estremeceu.

— Funcionou?

— Naturalmente. — Ela estava prestes a dizer que ele poderia ver as fotos quando percebeu que ele estava corado.

— É divertido — ele disse. — Ficar aqui fora com você.

Norah podia ver que ele estava sendo sincero. Era especialmente doce, já que ela nem sequer tinha mostrado os peitos para ele.

— Aqui… sua vez. — Ele lhe entregou o graveto. — Vai, tenta. É divertido.

Norah lançou o graveto e observou os integrantes do bando se estatelarem uns contra os outros na ansiedade para pegá-lo. Os cães pareciam tão felizes quanto ela.

— Caso queira saber — Norah disse —, não se fazer de desinteressado está dando muito certo desta vez.

Os cachorros enlouqueciam ao redor deles enquanto os dois sorriam um para o outro como bobos.

— Ishir, seu idiota! Volte para o balcão antes que eu chame a sua mãe!

O sorriso de Ishir desapareceu.

— Bem — ele disse. — Acho que nosso encontro acabou.

— Isso foi um *encontro*?

— Eu espero que sim.

Não se parecia com nenhum encontro que ela já tivera. Sem refeição, sem troca de informações pessoais estranhas, sem lista de reparos domésticos a serem feitos.

Sem pedido de nudes. Sem vídeos.

Ela não odiou nada naquilo. Não mesmo.

42

ALICIA

Jessica tinha parado o carro do outro lado da rua, no estacionamento da delegacia. À medida que as três mulheres atravessavam a rua, uma velha perua batida parou ao lado do carro delas. Um homem com um boné de beisebol saiu do veículo.

— Dirk — Jessica disse baixinho, mas como não havia mais ninguém por perto, sua voz se difundiu.

Alicia olhou para o homem. *Uau*, pensou ela. É *mesmo o Dirk*.

Ele não tinha envelhecido bem. O cabelo visível sob o boné ainda era ruivo, mas tinha mechas de grisalho, e, apesar de ser um homem relativamente jovem, sua postura estava curvada. Ele fechou a porta e olhou para elas por cima do teto do carro, mostrando um sorriso indagador. Com certeza, ele não as reconheceu.

— Ah. Meu. Deus — Norah disse alguns segundos depois, como sempre.

— Você se lembra de nós? — Jessica perguntou. — Eu sou a Jessica. Estas são minhas irmãs, Alicia e Norah. Somos as crianças que cresceram em Wild Meadows.

Ela parecia tão calma. Como se tivesse reduzido a velocidade de reprodução, como Alicia costumava fazer quando ouvia um podcast ou audiolivro. Considerando que Jessica normalmente vivia acelerada, era uma grande melhoria.

O sorriso de Dirk desapareceu abruptamente e seus olhos começaram a vagar pelo estacionamento.

Interessante, pensou Alicia. *Ele está nervoso.*

Estranhamente, Jessica não parecia nada nervosa.

— Posso fazer uma pergunta? — ela indagou. — A menininha sobre a qual a polícia quis saber muitos anos atrás. Amy. Você realmente não a viu?

Dirk enfiou as mãos nos bolsos.

— Olha…

— É importante — Jessica insistiu, interrompendo-o. — Pense bem.

Dirk olhou para a delegacia brevemente, depois se voltou para Jessica.

— Se eu a tivesse visto — ele disse —, por que mentiria sobre isso?

— Pois você que me diga — respondeu Jessica. — Talvez você tenha sido recompensado por mentir. Ou chantageado. Ou talvez *você* tenha feito algo com ela.

Alicia, que antes mantinha os olhos em Jessica, de repente se voltou para Dirk. Ela sempre presumira que ele tivesse mentido por causa da srta. Fairchild; nunca havia considerado que ele pudesse estar encobrindo seus próprios rastros. Alicia nunca pensou que ele seria capaz de machucar Amy. Será que estivera errada sobre isso?

— Eu não fiz nada com ela — ele disse —, porque eu nunca a vi.

— Mentira! — exclamou Norah. — Se os ossos acabarem sendo da Amy, você terá culpa nisso.

— Ei!

Todos se viraram na direção do som. O detetive Tucker estava apoiado à entrada da delegacia. Sua postura relaxada sugeria que os estava observando havia um tempo.

— Pronto, Dirk?

Dirk começou a andar em direção à delegacia.

— Se ela te fez mentir — Jessica gritou para ele —, não é tarde demais para admitir.

Dirk manteve a cabeça baixa e a passada rápida. Alicia começou a se perguntar se Jessica descobrira alguma coisa...

As três estavam prestes a entrar no carro quando ouviram alguém chamando.

— Alicia! Jessica! Norah!

Alicia suspirou. Encontrar velhas conhecidas por todo lugar era uma característica das cidades pequenas que ela ficaria feliz em deixar para trás.

Era Zara. Naquele dia, seu cabelo estava preso em duas tranças, e Alicia pensou que parecia o de uma tirolesa. Tinha uma cor bonita — um marrom frio que brilhava dourado ao sol.

— Ah, oi, Zara — as irmãs murmuraram com variados graus de entusiasmo.

Tudo o que Alicia queria era entrar no carro com as irmãs e ligar para Meera. Não só elas precisavam da ajuda de Meera como Alicia precisava da voz de sua amiga para acalmá-la, dizer-lhe que tudo ficaria bem.

— Sua vez de falar com os policiais? — Alicia perguntou.

Zara concordou com a cabeça, o olhar fixo na porta pela qual Dirk havia acabado de passar.

— Quem era aquele?

— Dirk — Norah respondeu. — Ele cuidava dos cavalos em Wild Meadows.

— Por que ele está falando com a polícia? — Zara perguntou. — Ele é suspeito?

— Não tenho certeza se eles já têm suspeitos — Alicia respondeu —, sendo que ainda não identificaram a causa da morte da criança. Talvez tenha sido uma morte natural.

Zara ergueu a sobrancelha.

— Uma criança enterrada em uma cova sem identificação sob uma casa de acolhimento? Morte por causas naturais?

Zara fazia muitas perguntas. Alicia começou a se questionar se ela não era na verdade uma jornalista investigativa.

— Qual é o sobrenome do Dirk? — Zara quis saber.

As irmãs se entreolharam.

— Winter... alguma coisa? — Alicia respondeu, puxando isso de alguma memória que ela não sabia que existia. — Ou talvez seja algo completamente diferente. Eu não sei.

Zara pegou o celular e começou a digitar algo.

— Precisamos ir — Jessica disse. — Vamos nos reunir outra vez com nossa advogada em dez minutos. Boa sorte com os policiais, Zara.

Zara agradeceu, ainda digitando no celular, e Alicia, Jessica e Norah entraram outra vez no carro com os cachorros. Mas, enquanto davam a partida, Alicia viu Zara entrando em seu próprio veículo, em vez de ir para a delegacia. *Por que ela mentiu?*, Alicia se perguntou. *E por quem ela estava mentindo?*

43

JESSICA

— Certo — Anna disse quando, já de volta no chalé, elas reto-maram a reunião virtual. — Então o que aconteceu depois que vocês prestaram os depoimentos à polícia? Vocês voltaram para Wild Meadows?

Jessica negou com a cabeça.

— Uma assistente social nos levou para um lar temporário.

Anna não estava anotando nada agora. Jessica começou a se sentir constrangida, preocupada que não estivesse falando coisa com coisa. Tinha tomado outro comprimido meia hora antes, depois da interação que tiveram com a srta. Fairchild, e naquele momento estava se sentindo leve e relaxada.

— Ficamos lá por três meses, enquanto eles procuravam um lar permanente em que nós três pudéssemos ficar. Não conseguiram encontrar nenhum, e nós nos recusamos a ser separadas, então fomos para um orfanato, onde ficamos até atingir a maioridade. Por causa do nosso "trauma", recebemos aconselhamento semanal por todo o período que ficamos ali. — Ela sorriu ironicamente para as irmãs. — Norah e Alicia odiaram, mas eu gostei bastante. Ter alguém para me ouvir daquele jeito, me dando atenção total? Eu nunca tinha experimentado isso antes.

— E a srta. Fairchild não foi investigada mais a fundo? — Anna perguntou.

— Não que eu saiba. — Jessica deu de ombros. — Mas, depois daquele dia, quase não ouvimos mais falar sobre isso.

— Uau. — Para o alívio delas, Anna pareceu chocada, de olhos arregalados enquanto balançava a cabeça. — Ok, vamos recapitular... Vocês denunciaram o abuso da srta. Fairchild contra a Amy para a polícia, mas eles não encontraram nenhum sinal dela na casa e nenhum registro da existência dela. Então acharam uma boneca com o nome dela e decidiram... o quê?

— Que Amy era uma invenção da minha imaginação causada por um trauma de infância — disse Jessica. — Meu terapeuta achava que Amy fosse a garotinha em mim, aquela que ansiava por ser amada e cuidada.

— E eles afirmaram que vocês três tinham a mesma ilusão? — Anna parecia incrédula, como se elas tivessem sido bobas por se deixarem levar por isso. Talvez fosse o caso. Embora não fosse a primeira vez na história em que três pessoas diferentes estariam imaginando a mesma coisa, era algo extraordinariamente raro. Jessica sempre suspeitou que, diante de três adolescentes que juravam de pés juntos que a criança existia, o terapeuta tenha sido forçado a cavar fundo para encontrar uma explicação plausível. — E vocês acreditaram nisso?

Alicia deu de ombros.

— Todos diziam a mesma coisa. A polícia. Os assistentes sociais. Nossos terapeutas. Todos em quem confiávamos. E, considerando que não havia um único fragmento de evidência de que Amy era real, o que deveríamos pensar?

— Vocês nunca consideraram a possibilidade de que sua mãe adotiva pudesse ter matado Amy e escondido o corpo dela, assim como todos os indícios de que havia uma criança na casa?

— Não — Jessica respondeu.

— Por que não?

— Porque isso significaria que Amy estava morta.

Anna ficou quieta por um momento, antes de dizer:

— Mas agora o corpo de uma garotinha foi encontrado debaixo da casa.

— Sim.

Ela franziu a testa profundamente, brincando com um medalhão que carregava no pescoço.

— O quê? — Norah perguntou.

— Estava aqui pensando... — Anna balançou a cabeça. — Se o corpo for da Amy, será um erro monumental dos policiais de Port Agatha. Quando for descoberto, com certeza causará um escândalo político.

— Eu não tinha pensado nisso — Alicia disse.

— Você não — Anna respondeu, recostando-se na cadeira. — Mas garanto que *eles* pensaram.

O CONSULTÓRIO DE PSIQUIATRIA DO DR. WARREN

— Quando fiz catorze anos — digo ao dr. Warren —, percebi que John estava me olhando de forma diferente. Ele comentava até mesmo sobre as minhas roupas mais modestas, dizendo que eram vulgares. Falava sobre eu ser uma mulher jovem e ter que estar atenta aos pensamentos pecaminosos dos homens... como se eu pudesse controlá-los. Ele observava com atenção enquanto eu fazia a faxina... com atenção demais. Às vezes, ele me pedia para refazer algo que exigia que eu me curvasse. Era revoltante.

O dr. Warren tenta parecer horrorizado, mas seu entusiasmo transparece.

— Mamãe também percebeu. Eu a peguei o fitando enquanto ele me observava. Isso me fez odiá-la ainda mais do que a ele. Foi mais ou menos nessa época que John começou a me visitar no porão. Sempre que isso acontecia, eu pensava na minha mãe. No andar de cima, sentada na poltrona ou lavando as roupas íntimas de John enquanto o marido desonrava a filha dela. Ela sabia. Ela devia saber.

"Só para deixar bem claro, eu nunca quis que isso acontecesse. Em nenhum momento. Mas, quando pensei em como isso fazia minha mãe parecer tola, quão humilhante aquilo era para ela e a dor que lhe causaria... ajudou um pouco. Me deu força para suportar."

O dr. Warren se inclina para a frente, com os cotovelos apoiados nos joelhos como uma criança no cinema. Seus olhos estão semicerrados; suas bochechas, coradas.

— John abusou sexualmente de você?

— Sim.

— E você culpou sua mãe por isso também?

Concordo com a cabeça.

— Era o papel dela me proteger dos monstros. Ele era apenas um monstro, fazendo o que os monstros fazem.

O dr. Warren escreve algo em seu bloco de notas. Eu me pergunto se ele estava me citando para sua tese sobre questões analíticas entre mãe e filha.

— Eu tinha acabado de fazer quinze anos quando descobri que estava grávida.

O dr. Warren fica boquiaberto.

— Foi a coisa mais aterrorizante que já aconteceu comigo. John me trancava no porão por vinte e quatro horas sem comida e sem água só por ser respondona... o que ele faria quando descobrisse que eu estava grávida? O medo de que ele descobrisse ocupava a maior parte dos meus pensamentos, mas fiquei surpresa ao notar outra emoção surgir. Prazer. Não por conta do bebê. Estava animada porque finalmente tinha encontrado uma maneira de causar ainda mais dor e humilhação à minha mãe.

"'Estou grávida', anunciei um dia no café da manhã.

"John ergueu os olhos do prato. Àquela altura, eu tinha conseguido esconder minha gravidez por quase cinco meses. Foi mais fácil do que eu esperava. Quando ninguém lhe dá atenção, é possível esconder muita coisa. Mesmo que estejam indo para a cama com você, como se vê. Eventualmente, percebi que se eu não contasse, John talvez nunca percebesse.

"Quando ele se deu conta do que eu estava dizendo, seu olhar recaiu para meu ventre. Ao contrário dos últimos meses, durante os quais me vesti com roupas largas e folgadas, naquela manhã não fiz nenhum esforço para esconder minha barriga que crescia.

"Minha mãe estava perto da pia, suas luvas de borracha gotejando água no chão da cozinha.

"'Não', sussurrou. Mas podia ver que era verdade.

"A expressão de John me disse que eu tinha um bom motivo para estar apavorada. Seus lábios se contraíram, suas narinas se dilataram e suas mãos gigantes e gordas tremiam. O fato de nenhum dos dois ter perguntado quem era o pai dizia muito.

"'Sua putinha imunda', John disse, levantando-se. A ameaça silenciosa em sua voz era mais assustadora do que se ele estivesse gritando.

"Eu tinha me preparado. Havia feito as malas, que já estavam na varanda. Sabia que John me expulsaria de casa por estar grávida, apesar de a culpa ser dele. Minha mãe não faria nada para impedi-lo, mas provavelmente se sentiria culpada o suficiente para me colocar em contato com amigos em Melbourne ou arranjar algum dinheiro para me ajudar no começo.

"O momento do anúncio foi importante. Eu precisava que fosse logo cedo, caso tivesse que caminhar até a cidade (duvidei que John fosse me dar carona depois do que eu tinha a dizer), então pegaria um ônibus para Melbourne. Lá, procuraria um abrigo para mulheres, receberia assistência e então encontraria um emprego e um lugar para morar.

"Pensei sobre isso dia e noite desde o momento em que percebi a gravidez. Como eu poderia ter previsto que, quando John descobrisse, ele não me expulsaria? Eu deveria saber que ele faria o oposto. Me colocaria num lugar onde pudesse ficar de olho em mim."

— O porão? — o dr. Warren adivinha.

— Bingo.

Ele sorri. Então se recompõe, fecha o rosto e acena de modo sombrio.

— Sinto muito.

— Daquela vez, fiquei meses no porão. Minha mãe me trazia comida e bebida, até mesmo alguns livros, mas raramente falava comigo. John não me visitou, o que foi uma bela bênção. Ele disse a todos que eu tinha sido mandada para um internato. Foi genial. Ninguém pensaria em fazer perguntas. Quando eu alcançasse a idade de terminar o ensino médio, John poderia dizer que eu havia ido para a universidade e depois saído do país. Se minha mãe e John fossem mais sociáveis, seria mais difícil me esconder, mas, como raramente recebiam visitas, eu poderia passar o resto dos meus dias no porão e ninguém pensaria em me procurar.

O rosto do dr. Warren se ilumina com a informação.

— Ficar trancado em um porão por meses a fio pode ter consequências psicológicas sérias para qualquer um, ainda mais para uma adolescente grávida — ele lamenta.

— Eu sei disso — respondo, e ele tem a decência de parecer envergonhado.

44

ALICIA

Estava ficando tarde e Alicia estava cansada. Ao seu lado no sofá, Jessica parecia exausta. Enquanto isso, Norah continuava a fazer perguntas para Anna.

Embora a ideia de que Amy *não* fosse uma invenção tivesse passado pela mente de Alicia nos últimos dias, parecia grandiosa demais para processar. Alicia poderia passar cem anos refletindo sobre isso e ainda assim talvez não compreendesse completamente. Norah, por sua vez, já estava pensando no que isso significava para elas agora.

— O que eu não entendo — ela dizia a Anna — é como saberíamos que são mesmo os restos da Amy sob Wild Meadows. Como poderiam identificá-la, se não há registros?

— Pelo que vocês disseram, *há* um jeito — Anna respondeu. — Se a criança tinha seis dedos, isso aparecerá no laudo do legista.

— Claro! — Alicia disse baixinho. — Eu não tinha pensado nisso.

— E se for a Amy — Norah continuou —, a srta. Fairchild será acusada?

— Não necessariamente — Anna respondeu. — Depois de o corpo estar há tanto tempo enterrado, pode ser difícil determinar a causa da morte, então muitas vezes é bem complicado reunir indícios de assassinato ou homicídio culposo. Isso se, de fato, a srta. Fairchild a matou.

— Mas o fato de ela ter negado a existência da Amy... — Norah disse.

— É um argumento forte, com certeza — Anna afirmou. — Mas vamos dar um passo de cada vez.

— Ok, mas... você está... confiante? — Norah perguntou. — Quer dizer, você não acha que poderíamos ser responsabilizadas por algo, acha?

— Meu trabalho é garantir que isso não aconteça — Anna respondeu. — Ah, mais uma coisa: Dirk Winterbourne continua negando ter visto Amy?

— Até onde sabemos, sim — Alicia respondeu. — Isso sempre foi a parte mais estranha para mim. Se Dirk a viu, por que não disse nada? A única coisa que consigo pensar é que a srta. Fairchild tinha algo para usar contra ele.

Anna fez uma pausa, parecendo pensativa.

— E se eu disser que sei uma razão pela qual ele poderia mentir?

— O quê? — Alicia perguntou.

— Vocês não foram as únicas a falar com a polícia na hora do almoço. Conversei com um policial que conheço e que tem contatos em Port Agatha. Ele me disse que os detetives têm falado com criminosos sexuais conhecidos na área na época. — Anna ergueu as sobrancelhas. — E um deles é Dirk.

Alicia, Norah e Jessica estavam na sala de estar do chalé, guardando as coisas antes de seguirem a viagem de duas horas de volta a Melbourne.

— É tão estranho falar sobre Amy depois de todo esse tempo — Alicia disse.

"Estranho" não era a palavra certa. Não sabia qual seria o termo correto, mas "angustiante" parecia mais apropriado. Durante o dia, ela havia se sentido à beira das lágrimas, e, depois do episódio do dia anterior, a última coisa que ela queria era voltar a chorar.

— Fomos estúpidas por acreditar que Amy era fruto de nossa imaginação? — Norah perguntou. — Eu me lembro de achar isso ridículo no começo. Mas parecia ser um assunto encerrado. Talvez devêssemos ter insistido mais para que nos ouvissem?

— Éramos crianças — Alicia disse, tanto para si mesma quanto para Norah. — *Precisávamos* acreditar no que nos disseram.

— Talvez o fato de esse corpo ter aparecido seja algo bom, não? — Norah indagou. Ela até parecia ansiosa ao sugerir isso, torcendo as mãos. — Quer dizer, se ela tiver seis dedos...

— Então isso é só o começo — Jessica respondeu. — Você ouviu a Anna. Mesmo que provem a existência de Amy, isso não significa que a srta. Fairchild a matou. E, como o corpo esteve tanto tempo enterrado, pode ser impossível provar.

Alicia franziu a testa para Jessica. Não era o que ela havia dito, e sim a forma como falou. A falta de emoção. Ela parecia... abatida. Parecia *atordoada*.

— Você está bem, Jess? — Alicia perguntou.

— Sim. Por quê?

— Você parece meio desligada.

— Valeu mesmo.

Um celular começou a tocar.

— Foi um dia longo — Alicia disse enquanto vasculhava sua bolsa. — Por que não ficamos aqui mais uma noite e voltamos para casa amanhã, mais descansadas?

Norah assentiu, mas Jessica balançou a cabeça.

— Vamos logo para casa — ela disse. — Vamos nos sentir melhor quando estivermos de volta em nossas próprias camas.

Alicia pegou o celular e o levou até a orelha.

— Aqui é Alicia Connelly.

— Alicia, oi, é a Sonja, a gerente da empresa da Jessica.

— Oi, Sonja. — Ela levantou as sobrancelhas para Jessica.

— Sinto muito incomodar, mas a Jessica está aí? — Sonja perguntou. — Não consegui contatá-la.

— Que estranho — Alicia disse. — Talvez o celular dela esteja no modo silencioso. Ela está bem aqui… vou passar para ela.

Alicia ofereceu o celular para Jessica, que, estranhamente, deu um passo para trás.

— É só a Sonja — Alicia falou para a irmã. — Disse que não conseguiu falar com você.

Por um momento, parecia que Jessica não atenderia a ligação, mas acabou atendendo.

— Oi, Sonja.

Alicia não conseguia ouvir o que Sonja dizia, mas podia distinguir o tom agudo de preocupação.

— Desculpe por isso — Jessica disse ao telefone. — Hum… sim… Ok… Não sei… Hum.

Normalmente, Jessica soava tão autoritária e dominante quando estava no modo mulher de negócios. Naquele dia, ela parecia desligada. Sua postura era de uma adolescente, encurvada e desinteressada.

— Ah — Jessica dizia. — Ah… Ok. — Então, ao notar Alicia e Norah a observando: — Sonja, sinto muito, mas… não consigo lidar com isso agora.

Em seguida, sem se despedir, Jessica encerrou a chamada.

— O que está acontecendo? — Alicia perguntou.

Jessica fez um gesto de indiferença com a mão.

— Coisas de trabalho. Muito chato para entrar em detalhes. Você está certa… foi um longo dia e estou cansada. Vamos passar a noite aqui.

— Vou pegar minhas coisas no carro — Norah disse, indo em direção à porta, presumivelmente antes que Jessica mudasse de ideia.

— Você tem certeza de que está bem? — Alicia perguntou a Jessica.

— Estou bem; só preciso de uma boa noite de sono.

— Tudo bem — Alicia disse. Ela também precisava de um pouco de descanso. — Só vou ligar para…

— Meera — disse Norah.

— Sim — Alicia disse, surpresa. — Como você sabia?

— Não, eu quero dizer… *Meera.* — E apontou para a porta.

Alicia virou-se.

E lá estava ela. Com jeans e um trench coat, o cabelo preso em seu coque bagunçado característico.

— Achei que você pudesse precisar de uma advogada por perto — ela disse, sorrindo. — Ou de uma amiga.

As lágrimas que Alicia vinha segurando o dia todo começaram a brotar.

Para alívio de Alicia, as irmãs mantiveram a calma — até Norah. Elas cumprimentaram Meera, agradeceram por recomendar Anna e se abstiveram de fazer comentários quando Alicia sugeriu que fossem para seu quarto para conversar (embora a expressão facial de Norah tivesse muito a dizer).

— Eu não posso acreditar que você veio até aqui — Alicia disse, fechando a porta atrás de si.

— Por que não?

Meera se sentou na cama, enquanto Alicia andava de um lado para o outro pelo quarto. Ela se sentia perturbada com a chegada inesperada de Meera. Em pânico. Empolgada.

— Por quê... por que você faria isso?

Meera deu de ombros. Ela parecia uma boneca, com seus longos cílios curvados, maçãs do rosto salientes e lábios arqueados.

— Porque somos amigas. É isso que as amigas fazem.

— Somos *amigas*?

Não era típico de Alicia agir assim. Ela atribuiu isso à emoção do fim de semana.

Meera riu baixinho.

— Claro. Pare de andar de um lado para o outro, você está me deixando nervosa. Sente-se.

Alicia se viu no espelho da parede. Estava um caco. Passou as mãos pelo cabelo tentando alisá-lo, o que se provou completamente inútil. Então se sentou ao lado de Meera na cama, porém seu coração continuava acelerado. Era a presença de Meera. De alguma forma, ela a confortava e a deixava nervosa ao mesmo tempo. Seu joelho começou a balançar.

— Desculpe.

Meera riu novamente.

— Pelo amor de Deus — ela disse, sacudindo a cabeça. Então se inclinou e beijou Alicia nos lábios.

45

JESSICA

AGORA

Depois que Meera e Alicia se refugiaram no quarto, Jessica também decidiu se retirar. Tinha sido uma boa ideia ficar mais uma noite. Não seria prudente dirigir com todos esses pensamentos na cabeça — sem mencionar o diazepam em sua corrente sanguínea. Dormir lhe daria certo alívio por algumas horas. Dadas as circunstâncias, era o melhor que Jessica poderia esperar.

Deitou-se sobre o lençol áspero e fechou os olhos, tentando encontrar um aspecto de sua vida no qual pudesse se concentrar sem se sentir enjoada. Não havia nenhum. A desintegração da vida meticulosamente estruturada de Jessica tinha sido tão rápida. Ou talvez não. Talvez ela já estivesse desmoronando lentamente havia algum tempo.

De acordo com Sonja, a situação parecia bastante desesperadora. Meia dúzia de reclamações desde o dia anterior, todas sobre o desaparecimento de comprimidos de armários de banheiro e mesas de cabeceira, e agora Debbie estava ameaçando ir à polícia e à imprensa. Normalmente, Jessica teria corrido para lidar com um desastre como esse, desesperada para resolvê-lo antes que ele a engolisse. Mas naquele dia ela não tinha ânimo para isso. Sendo honesta, naquele dia *queria* muito que as coisas desabassem — e a levassem junto —, para que não tivesse que lidar com elas, ser responsável por manter tudo de pé. Porque assim ela teria paz.

Mesmo envolta em pensamentos profundos, Jessica começou a ouvir uma discussão sussurrada do lado de fora do chalé. Uma discussão conjugal, talvez. Ela e Phil raramente brigavam. Eles eram educados — educados em demasia. Talvez precisassem brigar mais. Conectar-se mais.

— O que há de errado com você? — uma voz irritada perguntou.

Jessica ficou interessada. Mesmo em meio aos pensamentos nebulosos, o desespero de outra pessoa era uma chamada irresistível.

— Dirk? — a voz questionou. — Você me ouviu?

Jessica se sentou ereta. Não fora apenas o nome Dirk que chamou a sua atenção; era a pessoa que o dizia. A srta. Fairchild.

Ela se levantou e atravessou o quarto para espiar pela janela.

— O que eu deveria pensar? — Dirk perguntou. — Você mentiu para mim.

— Ah, por favor. — A srta. Fairchild riu de forma desagradável. — Sério? Você está realmente dizendo…

Jessica não ouviu o restante, pois já estava indo para a sala de estar. Talvez tenha sido o diazepam que a impediu de refletir ou de entrar em pânico. Ou talvez fosse o fato de que, mesmo depois de tantos anos, Jessica era incapaz de resistir ao magnetismo da srta. Fairchild.

Ela abriu a porta do chalé com força.

— O que vocês estão fazendo aqui? — ela exigiu saber.

Dirk e a srta. Fairchild se viraram para encará-la, claramente surpresos.

A srta. Fairchild se recuperou primeiro, um sorriso caloroso se espalhando pelo rosto.

— Jessica! Que surpresa agradável.

— O que vocês estão fazendo aqui? — Jessica repetiu sem retribuir o sorriso.

Dirk já estava indo para o carro, recolocando o boné de beisebol na cabeça.

— Dirk queria falar comigo — a srta. Fairchild disse. — Decidimos nos encontrar aqui. Eu não sabia que você estava hospedada neste lugar.

— Por que ele queria falar com você?

A srta. Fairchild deu de ombros, mas Jessica viu um lampejo de irritação cruzar seu rosto. Ela abaixou a voz.

— Acho que ele pode estar com a consciência pesada. Você sabia que ele é um abusador?

Jessica assentiu.

— Nossa advogada nos disse.

— Ela disse? — A srta. Fairchild parecia surpresa. — O que mais ela te contou?

— Não é da sua conta — Jessica retrucou.

Parecia errado tratar a antiga mãe adotiva daquela forma. Por um momento, Jessica achou que a srta. Fairchild pudesse repreendê-la. Em vez disso, a mulher sorriu.

— Dói ver você tão chateada comigo, Jessica. Sei que as outras meninas não gostam de mim. Até *entendo*. Elas tiveram uma infância terrível e me tornei o bode expiatório. — Ela balançou a cabeça tristemente. — Mas o que nós tínhamos era diferente. Tivemos nossa *conexão*.

Jessica passou a mão pelos cabelos, perdendo sua determinação.

— Tivemos.

— Eu tenho acompanhado você, sabe? — a srta. Fairchild continuou, ainda sorrindo. — Não consegui me conter. Tenho orgulho do seu sucesso. Espero que tenha sentido minha torcida por você.

Jessica a encarou. Sentia-se ao mesmo tempo horrorizada e tocada pelo que a mulher dizia, e também estranhamente desconectada, como se não tivesse nada a ver com aquilo. Talvez não tivesse.

— Também estive preocupada com você — disse a srta. Fairchild. — A dependência química é comum entre crianças oriundas de famílias adotivas. Uma forma de escapar da dor do abandono.

Agora Jessica se sentia conectada à realidade outra vez. Deve ter deixado seu choque transparecer, porque a srta. Fairchild colocou as mãos nos ombros de Jessica.

— Claro que eu sei de tudo isso — ela falou. — Eu sou sua mãe, Jessica, em tudo o que realmente importa. Sei tudo sobre você. Sempre soube.

Jessica deu um passo para trás, afastando-se do toque dela.

— Não faça isso — a srta. Fairchild disse, avançando. — Deixe-me ajudar você, minha menina. Divida um pouco o fardo comigo. Shh. Pode chorar. Ponha para fora.

Ela estendeu a mão para Jessica novamente, e dessa vez Jessica não tinha forças para se afastar. Em vez disso, avançou para os braços da mãe e começou a chorar. Como ela queria sua *mãe*.

Mais do que qualquer coisa, ela queria sua mãe.

46

NORAH

AGORA

Norah ficou aliviada quando todas se retiraram e ela pôde finalmente fazer o mesmo. Deitou-se no meio da cama, cercada pelos cachorros, e pôs-se a pensar no assunto que vinha evitando o dia todo.

Kevin tinha mandado mais duas mensagens de texto, dizendo quanto estava ansioso pelo vídeo dela. Na segunda mensagem, enviou links de alguns exemplos que tinha visto na internet. Norah não conseguiu chegar ao fim de nenhum deles. Ela não era puritana, mas eram de fato muito repulsivos. Algumas coisas pareciam dolorosas. A ideia de que isso vinha do sorrateiro roedor Kevin tornava tudo ainda mais repugnante.

É uma *transação*, disse a si mesma. *Nada de mais.* E, ainda assim, de alguma forma, percebeu que não acreditava nisso.

Suspeito que sua ideia distorcida de sexo e do poder que vem dele seja oriunda da sua infância.

O comentário de seu terapeuta passara o dia ecoando em sua mente. Embora ela nunca admitisse isso para Neil, estava começando a achar que ele tinha razão. Quando criança, Norah tivera pouquíssimo poder. Ela teve que usar todos os meios à sua disposição para se manter segura, para ter alguma influência em sua vida. Acontece que "todos os meios à sua disposição" eram sexo e violência.

Era verdade que, como adulta, ela tinha mais ferramentas a seu alcance. Tinha dinheiro — não muito, mas o suficiente. Tinha comida na geladeira. Tinha os cães para protegê-la e suas irmãs para apoiá-la. Na maior parte das situações, era possível fazer as coisas de forma diferente de como sempre fizera. Pagar alguém para lhe fazer bicos. Dizer às pessoas para irem embora em vez de bater nelas. Destinar o sexo para — o que Neil dissera mesmo? — o prazer mútuo. Depois daquele momento à tarde com Ishir e os cães, com certeza essa era uma ideia que ela poderia considerar — no futuro. Mas, enquanto isso, ela tinha um problema com o qual precisava lidar *no presente*. E, mais uma vez, como na infância, se sentia impotente.

Norah se desvencilhou dos cães e se sentou. O quarto era pequeno e desprovido de adereços, então ela tirou a manta da cama, colocando-a no chão, e arrumou os travesseiros sobre ela, apoiando o celular na mesa de centro. Em seguida se despiu e se pôs sentada no chão. Os cachorros estavam observando curiosamente da cama.

— Um pouco de privacidade, por favor? — Norah disse.

Eles a ignoraram, é claro.

— Pessoal — ela disse. Pensou que estivesse falando em seu tom habitual, o mesmo que usava quando os cães comiam seus sapatos ou matavam o coelho do vizinho. Em vez disso, a voz saiu áspera, aguda, aumentando para um guincho de alguém começando a chorar.

Então, percebeu que estava começando a chorar.

Quando notou as próprias lágrimas, os cachorros já estavam se levantando da cama e a rodeando no chão, antes de recostarem o peso de seu corpo contra o dela, para reconfortá-la. Isso só fez as coisas parecerem mais desesperadoras. Norah começou a soluçar descontroladamente, o corpo inteiro sacudindo.

— Parem com isso — disse aos cachorros. — Parem de tentar me confortar. Tenho um vídeo para fazer e não posso gravar com vocês três deitados no set.

Norah enxugou o rosto com o antebraço e se levantou. Teria que deixá-los sair. Seria melhor para todos se não precisassem ver o que ela faria. Ela vestiu o jeans e a camiseta antes de ir para a sala de estar. Assim que abriu a porta da frente, os cães saíram na noite em busca de animais noturnos para perseguir. Norah estava prestes a fechar a porta quando as viu.

A srta. Fairchild. E Jessica. Se abraçando.

47

ALICIA

AGORA

A pele de Meera era macia como a de um bebê. Seu perfume cítrico era suave e doce. Era uma loucura, como era bom beijá-la. Melhor do que qualquer coisa que Alicia já tinha sentido.

— Não acredito que você veio até aqui — ela disse entre beijos. — Como sabia que eu precisava de você? Nem *eu* sabia que precisava de você.

Meera sorriu.

— Quem disse que eu sabia? Talvez eu precisasse de *você*.

Ela começou a desabotoar a blusa de Alicia.

— A porta está trancada? — perguntou.

Alicia assentiu, então pegou o controle remoto e ligou a TV.

— Para abafar o barulho.

Meera riu.

— Tadinhas das suas irmãs.

Ela subiu em Alicia, enchendo-a de beijos. Então Meera levantou os quadris e Alicia tirou o jeans dela.

— Alicia — Meera disse quando estavam despidas, com as pernas entrelaçadas. — Você é linda pra caralho.

Alicia diminuiu a intensidade dos beijos.

— Não, não sou.

Meera a puxou para si.

— *É sim*. Você sabe disso, não sabe?

Alicia balançou a cabeça, negando.

— Você é linda de tantos jeitos — Meera disse, a boca viajando pelo corpo de Alicia. — Você é engraçada... sempre faz o que diz que vai fazer... gosta de feedback, mesmo que não seja positivo... diz o que tem de dizer, mesmo quando ninguém está disposto a abrir a boca... se importa com pessoas que precisam de cuidados... — Sua boca agora estava no seio de Alicia. — Você tem seios perfeitos... particularmente este. Para ser honesta, é meu seio *favorito*.

Meera se levantou para beijar os lábios de Alicia, então parou de repente.

— Al — disse. — Por que você está chorando?

— Merda. — Alicia enxugou o rosto. — Merda, desculpe.

— Não se desculpe — Meera disse. — Só me diga o que está acontecendo.

Mas Alicia já estava sentada, pegando sua blusa do chão.

— Nada. Eu só... Não consigo...

Enquanto se vestia, Alicia se odiou. Ela deveria saber que isso aconteceria. Não podia ter um relacionamento normal. Era uma idiota por se deixar levar — e, pior, por permitir que Meera pensasse que algo poderia acontecer entre elas.

Meera se vestiu também e sentou-se em silêncio na cama, ao lado de Alicia.

— Não consigo falar sobre isso — Alicia disse, antecipando-se às perguntas de Meera.

Antes que Meera pudesse responder, houve uma batida à porta.

— Alicia? — Era Norah.

— Agora não, Norah — Alicia gritou.

— Sinto muito se você estiver fazendo sexo lésbico pervertido, mas é uma *emergência*.

— Norah — Alicia respondeu. — Pelo amor de Deus...

A porta se abriu. No final, ela não estava trancada.

— Eu *disse* que era uma emergência — Norah falou. — Preciso que vocês venham aqui. Agora.

48

NORAH

AGORA

Depois de chamar Alicia e Meera, Norah voltou para fora e correu em direção a Jessica e à srta. Fairchild.

— Saia de perto dela! — ela gritou, separando-as com tanta força que a srta. Fairchild bateu com tudo na parede de pedra da casa. Jessica teria caído para trás, na direção oposta, se Norah não a tivesse segurado pelo cotovelo.

— Sua pequena valentona! — a srta. Fairchild disse, ofegante. Ela parecia cansada. — Você não consegue se controlar, não é?

Norah também estava sem fôlego. Sentia um gosto amargo na boca. Olhou para Jessica, que estava com os olhos marejados e envergonhada. Era difícil dizer pela expressão dela se estava feliz ou triste por ter sido interrompida.

Alicia e Meera saíram do chalé.

— Que diabos está acontecendo? — Alicia exigiu saber.

A srta. Fairchild hesitou. Norah percebeu que a presença de Meera a desestabilizou. Ela sempre teve um comportamento diferente para as pessoas de fora, e era engraçado ver como estava atordoada, sem saber qual máscara usar.

— Estava conversando com Jessica quando Norah me atacou...
novamente.

— Eu estava protegendo a Jessica — Norah disse. — A srta.
Fairchild estava *dando um abraço* nela!

O olhar de Alicia se voltou para Jessica. Ela parecia tão horrorizada
quanto Norah.

— Jessica não precisava ser protegida — a srta. Fairchild disse. —
Ela estava muito bem. Não estava, Jessica?

Todas olharam para Jessica, que as encarava como se fosse uma
garotinha.

Alicia se aproximou e colocou o braço ao redor dos ombros de Jessica.

— Acho que você deveria ir embora, srta. Fairchild — Alicia disse.

A srta. Fairchild levantou as mãos, talvez em uma tentativa de parecer razoável por causa de Meera.

— Escute. Eu sei que nossa relação não terminou bem, mas não
acham que isso pode ser uma oportunidade... agora que estamos juntas depois de tanto tempo?

— Sim — Alicia disse. — É uma oportunidade para conseguirmos
justiça para Amy.

Norah se posicionou ao lado de Jessica. A srta. Fairchild as observava, o rosto retorcido em uma expressão amarga.

— Pelo amor de Deus, quando é que vocês vão parar com essa história de *Amy*? A polícia já decidiu que ela não passava de uma fantasia.

— Quando identificarem o corpo como sendo da Amy — Norah
disse —, o que *vão fazer*, assim que o legista ver o dedo extra dela, você
vai ter que se explicar.

— Eles não vão fazer isso... porque não é a Amy. — Ela parecia
tão segura de si.

— Quem é, então? Alguma outra criança que você matou?

A srta. Fairchild respirou fundo, como se estivesse de repente tomada pela emoção.

— Vocês realmente acham que eu mataria uma criança? Que tipo
de monstro pensam que eu sou?

Ela olhou para Jessica em busca de ajuda. O fato de ela esperar apoio de Jessica depois de tudo o que tinha feito provocou uma repentina onda de raiva em Norah.

— O que quero saber é como você soube que devia se livrar da Amy naquele dia — Norah disse, semicerrando os olhos para a srta. Fairchild. — Você sabia que estávamos planejando te denunciar ou foi apenas uma coincidência?

— Ah. — O olhar da srta. Fairchild se desviou para Jessica, e, por um momento, ela pareceu quase estar se divertindo. — Você não contou para elas?

As bochechas de Jessica ficaram vermelhas. Norah não tinha certeza do que estava acontecendo, mas deu um passo protetor na frente da irmã.

— Vocês sempre pareciam tão perplexas quando eu sabia das coisas — a srta. Fairchild continuou, mais animada agora. — Enquanto isso, a escola sempre falava como você era inteligente, Norah!

Norah olhou por cima do ombro. A cabeça de Jessica continuava abaixada.

— Eu tinha uma informante, claro. Jessica me contou tudo. *Tudo*. Até o último dia.

— O quê? — Norah demorou um pouco para relembrar suas memórias. Então percebeu: era óbvio. Todas os detalhes que ninguém exceto as três saberia. Claro que Jessica contou a ela. De que outro jeito a srta. Fairchild poderia saber?

Ela se virou para encarar a irmã.

— *Você contou pra ela?*

Ela se lembrou do dia em que denunciaram a srta. Fairchild. Jessica correndo de volta para casa a fim de pegar sua mochila. *Jessica* a tinha avisado que precisava apagar todos os rastros de Amy.

— Como você *pôde* fazer isso? — Norah gritou.

Uma lágrima pingou do queixo de Jessica.

— Vocês três podem estar unidas agora — disse a srta. Fairchild, claramente se divertindo —, mas Jessica foi leal a mim antes mesmo de conhecê-las. Provavelmente sempre será. — A mulher soava triunfante.

Norah cerrou os punhos.

— Só para deixar claro — Alicia disse para a srta. Fairchild —, há apenas uma pessoa que consideramos culpada por tudo isso, e essa pessoa é você.

A srta. Fairchild revirou os olhos.

— Que sorte a minha — ela disse. — Ser o bode expiatório de todos os seus problemas!

Ela deu uma risadinha estranha enquanto dava alguns passos em direção ao carro.

— Você só é um bode expiatório se realmente não tem culpa do que estão te acusando — Norah disse.

A srta. Fairchild parou, virou-se.

— E o que seria isso? Matar uma criança? — Ela riu. — O que quero saber é: se sou mesmo uma assassina de crianças, por que deixei vocês três vivas?

Norah se deu conta de que era uma boa pergunta. Uma pergunta para a qual nenhuma delas tinha resposta.

— Na verdade — a srta. Fairchild continuou, virando-se de volta para seu carro —, estou tão curiosa quanto vocês para descobrir quem está embaixo daquela casa e como foi parar lá.

49

JESSICA

AGORA

— Eu nem encostei nela direito — Norah disse para Meera, que já estava fazendo perguntas.

— Ela bateu na parede — Jessica argumentou, fechando a porta do chalé. Mas ela não se importava. No momento, achava difícil se importar com qualquer coisa. Sentou no braço do sofá, abraçando a si mesma como a srta. Fairchild fizera havia pouco. Ela ainda podia sentir o calor da pele dela. Ainda sentia o *cheiro* dela.

Alicia olhou para Meera.

— O que acontece se ela alegar que Norah a agrediu?

— A única testemunha é a Jessica, então ela pode dizer o que quiser. — O rosto de Meera estava completamente sério. Alicia sorriu. Norah fez um gesto de "toca aqui" para ela. — O outro incidente é mais complicado — Meera continuou. — Foi feito um relatório. Mas podemos falar sobre isso mais tarde.

— Jess — Alicia disse, seus olhos pousando sobre ela —, sobre o que a srta. Fairchild falou, eu queria que você soubesse que Norah e eu nunca te culparíamos por ter contado a ela que íamos denunciá-la. Nunca, nunquinha.

Jessica olhou para Norah, cuja expressão era bem menos compreensiva.

— A srta. Fairchild te manipulou para agradar a ela desde que você era uma menininha — Alicia continuou, mais alto, como se para compensar a cara de Norah. — Você acha que a gente iria te culpar por isso?

— Vocês podem não me culpar, mas eu me culpo. — Os olhos de Jessica se encheram de lágrimas. — Me culpei mesmo quando achávamos que a Amy era uma ilusão. Mas agora... — Sua voz embargou e ela se calou, respirando fundo. — Se o corpo que estava embaixo da casa for dela, a culpa é minha.

— Não — Alicia disse, balançando a cabeça. — Não.

Jessica assentiu.

— É, sim. Eu não queria contar nada. Voltei para a casa só para pegar minha mochila. Mas então vi a srta. Fairchild com a Amy, cantando para ela. — Jessica limpou uma lágrima com o punho. — Fiquei com ciúmes. Sabia como agradar a srta. Fairchild. E então fiz o que sempre fazia: contei a ela o que estávamos planejando. Fiz isso a vida inteira. Sempre que vocês se perguntavam como ela sabia das coisas... era eu. — Agora Jessica soluçava. — Eu não esperava que ela matasse a Amy. Ela não tinha muito tempo, mas provavelmente foi o suficiente. E tudo por causa dos ciúmes que eu tinha de uma criancinha.

Todas ficaram em silêncio. Depois de um tempo, Norah fez menção de falar.

— Não... — Jessica ergueu as mãos para impedi-la. — Por favor, não diga nada. Não estou pronta. Acho que devemos ir dormir agora. Podemos conversar amanhã de manhã.

Ela se sentia como um zumbi — como se estivesse sonambulando — enquanto fechava a porta do quarto. Estranhamente leve, parecia sentir tudo e nada ao mesmo tempo. Isso a lembrou de quando tomou um anestésico local para suturar pontos, a forma como podia sentir o médico repuxando sua pele, mas sem dor. Mas era uma sensação acompanhada da noção de que, uma vez que o efeito da anestesia passasse, a dor viria. Jessica não sabia se conseguiria suportar.

Sentou-se na cama. Precisava dormir. Dormir um sono profundo e sem sonhos. Na mesa de cabeceira, havia um frasquinho de diazepam e uma garrafa d'água, para o caso de precisar. Não pensou duas vezes: simplesmente pegou dois comprimidos, colocou-os na boca e bebeu a água. Estava prestes a se deitar quando mudou de ideia e pegou o frasco de novo. Pegou mais alguns comprimidos. E mais depois disso. Um gole d'água e o trabalho estava feito. Finalmente. O sono estava chegando.

O CONSULTÓRIO DE PSIQUIATRIA DO DR. WARREN

Na minha consulta seguinte com o dr. Warren, ele começa a fazer perguntas antes mesmo de eu me sentar.

— Então você estava no porão — ele diz. — Qual era o plano para quando o bebê nascesse?

— Era isso que eu queria saber. Minha mãe parecia não ter ideia.

"'Vou perguntar ao John', ela disse quando questionei. Essa era a resposta dela para tudo. Às vezes eu me perguntava o que raios ela estava pensando. Comecei a notar hematomas nela, cada vez mais. A maioria nos braços, às vezes no rosto. Uma vez, notei vários deles contornando seu pescoço. Então era possível que ela estivesse pensando nisso. Estava tão totalmente à mercê de John… o que significava que eu também estava.

"'Não tranque a porta', eu implorava toda vez que ela saía.

"'Sinto muito', ela sempre dizia, antes de girar o trinco.

"Quando eu a pressionei, ela me disse que o plano era dizer que o bebê era dela. Me parecia uma desculpa fraca. A mamãe parecia velha demais para ter um bebê, embora ela estivesse na casa dos quarenta e poucos anos, então supus que fosse possível.

"'Mas o que vai acontecer quando eu entrar em trabalho de parto?', eu exigia saber. 'Quem vai me levar ao hospital?'

"Quando ela finalmente respondeu, desejei nunca ter perguntado.

"'Você vai dar à luz aqui', ela me disse. 'Andei lendo sobre partos caseiros. É como a maioria das mulheres dá à luz na Índia e na África. Vai ficar tudo bem.'

"'Você está se ouvindo?', gritei. 'O que o papai diria se soubesse que você me trancou no escuro e está planejando que eu tenha meu filho em segredo? E se eu entrar em trabalho de parto e você não souber, já que estou aqui embaixo? O bebê pode morrer. *Eu* posso morrer!'

"Ela olhou bem nos meus olhos, e por um segundo pensei que talvez eu tivesse mexido com ela.

"Mas então minha mãe se virou e subiu as escadas.

"A porta estava fechada. Trancada. E o pouco que restava da minha sanidade se estilhaçou em um milhão de pedacinhos."

O dr. Warren fica apenas balançando a cabeça.

— Isso não estava no seu prontuário.

— Bem... não — digo. — Como estaria?

— Então você deu à luz em casa? — ele pergunta. — No porão?

— Entrei em trabalho de parto um mês antes do que mamãe calculava, mas considerando que eu não tinha feito ultrassonografias para confirmar a data provável de parto, não foi uma grande surpresa. Tive cólicas que iam e vinham o dia todo — falsas contrações, mamãe disse, depois de consultar um livro da biblioteca. Eu sabia que não eram falsas. Toda mulher sabe. Mas eu não tinha por que dizer à minha mãe que estava em trabalho de parto. Preferia dar à luz um bebê morto a permitir que ela me ajudasse.

"Quando o parto começou para valer, foi intenso e rápido e doloroso a ponto de me ofuscar. As dores pioravam cada vez mais até eu achar que estava a ponto de morrer... mas então consegui sentir a cabecinha quente dela. Nem sei descrever a experiência. Foi horrível e maravilhosa, e... e nunca me senti tão importante."

O dr. Warren inspira profundamente, balançando a cabeça.

— Você deu à luz sozinha, no porão?

Concordo com a cabeça.

— O nome dela me ocorreu enquanto eu a segurava junto ao peito. Amy era a personagem de um livro que eu tinha lido. Na história, a mãe dela explica que escolheu esse nome pelo seu significado: "amada". Nunca ouvi nada mais perfeito.

Eu me inclino e seco uma lágrima rebelde.

— Eu não tinha tesoura para cortar o cordão, então Amy permaneceu ligada a mim até minha mãe trazer meu café da manhã no dia seguinte.

— Uau — diz o dr. Warren. — Uma experiência dessas. Entendo como isso poderia mudar alguém para sempre.

— Muda — afirmo. — Mudou. Mas nem de perto tanto como o que aconteceu a seguir.

50

NORAH

— Meera?

Alicia e Meera estavam voltando para o quarto quando Norah as deteve.

— Antes de irem fazer o que quer que lésbicas façam, posso falar com vocês?

— Não dá pra esperar, Norah? — Alicia perguntou. — Foi um longo dia.

— É só que... — Ela se sentiu estranha de repente. Norah não estava acostumada a se sentir estranha. — Preciso de um conselho jurídico.

— Está tudo bem, Al — Meera disse, voltando a se sentar no sofá ao lado de Norah. — Anna não está ajudando?

— Não é isso — Norah respondeu. — Anna é ótima. É sobre... outra coisa.

Lançou um olhar para Alicia, que parecia em pânico.

— O que você fez? — Alicia perguntou, parecendo derrotada. Ela se jogou na poltrona.

— Não é grande coisa — Norah disse. — Mas lembra do cara em que dei um soco na sexta-feira? Ele me pediu para fazer um vídeo pornô.

Alicia soltou um lamento, abaixando a cabeça entre as mãos.

Mas Meera não se abalou.

— Alicia, tem um bloco de notas na minha bolsa. Pode pegá-lo, por favor? — Então olhou para Norah. — Vamos começar do princípio.

51

ALICIA

AGORA

— O que vai acontecer com a Norah? — Alicia perguntou a Meera, quando finalmente estavam de volta ao quarto de Alicia.

Já passava da meia-noite quando a conversa entre Norah e Meera terminou. Meera tinha sido acolhedora, como sempre, mas agora que estavam a sós, Alicia queria entender o que aquilo realmente significava para a irmã.

— No que diz respeito à ordem de prestação de serviços comunitários — disse Meera —, vai depender do juiz. Mas, dadas as circunstâncias atenuantes, em especial o fato de que ela tinha acabado de saber sobre os ossos encontrados sob o lar adotivo onde passou a infância, espero que o juiz seja leniente.

— E quanto ao Kevin?

Alicia ficava nervosa com o simples ato de dizer o nome dele. Queria dar um soco na cara daquele roedor pelo que ele tinha feito — e, de modo estranho, ficou feliz por ter sido exatamente isso o que Norah fizera, mesmo que isso a tenha colocado nessa confusão. Mais do que tudo, porém, ela transbordava de gratidão por Norah ter decidido confiar em Meera antes de enviar o maldito vídeo que ele queria.

Norah tinha sido bastante prática em seu relato dos eventos para Meera, mas Alicia a conhecia bem o suficiente e viu quanto ela estava abalada. Embora Norah talvez fosse a pessoa mais perigosa que Alicia conhecia, também era uma das mais frágeis. E não importava a idade delas, Alicia nunca seria capaz de omitir seu instinto de proteger a irmã. Ela sabia que nem Jessica conseguiria.

— Kevin mexeu com a garota errada — Meera disse calmamente.

— E nós vamos fazer picadinho dele.

Apesar de tudo, Alicia sorriu.

— Isso é uma promessa?

Meera sorriu de volta.

— Eu já te decepcionei alguma vez?

— Não — Alicia disse. — O que me faz sentir muito pior. — Ela desabou na cama, que planejava oferecer a Meera. Era o mínimo que podia fazer. — Sinto muito por tudo isso. Você já teve que lidar com muito mais do que esperava ao vir pra cá. Irmãs disfuncionais, queixas criminais, um encontro com a monstra da minha ex-mãe adotiva.

Meera permaneceu de pé.

— Faz sentido — disse, pensativa.

Alicia não tinha certeza do que estava falando. Havia tantas possibilidades.

— O que faz sentido?

— O fato de que uma gentileza, ou ouvir alguém lhe dizer coisas boas, te faça chorar, com a infância que você teve. — Alicia não respondeu. — Quando a crueldade se torna familiar nos tenros anos de adolescência, é claro que nos acostumamos com ela. A pessoa acredita que merece isso. Mas você não merece.

Agora Meera sentou-se na cama também. Alicia arriscou um olhar para ela. Foi um erro. Seus olhos castanhos eram muito calorosos, repletos de compreensão. Lágrimas começaram a brotar nos olhos de Alicia imediatamente.

— O que estou te dizendo não é nada que você já não tenha dito a dezenas de crianças, Al. E sabe o que mais você diz? Que elas aprenderão a se familiarizar com a gentileza se estiverem abertas para isso.

Alicia olhou para o tapete. Era muito difícil ignorar Meera quando ela falava a verdade. Alicia pensou em todas as crianças com quem trabalhou que eram incapazes de processar gentilezas. Um de seus casos mais antigos, um adolescente chamado Marco, se dava um tapa, por reflexo, toda vez que alguém lhe fazia um elogio. Marco tinha se saído muito bem na terapia. A última vez que o encontrou, Alicia disse que era bom vê-lo, e, como resposta, ele sorriu.

— Sei que você não é fã de terapia — disse Meera. — Mas, se isso te ajudar a seguir em frente, não vale a pena? Vai ser muito difícil termos um relacionamento se eu não puder dizer nada legal para você.

Alicia ergueu os olhos, surpresa.

— Um… relacionamento?

— Seu e meu — Meera esclareceu. — Um relacionamento nosso. E acompanhado de todos os seus outros relacionamentos, pelo visto. Só pode ser uma coisa boa, certo?

Alicia olhou para Meera. Certamente, depois de tudo o que aconteceu, ela não escolheria ficar. Havia um limite do que uma pessoa podia aguentar, certo?

Ela abriu a boca para dizer isso a Meera, mas as lágrimas não a deixaram falar. Meera a puxou pelo ombro, e Alicia desabou em seus braços, soluçando.

— Você é linda, Alicia — ela disse. — Gentil. Amorosa. Inteligente. — Fez uma pausa, e Alicia sentiu que ela sorria. — E tem que ser dito, eu *amo* pra caralho o seu seio direito.

Alicia ainda estava chorando quando elas passaram a se beijar — e quando Meera começou a tirar as roupas dela. Dessa vez, ela chorou e chorou… mas não afastou Meera para longe.

■■■

Depois, com a cabeça recostada no ombro de Meera, Alicia se sentia exausta. Mas o sono não vinha. Era como se houvesse uma mosca no quarto: havia um zumbido em sua cabeça, e ela ansiava por espantá-lo.

— O que foi? — Meera perguntou, quando Alicia enfim se sentou.

— É a Jessica. — Alicia acendeu o abajur. — Estou preocupada. Ela não parecia bem esta noite. Quero ver como ela está.

Meera deu um tapinha na perna dela e sorriu.

— Vá em frente — ela disse. — Vá dar uma olhada.

Na sala de estar, Alicia deu de cara com Norah.

— Mas o quê? — Alicia exclamou. — O que você está fazendo aqui?

— Vim dar uma olhada na Jessica.

— Você também?

Norah assentiu.

— Ela não parece estar bem. Não deve estar dormindo... vamos falar com ela.

E então elas invadiram o quarto de Jessica com a confiança típica de irmãs. Mas, para a surpresa delas, Jessica *estava* dormindo. A luz do corredor a iluminou, encolhida de lado, as mãos como que em oração debaixo da orelha. Havia um brilho de baba em sua bochecha. Ela *roncava*.

— Podemos falar com ela pela manhã — Alicia disse.

Elas estavam prestes a fechar a porta quando Norah perguntou:

— Ela vomitou?

Alicia abriu a porta de novo. Olhando com atenção, viu que Norah estava certa. Não era baba no rosto dela. Era vômito.

Enquanto se aproximavam de Jessica, Alicia notou um frasco de comprimidos na mesa de cabeceira. Correu para pegá-lo. Benzodiazepina.

Alicia acendeu a luz do abajur. Os lábios de Jessica estavam azulados.

— Chame uma ambulância! — gritou ela para Norah. Virando-se, deu um tapa forte no rosto de Jessica e esperou que a irmã acordasse com raiva e perguntasse que raios elas estavam fazendo. Jessica permaneceu inerte. Seus olhos continuaram fechados. O som de ronco que ouviram era na verdade um engasgo. — Meu Deus. Diga a eles para virem depressa!

Jessica foi tirada às pressas da ambulância, direto para a emergência. Até Alicia, que fez o trajeto com ela, não pôde acompanhar o atendimento de perto quando chegaram ao hospital.

Meera seguiu a ambulância em seu carro, com Norah ao seu lado. Agora, as três estavam diante de uma enfermeira com rabo de cavalo, uniforme, tênis e aparência cansada, que examinava o frasco de comprimidos vazio.

— Ada Rogers — ela disse, lendo em voz alta o nome no rótulo. — Alguma ideia de quem seja essa pessoa?

Alicia e Norah negaram com a cabeça. Alicia nunca tinha ouvido falar de Ada Rogers.

— Vocês sabiam que sua irmã estava fazendo uso abusivo de benzodiazepínicos?

Elas piscaram incrédulas. O mais humilhante era que sempre se consideraram bem próximas. Mais próximas até do que irmãs biológicas, diziam às pessoas. Elas reconheciam os sentimentos uma da outra antes mesmo de perceberem o que elas próprias sentiam. Era um motivo de orgulho; um distintivo de honra.

E, ainda assim, elas não sabiam.

Era verdade que Alicia achava que Jessica estava agindo de forma estranha. Até perguntou se ela estava usando alguma droga — mas falara apenas de brincadeira. Por que se conformou tão rapidamente? Por que não insistiu na pergunta? Jessica estava estranhamente calma; Alicia deveria *ter notado* que algo estava errado.

— Você tem certeza de que este é o medicamento que sua irmã tomou? — perguntou a enfermeira.

— Não — Alicia respondeu. — Mas foi isso que encontramos ao lado da cama dela.

— Sabem se ela estava tomando alguma outra substância? Algum opioide?

— Acho que não — disse Alicia. Ela olhou para Norah, que deu de ombros.

— Álcool?

— Não — responderam juntas.

Uma maca passou voando pela Emergência, e elas tiveram que se espremer contra a parede para deixá-la passar. Depois, Norah perguntou:

— Ela vai ficar bem, certo?

— Depende da quantidade que ela ingeriu — a enfermeira explicou. — Uma overdose de benzodiazepínicos é algo sério. Pode causar dificuldade respiratória grave e prolongada. A frequência respiratória não estava boa quando ela chegou.

Alicia achou difícil ouvir aquilo. Estava muito focada na expressão séria da enfermeira, que não as tranquilizou de imediato. Ela não estava sorrindo nem dizendo que Jessica ficaria bem. Ela parecia solene. Cautelosa. Isso deixou Alicia muito assustada.

— Mas ela não vai morrer, vai? — Alicia perguntou.

A expressão da enfermeira não mudou.

— Faremos tudo o que pudermos por ela. Mas, neste momento, não podemos descartar a possibilidade de que a overdose possa ser fatal. — Agora seu rosto se suavizou, demonstrando um pouco de pena. — Sugiro que liguem para as pessoas próximas o mais rápido possível.

52

NORAH

AGORA

Norah e Alicia dormiram nos assentos de plástico na sala de espera. Depois, Meera saiu para alimentar os cachorros e voltou com cobertores, travesseiros e garrafas d'água. Agora tinha ido buscar café.

— Eca — Norah disse para Alicia, limpando o ombro. — Você babou em mim.

— Nada que os seus cachorros já não tenham feito — Alicia respondeu, na defensiva.

— Mas eles são *cachorros*! — Norah ressaltou. Estava prestes a descrever todas as razões pelas quais isso era mais nojento, então parou.

Jessica.

Num pulo, ela ficou de pé.

— Onde está aquela enfermeira?

A enfermeira vinha sendo seu ponto de apoio desde que levaram a irmã para o hospital. Norah apreciava o fato de que ela não tentou acalmá-las com falsas esperanças e, por isso, achou que ela seria de confiança. Na última vez que se falaram, ela informou que Jessica estava respirando com ajuda de aparelhos, mas não havia recobrado a consciência.

O celular de Phil estava no modo silencioso, então só conseguiram contatá-lo já de manhã. Ele estava a caminho.

— Você acha que ela pretendia...? — Norah começou a dizer, mas Alicia a interrompeu.

— De jeito nenhum — Alicia respondeu. — Ela nunca faria isso com a gente.

Norah deu de ombros.

— Talvez você esteja certa.

— Mas esse é o problema, não é? Ela não faria isso *com a gente*. Está sempre pensando no que os outros querem, nunca no que ela quer.

— E quem você acha que ensinou isso a ela? — Norah perguntou.

Alicia procurou ao redor pela enfermeira, mas ela não estava lá.

— Ei — Meera disse, aparecendo com uma bandeja de cafés para viagem. — Peguei no posto de gasolina, mas ainda assim deve ser melhor do que o daqui do hospital.

Norah pegou um café, deu um gole e logo em seguida o cuspiu. Estava horrível.

— Obrigada, Meera — disse, não querendo ser indelicada.

Alicia pegou um café e deu um beijo em Meera. Norah se perguntou se elas estavam namorando. Esperava que sim. Alicia era diferente com Meera por perto. Parecia mais confiante. Elas tinham aquela química sutil de pessoas com uma conexão profunda — seus movimentos eram sincronizados, suas palavras se misturavam de forma harmoniosa.

Norah gostava de Meera. Ela a levara ao hospital, ultrapassando o limite de velocidade o suficiente para demonstrar que entendia a gravidade da situação, mas não a ponto de causar mais tragédia. Não ofereceu a Norah nenhuma certeza sem fundamento. Trouxe café (não era culpa dela se estava horrível). Norah conseguia lidar com a presença de Meera. Só rezava para que Alicia não estragasse tudo.

— Ei, Norah — Meera disse. — Dê uma olhada nisso.

Ela entregou o celular a Norah. Havia uma notícia aberta. Norah examinou a manchete.

Vice-diretor de escola primária renuncia
após escândalo de extorsão sexual:
mensagens de texto vazadas

Norah ergueu o olhar.

— Meera!

Ela levantou a mão para um "toca aqui", mas Meera estava ocupada sendo beijada por Alicia. Dadas as circunstâncias, Norah deixou passar.

— Em breve teremos mais informações sobre as acusações legais — Meera acrescentou quando voltou à realidade —, mas pelo menos ele não vai mais trabalhar com crianças. O número está bloqueado no seu celular, não está?

Norah confirmou com um aceno.

— Ótimo. Mantenha assim, ok?

Norah assentiu novamente, sentindo um alívio no peito pela primeira vez em dias.

— Você falou com o Phil? — Meera perguntou a Alicia quando se separaram.

Ela assentiu.

— Ele está a caminho.

— Ótimo — Meera disse. — E a Jessica?

— Estávamos prestes a pedir uma atualização.

— Eu vou — Norah disse, já caminhando para o posto de enfermagem. Havia acabado de chegar à mesa quando seu celular começou a tocar. Ela o levou até o ouvido.

— *O que foi?*

A enfermeira à mesa ergueu os olhos, assustada. Norah balançou a cabeça, apontando para o celular e revirando os olhos.

— Norah? — a voz disse.

— Obviamente.

— Ah... é o detetive Hando. Sei que é cedo, mas acabamos de receber notícias do legista e queríamos atualizar vocês. Tentamos entrar em contato com suas irmãs, mas não conseguimos.

— O celular da Alicia está sem bateria e a Jessica teve uma overdose de diazepam, então sou só eu.

Ela não sabia se estava tentando ser chocante, espirituosa ou até mesmo engraçada. Pelo silêncio que se seguiu, Hando também não tinha certeza.

— Norah, sinto muito. Jessica está bem?

— Não sei. Estou no posto de enfermagem tentando obter uma atualização agora mesmo.

Ela olhou para a enfermeira, que assentiu e levou o telefone à orelha. Não precisava de mais detalhes. Era um pequeno hospital de uma área rural; pacientes com overdose eram escassos. Norah ouviu a enfermeira pedir uma atualização sobre Jessica Lovat.

Alicia e Meera apareceram ao lado de Norah.

— Queríamos que vocês viessem à delegacia — Hando disse —, mas nas atuais circunstâncias... — Ele hesitou, incerto.

— É o detetive Hando — Norah explicou a Alicia, cobrindo o microfone do celular. — Eles tiveram notícias do legista e querem que a gente vá até lá.

— Devíamos verificar isso com a Anna — Alicia afirmou.

— Ele disse que é importante — Norah complementou.

— Eu posso ir com vocês — Meera ofereceu. — Advogada substituta.

— Jessica não acordou, mas continua estável — a enfermeira as interrompeu.

— A delegacia não é longe — Alicia disse. — Conseguimos estar aqui em cinco minutos, se precisarmos voltar rápido.

— Certo — Norah declarou. — Meera pode nos levar.

O CONSULTÓRIO DE PSIQUIATRIA DO DR. WARREN

Mal posso esperar para minha próxima sessão com o dr. Warren. Quando se compartilha uma história como a minha, ela não termina só porque parei de contar. Continua se desenrolando em minha mente de modo contínuo. É um alívio poder falar em voz alta.

O dr. Warren parece tão feliz em me ver quanto estou em vê-lo. Ele aproximou um pouco mais nossas cadeiras e há uma caixa de lenços no parapeito da janela. Acho esses pequenos gestos tocantes.

— O plano era que eu amamentasse até John dizer que eu poderia sair de lá — começo. — Depois eu iria para a cidade e nunca mais voltaria. Mas não sabia como faria isso. A atenção da minha filha era como uma droga. Ela tinha cabelo claro e fininho, olhos azuis e um queixo com covinha. Dormia bem e não fazia birras. Minha mãe também estava encantada com ela. Quando John não estava em casa, nós duas passávamos horas fazendo gracinhas para a bebê. Minha mãe tricotava bichinhos de pelúcia para ela. Até fez uma boneca em tamanho real com cabelo loiro e olhos azuis que parecia muito com minha filha. Levava o nome da Amy escrito no peito. Amy adorava a avó, mas não havia discussão sobre quem ela mais amava. Eu. Ninguém vinha antes de mim.

"Com mamãe visitando o porão com tanta frequência para ver a Amy, comecei a esperar ansiosamente pelo som da porta se abrindo. Mas, então, cerca de seis semanas após o parto, a porta se abriu tarde da noite. Já era bem tarde. Normalmente mamãe nos visitava durante o dia, quando John estava no trabalho. Protegi meus olhos da luz enquanto observava as escadas à espera das pernas dela. Mas não eram as pernas da minha mãe descendo. Eram as de John."

Satisfeito, o dr. Warren cobre a boca com a mão. É difícil acreditar que seja um psiquiatra de verdade. Parece alguém assistindo a um filme de terror.

— John tinha bebido — continuo. — Sempre era pior quando ele bebia. O fato de eu ter dado à luz recentemente não ajudava, nem o fato de que fazia um tempo desde sua última visita. De alguma forma, ele tinha se tornado mais depravado. Mais nojento. E minha gravidez havia fornecido a justificativa perfeita para seus atos. Porque eu estava suja. Eu era uma prostituta.

"Embora não pudesse dizer que a embriaguez de John era uma coisa boa, provavelmente foi por causa dela que ele esqueceu de trancar a porta quando saiu naquela noite. Da cama, vi a porta se abrir, permitindo a passagem de um feixe de luz.

"Fui rápida, envolvendo Amy em uma coberta e guardando nossas coisas em um lençol com as pontas amarradas para criar uma trouxa improvisada. Subi as escadas, passei correndo pela cozinha e saí pela porta dos fundos. Eu não tinha nenhum plano específico. Considerei ir para a casa do Troy e me esconder no porão dele até descobrir o que fazer a seguir.

"Estava descendo os degraus da varanda quando ouvi uma tosse suave atrás de mim. Quando me virei, vi minha mãe ali na varanda, de roupão. 'Pegue isto', ela disse.

"À luz da lua, vi que ela segurava a lata de dinheiro que John mantinha escondida na saca de arroz.

"Ela me entregou a lata. 'Boa sorte', disse, beijando a cabeça da Amy."

O dr. Warren parece um pouco emocionado.

— Isso foi corajoso da parte dela.

Eu dou risada.

— Foi pela Amy, não por mim. Quando era só eu, ela nem ao menos abria a maldita porta do porão. Então a Amy aparece e ela se arrisca a nos dar todas as economias deles?

O silêncio do dr. Warren indica que me fiz entender.

53

ALICIA

AGORA

Elas chegaram à delegacia ao mesmo tempo que Bianca, Zara e Rhiannon.

— Vocês vieram rápido — Patel observou enquanto elas entravam no saguão. — Por que não vamos para a sala de reunião?

Enquanto caminhavam pelo corredor, Patel disse a Alicia:

— Hando me contou sobre Jessica. Como ela está?

— Nenhuma novidade.

O lugar para o qual ela as levou parecia uma sala de reunião simples, sem nada que se destacasse — carpete azul feio, mesa de pinho lustrosa, um quadro branco no canto do cômodo.

— O que aconteceu com Jessica? — perguntou alguém atrás delas. Alicia se virou. Era a srta. Fairchild.

— Não — Alicia disse, levantando a mão. — Nem *ouse* dizer o nome dela.

Meera colocou a mão no ombro de Alicia.

— Al...

— O que você quer dizer com isso? — A srta. Fairchild parecia surpresa e irritada. Não gostava de não saber das coisas. — Onde ela está?

Uma pequena parte de Alicia queria que a mulher soubesse o que ela havia feito. Já a outra não queria dar a ela a satisfação de saber o poder que ainda exercia sobre Jessica.

— Alicia? — a srta. Fairchild insistiu.

— Ela não quer que você saiba, sua estúpida — Dirk disse, aparecendo atrás dela.

A srta. Fairchild o encarou indignada.

— Como você ousa?

O caos se instaurara na pequena sala, com todos falando ao mesmo tempo.

— Quem são os policiais? — Meera sussurrou para Alicia. Ela ainda não tinha se apresentado como conselheira jurídica das irmãs.

— Dirk — disse Patel. — Este assunto é parti…

— Eu só quero dizer uma coisa — ele declarou. — Sobre Amy.

Agora Dirk tinha a atenção de todos. Seria possível ouvir o som de uma agulha caindo no chão. Até Meera perdeu um pouco a postura profissional quando o olhou, boquiaberta de interesse.

— Eu menti — Dirk disse. — Eu vi a menina.

O silêncio que se seguiu parecia destinado a durar para sempre. Era uma declaração muito impactante e complexa, que sacudiu a sala. Toda vez que Alicia abria a boca para dizer algo, as palavras lhe escapavam.

— Esta admissão é muito relevante — Patel disse, por fim. — Está preparado para fazer uma declaração formal?

Dirk assentiu. Girou o boné de beisebol que tinha nas mãos.

— Você não pode estar falando sério! — A srta. Fairchild explodiu. — Ele é um molestador sexual. Provavelmente foi ele quem *enterrou* o corpo ali!

— Eu não sou um molestador — Dirk disse. — Meu único crime foi ficar com uma garota de quinze anos quando eu tinha dezoito. Estávamos em um bar, então presumi que ela fosse maior de idade. Infelizmente, o pai dela era advogado e fui condenado por ter tido relações sexuais com uma menor. — Ele expirou lentamente. — Eu me mudei para o campo para fugir de toda a repercussão. Sempre amei cavalos, então era o trabalho perfeito. Eu precisava me manter a mais de cem metros de distância de crianças. — Dirk falou diretamente com Alicia, Norah e Jessica. — Sua mãe adotiva ficou irritada comigo depois que deixei vocês andarem a cavalo e decidiu me investigar. No dia em que Amy supostamente desapareceu, a srta. Fairchild me procurou.

— Ela te chantageou? — Norah perguntou.

— Pelo amor de Deus — a srta. Fairchild disse. — Ele está sendo investigado pela polícia. Claro que vai inventar uma história dessas para se proteger!

— Ela não me contou muita coisa — Dirk continuou —, só que houve uma confusão com a papelada de adoção e que por isso ela estava com a menina ilegalmente havia seis meses. Ela me disse que a criança já tinha sido enviada a sua nova família, mas que, se a polícia me fizesse perguntas, eu deveria dizer que não sabia de nada. Segundo ela, se eu fizesse isso, não precisaria admitir que estive *confraternizando com as jovens da fazenda.* — Dirk fez uma voz de mulher muito estranha para dizer essa última parte. — Da minha parte, estava tudo bem. Eu não queria me envolver com nada relacionado a uma menina, dado meu histórico.

Ele os encarou com nova clareza, como se seu discurso o tivesse levado para outro lugar.

— Li sobre a descoberta do corpo em Wild Meadows na semana passada. Eu deveria ter ido à polícia imediatamente, mas… não sei. Achei que a culpa ia recair sobre mim. Estou me debatendo a respeito disso há uma semana. Vim à delegacia ontem à noite para contar, mas fui interceptado por vocês sabem quem. De qualquer forma, queria contar a verdade, então aí está. Sinto muito.

— Tudo bem — declarou Hando, finalmente. — Obrigado por compartilhar isso, Dirk. Como a detetive Patel disse, gostaríamos que você fizesse uma declaração formal. O detetive Tucker cuidará disso com você.

Ele acenou para Tucker, que conduziu Dirk para fora da sala.

As emoções se acumulavam rápido demais para que Alicia as processasse.

Sentia raiva de Dirk por ele ter mentido.

Gratidão por ele ter contado a verdade agora.

Havia a noção de que elas passaram a vida inteira sendo enganadas.

A emoção de finalmente poder provar isso.

Meera então anunciou:

— Meu nome é Meera Shah. Vou atuar como conselheira jurídica de Alicia e Norah hoje.

Hando e Patel se entreolharam.

— Anotado.

— Vocês trouxeram uma advogada? — a srta. Fairchild perguntou. — Parece que estão se sentindo culpadas por alguma coisa.

— Como eu disse ao telefone — Hando falou alto, enquanto várias vozes se levantaram em protesto —, pedimos que viessem para cá porque o antropólogo forense terminou de examinar os restos mortais. Como vocês podem ou não saber, houve um pedido de atenção cuidadosa aos pés, em busca de evidências de um sexto dedo, ou uma deformidade que indicasse que já houve um sexto dedo.

— E...? — Alicia mal conseguia respirar.

— Não encontraram nenhuma evidência disso — Hando afirmou. — Os pés parecem ter se desenvolvido normalmente.

Alicia, Norah e Meera se entreolharam.

— Eu não entendo — Zara interrompeu. — Por que haveria um sexto dedo?

— Amy tinha seis dedos no pé esquerdo — Norah respondeu, sem tirar os olhos do detetive. — Tem certeza de que eles verificaram o pé correto?

— Quem é Amy? — Rhiannon quis saber.

— Tem mais uma coisa — Hando disse. — Eles também estimaram que a criança tinha menos de um ano.

Silêncio. Norah parecia tão perplexa quanto Alicia, que não sabia o que dizer.

— Não faz sentido.

As únicas pessoas na sala que não pareciam confusas eram Hando e Patel. A detetive aproveitou o momento para revelar sua parte do quebra-cabeça.

— Talvez a descoberta mais significativa tenha sido de que os ossos são mais velhos do que pensávamos inicialmente — disse. — Estimam que o cadáver tenha por volta de cinquenta anos. Certamente, tem mais de vinte e cinco.

Alicia não tinha palavras. Norah enxugou o suor do rosto com a palma da mão. Todos na sala pareciam atordoados, com exceção de Zara, que parecia bastante... animada. Era chocante. Alicia estava prestes a perguntar se ela estava bem, mas a mulher foi mais rápida:

— Então, não sei se isso é significativo — disse Zara —, mas *eu* tenho seis dedos no pé esquerdo.

O CONSULTÓRIO DE PSIQUIATRIA DO DR. WARREN

— Então você desapareceu na noite com a bebê e uma lata de dinheiro? — o dr. Warren pergunta. — Chegou a ir muito longe?

— Nem cheguei até a rua. Veja bem, era um caminho longo até a saída. Estava quase no portão quando ouvi o motor do carro de John. Não fazia sentido correr, não havia nenhum lugar em que pudéssemos nos esconder. Em segundos, os faróis nos iluminaram. Eu me virei para encará-los, enquanto o carro se aproximava.

"Minha mãe estava no banco do passageiro. Tinha o olho inchado. John saiu do carro e se lançou como um trem desgovernado sobre mim, me agarrando pelos ombros e me sacudindo com tanta força que deixei minha trouxa improvisada cair e me agarrei a Amy para não a deixar cair também.

"'Onde está meu dinheiro?', ele rugiu. Tinha os olhos vidrados com uma fúria demente. Claro que o problema era o dinheiro. Teria ferido seu orgulho me ver escapar, mas, no fim das contas, aquilo teria tornado sua vida mais fácil. O dinheiro era outra história.

"'Me dá a lata, sua vagabunda!', ele disse, me empurrando de novo.

"Quase perdi o equilíbrio, então voei na direção dele, revidando com raiva e esmurrando-o com minha mão livre. 'Você é nojento', gritei. 'Atacando mulheres vulneráveis e garotinhas enquanto finge ser um bom cristão. É tão triste. Como você consegue viver sendo assim?'

"Depois do choque dos primeiros socos, ele me agarrou com mais força, o suficiente para que suas unhas se cravassem nos meus ombros. Então me segurou com o braço esticado, impedindo que eu o acertasse com mais socos patéticos. Não notei minha mãe saindo do carro. Quando veio ficar ao meu lado, pensei que fosse um gesto de apoio — até que ela arrancou Amy de mim.

"'Não!', gritei. Mas minha mãe não ouviu. Parecia determinada enquanto carregava Amy para o carro. 'Mãe, por favor...'

"John me deu um tapa tão forte que vi estrelas e senti gosto de sangue.

"'Mãe', tentei de novo, mais fraco agora, mas o próximo tapa foi mais forte, me lançando ao chão, me deixando sem fôlego.

"John cuspiu em mim. 'Puta.'

"Ele se abaixou, abriu minha trouxa e retirou a lata de dinheiro. Depois de verificar se estava tudo lá, cuspiu em mim de novo e voltou para o carro.

"'Não a machuque', gritei fracamente para ele, mas John não ouviu porque o motor já estava rugindo outra vez. 'Por favor! Não machuque Amy.'

"Ele deu meia-volta e então voltou para casa. Nunca mais vi Amy."

54

NORAH

AGORA

Foi tão inesperado, tão fora do comum. Por um momento, Norah não conseguia entender como aquilo se encaixava. Todos se olharam, perplexos. Hando pestanejava, balançava a cabeça, piscava novamente. Rhiannon e Bianca estavam boquiabertas. A srta. Fairchild parecia estar tendo um leve ataque cardíaco.

Foi Patel quem rompeu o silêncio.

— Você tem seis dedos? — ela perguntou a Zara. — Espera aí. — Patel parecia completamente perdida. — Você é a Zara, certo?

Hando entrou na conversa:

— Fui eu que falei com a Zara. Ela não estava na nossa lista. Leu sobre o corpo no jornal.

— Eu não sabia que *havia* uma lista até chegar aqui e conhecer a Rhiannon e a Bianca — Zara acrescentou.

— Mas como sabia que tinha estado em Wild Meadows? — Patel indagou.

— Quando fui adotada, meus pais foram informados de que eu

vinha de um lar temporário em Port Agatha. Quando fiz dezoito anos, tentei entrar em contato com o homem que facilitou a adoção, mas os dados de contato estavam desatualizados. Por isso, voltei a Port Agatha com meus pais e começamos a perguntar por aí. Foi então que ouvi o nome da srta. Fairchild. Mas, claro, você já estava em Melbourne na época. — Zara olhou para a mulher. — Tentei contato com você por anos. Enviei e-mails e liguei. Você nunca me respondeu.

A srta. Fairchild tinha permanecido em silêncio durante toda a conversa. Seu peito subia e descia com respirações profundas e ansiosas.

— Fiquei de olho nos acontecimentos de Port Agatha. Vi que o lar tinha sido vendido. Depois vi a notícia do corpo encontrado enterrado debaixo da casa. Decidi vir até aqui para ver o que mais poderia descobrir.

— E você tem seis dedos? — Norah perguntou, ainda focada nesse fato importante.

— Eu tinha — ela respondeu. — O sexto dedo foi removido logo após meu aniversário de três anos, quando eu já vivia com minha família adotiva havia quase um ano. Ou seja, quando eu tinha dois anos, vivia em Wild Meadows.

Enquanto falava, Zara desatava os cadarços do sapato. Isso fez Norah lembrar do dia em que conheceram Amy, no chão da sala de estar em Wild Meadows. A srta. Fairchild retirando a meiazinha da menina. Agora, Zara tirou a própria meia, mostrando uma minúscula cicatriz entre o dedo mínimo e o próximo. Um pequeno relevo exatamente no lugar onde antes havia o sexto dedo.

— *Eu* sou a Amy?

Norah a observou de perto.

— Você tem alguma foto tirada pouco tempo depois de ser adotada? — Alicia perguntou.

Zara pegou o celular.

— Esta é do meu primeiro Natal com minha família. Uso como foto de perfil no Facebook. Eu devia ter uns dois anos e meio.

Zara deslizou os dedos pela tela do celular por um momento e então o entregou a Alicia, que olhou para o aparelho por um segundo antes de baixá-lo. Ela fechou os olhos; colocou a mão no coração. Ergueu o aparelho para olhar outra vez.

— Meu Deus — ela sussurrou, entregando o telefone a Norah. — Ai, meu Deus.

Norah pegou o celular. Olhou para ele.

— Amy — ela disse, encarando o telefone. Então olhou para Zara. — Você é a Amy.

— Qual agência de adoção seus pais usaram? — Alicia perguntou.

— Vocês são detetives agora? — A srta. Fairchild perguntou, reencontrando a voz de repente. Fitou Patel com um olhar suplicante.

— Não foi uma agência — Zara respondeu, ignorando-a. — Foi um homem. Scott alguma coisa. Mitchell ou Maxwell ou...

— Scott?! — Norah exclamou.

— Scott Michaels? — Patel perguntou, ignorando a srta. Fairchild.

— Quem é Scott Michaels? — Meera sussurrou para Alicia.

— Isso mesmo! — Zara disse. — Scott Michaels. Vocês o conhecem?

— Scott era nosso assistente social — Norah respondeu. — Ele e a srta. Fairchild eram amigos.

Em seguida, todos olharam para a srta. Fairchild. Ela revirou os olhos e virou o rosto, como se aquela fosse uma conversa idiota e que não a interessasse. Pegou o celular e começou a digitar algo.

— Mas se você é a Amy... — Norah disse, olhando para Zara. — De quem é o corpo enterrado?

Houve um silêncio curto que deixou claro que ninguém sabia a resposta. Então, o silêncio foi interrompido pela srta. Fairchild, que, de repente, começou a chorar.

55

ALICIA

AGORA

— Ela mentiu — disse a srta. Fairchild. — Disse que Amy estava com uma boa família. Passei todos esses anos imaginando a vida dela com eles. Sendo amada por eles. Mas ela mentiu.

— Quem mentiu? — Patel perguntou, parecendo exausta, apesar de ainda serem apenas nove da manhã.

— Minha mãe.

— Espera — Zara disse, confusa. — Você está falando de mim? Eu *estava* vivendo com uma boa família.

Alicia estava tão perdida quanto Zara e, pelo visto, os investigadores também. A srta. Fairchild parecia devastada, com o lábio tremendo e o rosto molhado de lágrimas. De repente, ela parecia pequena, como uma criança. Era chocante vê-la dessa maneira. Alicia teve que se lembrar de não sentir pena dela.

— O que aconteceu com a bebê? — a srta. Fairchild perguntou de repente. — Há alguma marca no corpo sobre como... — ela fez uma careta — ... sobre como ela morreu?

— O legista relatou uma depressão achatada na parte de trás do crânio consistente com um golpe ou uma queda — explicou Hando.

A srta. Fairchild estremeceu. Levou a mão para sua própria nuca, e novas lágrimas começaram a cair de seus olhos. Patel e Hando se entreolharam.

Patel se aproximou e sentou-se ao lado dela.

— Sabe, perguntamos a essas meninas sobre a infância delas em Wild Meadows. Mas elas não foram as únicas a crescer naquela casa, foram?

A srta. Fairchild balançou a cabeça, com os olhos baixos e os lábios tensos.

— Sinto muito — Hando disse —, mas vou precisar que todas saiam, exceto a srta. Fairchild.

— Mas precisamos ouvir isso — Alicia exclamou.

— Entendo — Hando declarou, olhando nos olhos de Alicia. Ele não parecia mais um inimigo. — E vocês vão. Mas precisamos ouvir primeiro.

Alicia, Norah, Meera, Zara, Bianca e Rhiannon saíram da sala de reuniões e voltaram ao saguão, que era pequeno demais para acomodar as seis e a intensidade de seus sentimentos — sem contar as perguntas remanescentes.

— Precisamos convocar Scott Michaels. — Alicia ouviu Hando gritar. — Dirk Winterbourne está na sala quatro. Pode providenciar que Zara volte esta tarde para dar um depoimento? Os pais dela também.

— Ok, preciso de mais informações — Zara disse. — Eu sou a Amy... e vocês achavam que o corpo embaixo da casa era meu?

Alicia deu de ombros.

— Achamos que era possível.

— Posso perguntar por quê?

— Claro — Alicia respondeu. — E vamos explicar tudo. Mas há alguém que acho que deve estar conosco para isso. Alguém que vai ficar muito feliz em revê-la.

Ela olhou para Norah, que concordou em silêncio.

O CONSULTÓRIO DE PSIQUIATRIA DO DR. WARREN

— O que você fez depois que John e sua mãe levaram Amy? — o dr. Warren pergunta.

— Fui andando até a cidade e esperei que amanhecesse. Então encontrei Troy a caminho da escola e contei tudo a ele. Corremos de volta para Wild Meadows. Ela me recebeu na porta.

— Quem? — O dr. Warren quer saber.

— A mulher que eu nunca mais chamaria de mãe.

O dr. Warren mal consegue conter sua satisfação.

— Ela parecia nervosa. Eu soube imediatamente que algo tinha acontecido.

"'Onde ela está?', gritei. '*Onde ela está?*'

"Ela tentou colocar as mãos em meus ombros, mas eu as afastei. Seus olhos estavam cheios de lágrimas. 'Onde está quem?'

"Comecei a gritar. Gritei tão alto e por tanto tempo que devo ter perdido a consciência. Foi uma dádiva, porque aqueles poucos minutos inconscientes foram os últimos momentos em que não lembro de estar sentindo dor."

— Ela fingiu que Amy nunca existiu? — o dr. Warren pergunta.

— Apenas porque Troy estava comigo. Para me fazer parecer louca. Mas depois, quando ele já havia ido embora, ela me disse que algumas mulheres da igreja tinham vindo buscá-la. Disse que haviam levado Amy para um bom lar.

— E você acreditou nisso?

— Depois de tudo o que aconteceu, não achava que minha mãe fosse ficar de braços cruzados enquanto John matava a minha bebê. Mas parece que foi exatamente isso que ela fez.

O dr. Warren fecha os olhos por um momento, enquanto assimila essa informação.

— Comecei a acolher crianças porque estava procurando substitutas para minha filha. Mas nunca foi a mesma coisa. Nenhuma das meninas era Amy. Todo esse trauma... me deixou louca, acho.

Uma batida à porta.

— O tempo acabou — avisa a voz do lado de fora. Há um zumbido, e a porta se abre. O guarda entra para me conduzir de volta à cela. — Vamos.

O dr. Warren também se levanta.

— Nos veremos no tribunal — ele diz, e a porta se fecha entre nós.

56

JESSICA

AGORA

Quando Jessica abriu os olhos, não teve o privilégio de experimentar aquela sensação confusa e nebulosa que as pessoas nos filmes parecem ter ao acordar em um hospital. Ela sabia exatamente onde estava. Sentia o tubo de oxigênio no nariz, podia sentir o cheiro do sabonete antibacteriano, ouvir o zumbido dos aparelhos ao seu redor. Além disso, sabia que tinha causado tudo isso a si mesma.

Enquanto seu entorno não era uma surpresa, a pessoa ao seu lado era. Phil. Ele estava sentado ao lado da cama e afastava uma mecha de cabelo do rosto dela.

— Oi.

Jessica não entendia por que, de repente, sentia-se tímida ao ver seu marido, com quem estava casada havia quinze anos.

— Phil... o que você está fazendo aqui?

— Onde mais eu estaria? Vim assim que Alicia me ligou. Eu teria vindo ontem à noite se soubesse. — Ele sorriu com tristeza. — A enfermeira me disse que você teve uma overdose de diazepam.

— Desculpe — Jessica declarou, porque, sinceramente, o que mais poderia dizer? — Você deve estar... sei lá... chocado.

Ele franziu a testa, quase fazendo uma careta.

— Para ser sincero... encontrei um monte de frascos de comprimidos em casa há alguns meses, cada um com o nome de uma pessoa diferente. Eu deveria ter te confrontado.

Jessica ficou surpresa. Achava que tivesse escondido tão bem. Era tão organizada, tão eficiente, estava tão no controle. Imaginava que todos — incluindo Phil — fossem ficar completamente surpresos ao descobrir o que estava acontecendo.

— Como assim?

— Eu não sabia o tamanho do problema, obviamente. Mas faz um tempo que você não parecia ser você mesma.

— Por que você não disse nada?

— Eu deveria ter dito. — Ele se concentrou no gradil da cama, passando os dedos por ele. — Gostaria de ter dito. Só... achei que você fosse superar isso... fosse se recuperar. Você tem seus altos e baixos. Meu trabalho é ser calmo. Sei que você precisa disso. — Balançou a cabeça e suspirou. — Quando encontrei os comprimidos, sabia que deveria falar com você. Mas você parecia estressada, e eu não queria te incomodar. Pensei que se eu apenas mantivesse a calma... sei lá. Isso soa idiota. — Ele soltou a grade e suspirou pesadamente.

— Na verdade, soa familiar.

Jessica sentiu-se mal. Será que, sem querer, criara um ambiente doméstico semelhante àquele onde crescera? Um ambiente onde era preciso avaliar a situação antes de se sentir seguro para falar alguma coisa? Um ambiente onde, depois de um tempo, as pessoas apenas desistiam de falar?

— Cresci em uma casa onde eu vivia tentando avaliar se era seguro dizer algo. — Jessica ouviu-se dizendo. — Um lugar onde eu me sentia responsável pelos sentimentos da minha mãe adotiva. Os bons e os ruins. Sei que é muita pressão para colocar em outra pessoa. Mas foi exatamente isso que fiz com você.

Jessica lembrou-se de quando começaram a trabalhar juntos no restaurante. A forma como ele sempre corria para limpar uma mesa caso Jessica estivesse muito ocupada. A forma como ele ficava por perto quando um cliente difícil reclamava. A forma como ele estava sempre ao seu lado, apoiando-a de modo silencioso. Ela estava tão absorta pela própria dor que não percebeu como ele realmente se sentia.

— Me desculpa. — Ela começou a chorar. — Me desculpa, de verdade.

— *Shh*, está tudo bem. — Ele pegou uma caixa de lenços e tirou alguns. — Está tudo bem. Obrigado por me contar sobre a casa onde você cresceu. Agora faz sentido.

Ele entregou os lenços a ela, e Jessica enxugou as lágrimas e assoou o nariz.

— Posso te contar mais… se você quiser saber.

— Eu quero — ele disse, estendendo a mão para ela. — Quero muito.

O som das irmãs de Jessica no corredor chegou até o quarto. Um momento depois, ela ouviu um arquejo.

— Ela está acordada! — Alicia gritou. — Norah, ela está acordada!

As irmãs correram para o lado dela. Alicia estava radiante, mas Jessica percebeu que os olhos de Norah estavam marejados.

— Você nos assustou pra caramba — Alicia disse.

Norah deu um soquinho no braço de Jessica.

— Sua idiota.

— Desculpe — Jessica disse.

Norah assentiu, enxugando as lágrimas.

— Tem que pedir desculpas mesmo — respondeu, com grosseria. Mas deu um beijinho na cabeça de Jessica.

— Eu deveria saber que era só uma questão de tempo até vocês duas aparecerem — Phil afirmou, conferindo leveza e calma ao momento, como sempre.

— Quer dizer nós *quatro* — Alicia corrigiu.

Jessica se ajeitou na cama. Presumiu que Meera logo chegaria, o que, ainda assim, não fechava a conta.

— Quatro? — ela perguntou.

— Meera foi buscar café. E trouxemos outra pessoa que achamos que você gostaria de conhecer.

Elas se afastaram dramaticamente, revelando Zara.

Jessica sorriu, confusa e um pouco desapontada.

— Eu sei que tive uma overdose, mas lembro de já ter conhecido a Zara.

As três se aproximaram. Havia algo estranho na expressão delas.

— O que foi? — Jessica perguntou.

— Jessica — Alicia anunciou solenemente —, gostaríamos de te apresentar a Amy.

— Vou deixar vocês a sós — Phil disse.

Ele estava quase na porta quando Jessica disse:

— Espere, Phil. Fica aqui.

Ela continuou encarando Zara. Não estava entendendo. Mas, ao mesmo tempo, entendia.

Phil hesitou.

— Tem certeza de que não é um assunto de família?

— É, sim — Jessica disse. — E você é minha família.

Phil não protestou, apenas voltou para o lado da esposa.

Jessica encarava Zara, Norah e Alicia, uma por vez.

— Certo — ela disse. — Me contem tudo.

57

JESSICA

NOVE MESES DEPOIS...

Quando descobriram que a bebê sob a casa provavelmente era a filha da srta. Fairchild, Jessica quase sentiu pena dela. Não havia como ter certeza, já que tanto John como a mãe da srta. Fairchild tinham falecido havia muito tempo. Sem provas concretas, a polícia concluiu que John causou a morte da bebê Amy e a enterrou.

Já se passavam nove meses desde que a srta. Fairchild fora acusada de sequestro (mesmo que não tenha sido a pessoa que "pegou" Amy, ela manteve, por vontade própria, uma criança obtida ilegalmente, o que, em termos jurídicos, era equivalente) e de obstrução da justiça (por chantagear Dirk e mentir para a polícia). Fazia seis meses que ela estava em prisão preventiva após tentar fugir do país. Em seu período na prisão, entrou em contato com Jessica várias vezes, pedindo que a visitasse. Alicia e Norah foram categóricas ao defender que Jessica não deveria ir, mas, no último mês, Jessica lhes disse que se sentia pronta, e elas a apoiaram, como sempre.

Jessica se preparou muito bem para a visita, pelo menos em termos logísticos. Mas estava tão obcecada com os preparativos que só se deu conta do que realmente estava fazendo quando seguia o guarda pelo largo corredor em direção à sala de visitas.

Se Jessica um dia já precisou de um comprimido de diazepam, era naquele momento. Sua ansiedade era palpável. Infelizmente, ela estava em recuperação, e tomar o remédio estava fora de cogitação.

Depois de deixar o hospital em Port Agatha, tinha sido transferida para um centro de reabilitação na cidade. Depois de inúmeros casos de clientes relatando o desaparecimento de medicamentos, ficou impossível negar, então Jessica passou as rédeas da Love Your Home para Sonja e emitiu uma declaração pedindo desculpas pelos danos causados. Ela se afastaria do dia a dia do negócio para buscar ajuda. Até ligou para Debbie Montgomery-Squires para se desculpar pessoalmente.

A reabilitação foi muito mais difícil do que Jessica esperava — a parte da desintoxicação *e* a parte da humildade. Ela se jogou de cabeça nisso, como a boa aluna que era, seguindo cada conselho, completando cada atividade, determinada a ser a melhor e a mais entusiástica na recuperação. Ainda assim, mesmo após seis meses, continuava a desejar a sensação que tinha ao engolir o comprimido. Saber que logo sentiria calma. Agora, seu terapeuta lhe dizia que estavam buscando um tipo diferente de calma. Uma calma menos química. Mais confiável. E a visita de hoje era parte dessa busca.

Jessica ouviu um sinal e o guarda abriu a porta. Do lado de dentro, a srta. Fairchild estava sentada à pequena mesa.

Na noite anterior, em um jantar com Norah e Alicia, elas discutiram como seria visitar a srta. Fairchild. Norah estava curiosa para saber se ela tinha sido agredida na prisão. Alicia se perguntava se ela teria emagrecido ou ficado doente. Jessica tinha se preparado para a estranheza de vê-la com roupas de detenta. Estranhamente, o uniforme não lhe caía mal. A srta. Fairchild usava o cabelo preso em um coque, um penteado que ficava bem nela e a rejuvenescia. Se não fosse pela expressão amargurada, poderia até parecer bonita.

— Jessica — ela disse com lágrimas nos olhos, levantando-se. — Obrigada por vir. Eu sabia que você viria.

Jessica sentou-se na cadeira fornecida, ignorando os braços estendidos da mulher.

Após um momento, a srta. Fairchild também se sentou.

— Consegue acreditar que me colocaram aqui? — ela sibilou. — Como uma criminosa?

— Você é uma criminosa — Jessica disse, mantendo um tom neutro.

Aprendera que a neutralidade era importante. Passara os últimos seis meses estudando sobre narcisistas. Além da terapia, tinha lido livros e escutado podcasts, tudo para ajudá-la a entender o abuso que tinha sofrido e adquirir as habilidades que lhe permitiriam retomar o controle de própria vida. (Phil também tinha lido os livros e ouvido os podcasts. "É como um clube do livro doentio e trágico", comentou alegremente, enquanto arrumava uma tábua de queijos e frutas.)

A srta. Fairchild parecia se sentir traída.

— Pelo amor de Deus. Você também?

— Só estou dizendo fatos.

A srta. Fairchild inclinou-se para a frente, com os olhos semicerrados. Jessica estava familiarizada com essa postura. Era projetada para intimidá-la. Era tão interessante ver aquilo ao vivo, sabendo o que tudo aquilo significava.

— *Eu. Fui. Difamada* — disse a srta. Fairchild.

Jessica imitou sua postura, inclinando-se para a frente. Mostrando que não ia se intimidar.

— Então você não obteve uma criança ilegalmente, nem a despachou quando ela não atendeu às suas necessidades?

A srta. Fairchild soltou um gemido.

— Escute o que você está dizendo. *Obter! Atender* às *minhas necessidades!* Você está dramatizando tudo. É pior que a imprensa.

A imprensa tinha sido rápida em condenar a srta. Fairchild. E com razão. Para alguém tão obcecada com a imagem, sem dúvida era algo enlouquecedor.

— Foi Scott quem a trouxe. Como eu poderia saber que era algo ilegal?

Scott, segundo as mensagens da srta. Fairchild, era o pior inimigo dela. Depois que Zara o nomeou como o responsável por sua adoção, a polícia foi atrás dele. Quando ele percebeu que iria para a cadeia, nem sequer *tentou* proteger a identidade das pessoas envolvidas. Admitiu tudo, mas mesmo assim ficaria preso, e por muito mais tempo do que a srta. Fairchild.

"Só lamento não termos conseguimos acusá-la de nada relacionado ao tratamento dado a vocês três, meninas", Patel dissera às irmãs na semana anterior. A polícia manteve contato pelos últimos meses, e as irmãs descobriram que os detetives não eram os inimigos que tinham imaginado. "Infelizmente, com a casa demolida e a ausência de evidências, foi impossível reunir provas convincentes."

No final, não importava mais. A srta. Fairchild estava pagando o preço de qualquer maneira.

— Então você achou que a lei permitiria devolver uma criança que você planejava adotar e depois fingir que ela nunca existiu? — Jessica perguntou.

A srta. Fairchild revirou os olhos.

— Por que você veio se está apenas reproduzindo a narrativa de que eu sou um monstro?

Jessica não se surpreendeu ao ver que a ex-mãe adotiva não admitia ter responsabilidade alguma por suas ações. Ainda assim, era chocante ver como ela se desvencilhava da própria culpa e se pintava como vítima com tanta facilidade.

— Estou aqui porque quero entender uma coisa — Jessica falou.

— O quê?

— Sei que você teve uma filha chamada Amy quando era adolescente. Seu padrasto a matou, pelo que sabemos. Dez anos depois, você me levou para a sua casa. Por quê? Era para eu ser uma substituta para Amy?

A expressão da srta. Fairchild mudou. Ela parecia pensativa.

— Não, não uma substituta — ela disse. — Ninguém poderia substituí-la. Talvez fosse uma tentativa de compensar a perda dela... Quando voltei para Wild Meadows, depois que minha mãe e John morreram, e soube que havia uma garotinha que precisava de mim, parecia um sinal. Uma segunda chance. — A expressão da srta. Fairchild era tão pura que Jessica precisou se obrigar a se manter firme. — Nunca vou esquecer o momento em que te vi. A conexão que senti. Eu te amei no mesmo instante. E você também me amou!

— Amei — Jessica confirmou.

— Mas então você começou a amar outras pessoas. Amigos da escola. Norah e Alicia.

— Você as trouxe para a minha vida. O que eu deveria fazer?

— Você deveria *me* amar! — a srta. Fairchild berrou tão alto que o guarda se aproximou e pediu que ela baixasse o tom de voz. Quando ela voltou a falar, seu tom estava mais suave. Mais desolado: — Norah nao me amava. Alicia não me amava. As bebês acolhidas não me amavam. Até minha própria mãe encontrou outra pessoa para amar. A única pessoa que sempre amou apenas a mim foi Amy. Minha filha.

"Foi Scott quem sugeriu que eu adotasse uma bebê. Ele me falou que, por uma quantia considerável, poderia acelerar o processo de adoção de uma bebê saudável, que se adaptaria facilmente. Poderia até encontrar uma que se parecesse comigo, ele disse. Aceitei de boa-fé. Não sabia dos detalhes."

Jessica a encarou.

— Presumo que agora você saiba dos detalhes, certo?

A srta. Fairchild apenas revirou os olhos.

— Scott vendia crianças que precisavam de acolhimento — disse Jessica. A srta. Fairchild sabia disso, é claro, mas Jessica queria deixar claro para que a mulher não tivesse como negar. — Ele dizia aos pais, geralmente mulheres jovens e vulneráveis ou imigrantes, que tinham perdido a custódia das crianças de modo permanente e que nunca mais as veriam.

A srta. Fairchild balançou a cabeça, com os lábios tesos.

— Ele pegava crianças de pais que não estavam preparados para cuidar delas. Eu teria dado a Amy uma vida melhor. Mas ela decidiu que amava mais vocês do que a mim. Foi tão desmoralizante, Jessica.

— Então você *se desfez* dela?

— Eu não tinha escolha! Você disse que iria me denunciar às autoridades! Chamei o Scott. Ele veio imediatamente, levou Amy e a deixou com outra família... a família que a criou. Ouvi dizer que eram pessoas boas. Então deu tudo certo no final.

Jessica a encarou.

— As coisas *n*ão de*ram certo.* Zara foi *roubada* de seus pais biológicos. Vendida para você e depois para outra família. Ela foi tirada de seu lugar de origem, e um casal perdeu a filha!

A srta. Fairchild deu de ombros.

— O que eu deveria fazer?

— Você deveria se comportar como uma adulta! — Jessica gritou. — E fazer a coisa certa! Você deveria proporcionar segurança, rotina e amor! Se você não era capaz disso, não deveria ter se metido a cuidar de crianças.

A srta. Fairchild começou a chorar alto. Mas não eram lágrimas por perceber o que ela tinha feito, Jessica notou; eram lágrimas de autopiedade.

Jessica já estava farta.

Quando se levantou para sair, as lágrimas da srta. Fairchild cessaram no mesmo instante, substituídas por uma frieza gélida. Jessica não estranhava as mudanças de humor da srta. Fairchild, mas, mesmo assim, a velocidade com que a transformação ocorreu era assustadora.

— Jessica — ela disse lentamente, seu olhar se fixando na barriga de Jessica. — Você está...?

Jessica parou.

— Sim. Estou grávida. De cinco meses.

Uma surpresa positiva da reabilitação foi como a experiência a aproximou de Phil. Já que ela só tinha permissão para receber visitas aos domingos e não podia usar o celular, os dois encontraram uma maneira antiquada de se conectar: escrevendo cartas. Por escrito, Phil contou a ela todas as coisas que quisera lhe dizer durante o casamento. Que achava difícil se conectar com ela, pois ela nunca parava quieta. Que sabia que Jessica não estava bem todas as vezes que garantia que estava. Que ansiava ter o tipo de vínculo que ela tinha com suas irmãs. Em resposta, Jessica lhe contou coisas sobre as quais nunca tinha falado antes — descrevendo sua infância, seu vício, como era assombrada por seus pensamentos mais íntimos. Ela explicou que, durante sua infância, as irmãs tinham sido seu porto seguro, sua família. Desculpou-se por não expandir esse círculo para incluí-lo quando se casaram. E prometeu que as coisas seriam diferentes quando voltasse para casa.

Quando o período de reabilitação chegou ao fim, tinham dito tudo o que precisavam dizer um ao outro. Puderam recomeçar. Um mês depois, Jessica estava grávida. E, embora a perspectiva de ter um bebê ainda a aterrorizasse um pouco, descobriu que seu medo era balanceado pelos momentos de alegria que ela e Phil vivenciaram. Como quando souberam, na semana anterior, que teriam um menino.

A srta. Fairchild ainda estava processando a informação. Jessica achava irritante continuar sentindo aquele anseio. O desejo de reação da mulher que ocupara o papel de figura materna em sua vida. Talvez fosse algo que sentiria para sempre. Mas, ao contrário do passado, não seria controlada pela reação da mulher. Porque agora ela sabia que a srta. Fairchild não tinha sido uma figura materna de verdade. Tinha sido uma abusadora. E Jessica não seria mais manipulada por ela.

— Você ia me contar? — a srta. Fairchild exigiu saber.

Jessica se virou e caminhou até a porta, gesticulando para o guarda que estava pronta para sair.

— Não — ela respondeu. — Por que eu faria isso?

— Por quê? — a srta. Fairchild explodiu. — Certamente, depois de tudo, eu mereço…

A porta emitiu um sinal e Jessica a abriu. A srta. Fairchild ainda estava falando quando ela saiu. O clique da porta se fechando atrás dela foi como um recomeço. Um que ela finalmente estava pronta para vivenciar.

58

NORAH

UM ANO DEPOIS...

Norah entrou no pub. O ar abafado e o cheiro de cerveja preenchiam o ambiente impregnado de óleo de fritura. Larry estava sentado no balcão, bebericando uma caneca de cerveja. Ishir estava do outro lado do balcão. Fora eles, o lugar estava vazio.

— Voltei! — Norah anunciou.

Larry olhou brevemente para ela e depois voltou a beber sua cerveja. Mas Ishir sorriu radiante. Os cantos de seu bigode se ergueram, fazendo-o parecer um apresentador de circo. Norah tinha aprendido a adorar a maneira encantada como ele a cumprimentava.

— Cadê os cachorros?

— Já estão no quintal — ela respondeu. — Mal podiam esperar para ver o Banjo.

— Ele sentiu falta deles — Ishir disse. — Seria muito melhor se eles ficassem aqui o tempo todo. E você também.

Como ele tinha avisado, Ishir era péssimo em disfarçar as emoções. Larry ainda não tinha feito uma proposta para comprar o pub, então Ishir continuava preso em Port Agatha, e implorou para que Norah se mudasse para lá também. Norah estava considerando a possibilidade. Seu trabalho permitia que trabalhasse de qualquer lugar, e os cachorros adoravam estar ali. Além disso, encontrara por perto um local que dava aulas de kick-boxing, uma atividade que adorava e que a ajudava a canalizar sua raiva. Havia muitos pontos a favor da mudança — e o mais importante era Ishir.

Antes, ela não teria considerado viver tão longe de Alicia e Jessica, mas desde sua estadia na prisão, percebeu que era possível. Ela passara onze dias presa por conta da agressão a Kevin. Poderia ter sido muito mais tempo se não tivesse Anna como advogada e a prisão feminina não estivesse com superlotação. No geral, não foi tão ruim. Não era muito diferente de Wild Meadows, na verdade — tirando o fato de que ela não estava trancada embaixo da escada e não tinha que se preocupar com a segurança de suas irmãs. Jessica teria adorado a rotina. Horários estabelecidos para higiene pessoal, telefonemas e "atividades de lazer". A comida não era incrível, mas foram apenas onze dias. Norah saiu com a ficha limpa. Quatro meses depois de deixar a prisão, ainda estava limpa. E a melhor parte de toda a experiência? Graças a Anna e a uma juíza, Kevin pegou uma pena de quatro meses por extorsão e nunca mais iria poder trabalhar com crianças.

Depois disso, a possibilidade de deixar Melbourne não parecia tão improvável. A cidade ficava a poucas horas de carro. E, apesar de tudo o que aconteceu em Port Agatha, ela precisou admitir que havia algo na cidade que a fazia se sentir... em casa.

Mas ela ainda não tinha tomado nenhuma decisão.

Ishir serviu outra caneca para Larry e a colocou diante dele. Então, levantou o tampo do balcão e saiu para dar um beijo em Norah. Ela adorava a forma como o bigode dele fazia cócegas em seus lábios.

— É o seu celular — ele disse com os lábios grudados aos de Norah — ou você só está feliz em me ver?

Norah tirou o celular do bolso. Era Meera.

— Tenho uma novidade — ela falou. — Encontramos os pais biológicos da Zara.

— Sério? — Norah exclamou.

— Eis o que sabemos: eram recém-casados e haviam acabado de emigrar da Rússia para a Austrália quando a mãe da Zara descobriu que estava grávida. Eles tinham pouco mais de vinte anos e confessaram que não sabiam muito sobre como cuidar de um bebê. Zara foi levada depois que um vizinho a ouviu chorando. Aparentemente, os pais a deixaram sozinha em casa enquanto estavam em uma aula noturna para aprender inglês. Disseram que, se fizessem um curso de parentalidade, ela voltaria para eles, mas nunca mais a viram.

— Uau.

— Cerca de dez anos depois, eles voltaram para a Rússia. Vão fazer uma videochamada com a Zara mais tarde hoje.

— Espero que o Scott seja extraditado para a Rússia e fique cara a cara com eles — Norah disse. — Aposto que os dois adorariam passar alguns minutos com ele numa cela.

Meera riu.

— Vou ver o que posso fazer.

Elas se despediram. Quando Norah voltou para o balcão, viu que Ishir tinha servido duas cervejas para eles.

— Larry, pode segurar as pontas por alguns minutos? — ele perguntou.

Larry continuou olhando para a televisão, como se não tivesse ouvido nada.

— Ótimo, obrigado — Ishir disse. Então se virou para Norah. — Vamos brincar com os cachorros.

E assim fizeram.

Isso, Norah percebeu, era estar em casa.

59

ALICIA

— O que você acha que sua avó diria se pudesse te ver agora? Eliza inclinou a cabeça e esperou. Alicia odiava quando ela fazia isso. Odiava a pintura azul calmante e os móveis confortáveis do consultório de Eliza. Odiava seu cabelo grisalho arrumado e a calça bege sem nenhum amassado. Odiava o fato de que Eliza não a deixava desvalidar seus próprios sentimentos com sarcasmo. Odiava o fato de que, em quase todas as sessões ao longo do último ano, ela tinha chorado.

— Acho que — ela começou — a vovó diria que está orgulhosa.

E lá estava ela, chorando como uma idiota.

Eliza nem precisava lhe oferecer os lenços. Hoje em dia, Alicia pegava a caixa ao entrar e a mantinha no colo. Naquele momento, pegou um lenço e secou as lágrimas.

Eliza mostrou seu sorriso tranquilizador.

Acho que você está certa.

Eliza cobrava cento e oitenta e cinco dólares para fazê-la chorar, e então, como a sadista que era, Alicia marcava uma consulta para a semana seguinte. Apesar de todo o sofrimento que Eliza causava, Alicia precisava admitir que havia algo que tornava suas sessões viciantes. Cada vez que saía do consultório da psicóloga, sentia-se mais leve.

Em casa, Alicia ouviu o som alegre de vida assim que colocou a chave na porta. Meera estava na cozinha preparando uma salada. Aaron estava sentado no balcão, devorando a bela tábua de frios que Meera tinha preparado como se fosse um lanche do McDonald's.

— Como foi? — Meera perguntou, agitando um pote de molho.

— Terrível. — Alicia a beijou. — Falei de mim e dos meus problemas por cinquenta minutos. Agora estou sentindo muita pena de mim mesma. — Ela fechou a geladeira sem tirar nada de lá.

— Bem feito — Aaron disse —, já que você força crianças acolhidas a fazerem o mesmo.

— *Touché.* Olha, acho que pode ser... útil. E digo mais: me sinto muito melhor a respeito de certas coisas agora.

— Que coisas? — Aaron perguntou, colocando o equivalente a sete dólares de presunto de Parma em cima de um biscoito.

— Não é da sua conta — ela respondeu, sentando-se na banqueta ao lado dele. — E deixe um pouco para mim. Onde está o Theo?

— Dormindo — Meera disse, e então levantou a cabeça ligeiramente ao ouvir um movimento. — Quer dizer, *estava* dormindo.

— Cordei! — o garotinho gritou. — Aaon?

Theo agora falava tanto que era difícil imaginar que um dia fora um menino silencioso. Sua palavra favorita e mais usada era "Aaron", ou, em sua pronúncia de bebê, "Aaon".

Aaron suspirou, levantando-se.

— Tudo eu nesta casa — disse, revirando os olhos.

Alicia riu. Nada lhe dava mais alegria do que Aaron dando uma de desaforado. Uma criança confortável o suficiente para dizer desaforos ao seu cuidador é uma criança segura. Pelo menos, ela esperava que fosse assim, agora que elas tinham oficialmente adotado o menino. Alicia, por sua vez, não estava tão segura. Já sentia aquela pontada de pavor sempre que pensava que Aaron sairia de casa para ir à universidade no ano seguinte. Ele havia se empenhado muito nos últimos seis meses.

— Sente e termine de comer a sua herança — Meera disse para Aaron. — Vou buscar o Theo.

Aaron voltou a sentar.

Foi durante a viagem de Port Agatha para Melbourne que Alicia conseguiu verbalizar para Meera o que ela não conseguia parar de pensar.

— Meera, você consideraria me representar se eu quisesse adotar legalmente o Theo e o Aaron?

Meera, é claro, sabia exatamente como proceder e detalhou os trâmites. Foi apenas quando estavam quase chegando em casa que ela disse:

— A candidatura para a adoção ficaria mais forte se você desse entrada como parte de um casal.

Ela ergueu a sobrancelha.

E assim foi decidido. Por conta dos contatos que tinham e pelo fato de que ambas cumpriam todos os requisitos e fizeram os treinamentos necessários, o processo foi relativamente simples. Theo demorou um pouco para se adaptar, mas ter Aaron com ele provou-se maravilhoso para sua integração na família.

Se jogar de cabeça na maternidade de um adolescente e uma criança pequena também se provou maravilhoso para Alicia, que se surpreendeu ao descobrir que adorava fazer parte de uma família. Adorava o papo na cozinha enquanto preparavam o jantar. Adorava mandar Aaron limpar seu quarto. Adorava reclamar *de novo* sobre os desenhos de Theo nas paredes. Adorava aquela hora no fim do dia quando Theo já estava dormindo e Aaron já estava em seu quarto, e ela e Meera se aconchegavam no sofá e davam um suspiro baixo e satisfeito por terem sobrevivido a mais um dia. Alicia se lembrou da vovó soltando aquele mesmo suspiro quando voltava para a sala depois de colocá-la na cama. Era isso o que criar uma criança deveria ser, compreendeu. Nada a ver com o que ela tinha experimentado em Wild Meadows.

— Aaron! — Alicia exclamou enquanto Aaron pegava um pedaço gigante de doce de marmelo. — O quê...

— Acha que não consigo comer tudo?

— Não! — ela disse. Então reconsiderou. Olhou por cima do

ombro para se certificar de que Meera não estava por perto. — Na verdade, vá em frente.

Ele não hesitou, apenas enfiou tudo na boca. Quase no mesmo instante começou a fazer caretas de ânsia. Alicia começou a rir descontroladamente.

Enquanto ele corria para cuspir tudo na lixeira, Alicia sentiu outra vez aquela sensação desconhecida — uma sensação que a atingia pelo menos uma vez ao dia, e sempre nos momentos mais estranhos. Quando Theo se machucava e estendia os braços para ela em busca de conforto. Quando Aaron levava uma garota em casa e pedia para passarem um tempo no quarto dele. Quando todos jantavam na frente da TV. Quando Aaron fazia algo bobo como comer um pedaço gigante de doce de marmelo. A sensação era de gratidão misturada com um pouco de horror. A sensação era: *Poderíamos ter perdido isso.*

— Alicia? — Aaron disse, depois de enxaguar a boca e voltar à banqueta. — Lembra quando eu disse que tinha sorte porque Trish cuidaria de mim até eu terminar a escola, e você disse que eu não tinha sorte, porque isso era o mínimo que eu merecia?

— Sim, cara.

— Posso dizer que sou sortudo agora — ele disse com veemência. Então fez uma pausa. — Certo?

Foi naquela pausa que ela viu as feridas duradouras da criação dele. Apesar da ousadia, do sarcasmo, dos desaforos, Aaron ainda precisava daquela garantia. O papel de Alicia era dar isso a ele. Um papel que ela adorava mais do que saberia descrever. O melhor papel da sua vida.

— Desculpe — ela falou, bagunçando o cabelo dele. — Mas o certo seria dizer *nós*. *Nós* é que temos sorte.

60

HOLLY FAIRCHILD

O dr. Warren era osso duro de roer. Sobrecarregado, subestimado e nomeado pelo Estado para avaliar a saúde mental de criminosos, ele já estava bastante e verdadeiramente desinteressado quando me conheceu. Fazia sentido. Afinal, quantas avaliações forenses alguém pode concluir antes de parar de se importar? No entanto, fiquei nervosa no começo. Aquela era a minha única chance. Não fosse por seu estranho fetiche, poderia ser o meu fim. Mas deu certo no final. Foi um prazer entreter sua perversão. Se problemas entre mãe e filha o excitavam, eu poderia providenciar isso a ele. Agora minha defesa está garantida: problemas mentais. Portanto, não posso ser considerada criminalmente responsável.

Sim, precisei distorcer os detalhes do que aconteceu. Mas eu não seria responsabilizada por algo que era culpa da minha mãe. Além disso, o começo da minha história era verdade. Minha mãe *ficou* totalmente inútil depois que meu pai morreu. John *fazia* parte de uma igreja cuja congregação veio ajudar. Quanto ao resto... Apenas dei ao dr. Warren o que ele queria.

John não era o disciplinador que descrevi, e nunca me trancou no porão ou abusou sexualmente de mim — *Deus me livre!* —, mas o que ele fez foi pior. Ele *roubou minha mãe*. Os dois se apaixonaram perdidamente, de modo repugnante. *Eles se casaram menos de um ano depois da morte do meu pai*. E então, enquanto eu ainda estava me acostumando com tudo isso, eles tiveram a porcaria de uma *bebê*.

Desde o momento em que foi concebida, Amy era mais importante do que eu. Mamãe sempre precisava descansar "por causa da bebê". Mal saía de casa. Começou a tricotar para a bebê... *tricotar*! Fez um monte de animais fofinhos e até tricotou uma boneca em tamanho real, adicionando o nome de Amy a ela depois que a menina nasceu. Minha mãe até passou a comer alimentos orgânicos — o que *não* era comum naquela época —, enquanto continuava a me alimentar com *nuggets* de peixe e qualquer outro lixo que ela tivesse no congelador. E, além de mim e John, não contou a mais ninguém que estava grávida, de repente com receio de que algo fosse acontecer com seu bebê perfeito, mágico... a sua segunda chance.

Quando chegou a hora, ela teve um parto domiciliar e sem intervenções em vez do parto hospitalar com anestesia de quando eu nasci. Mas o pior de tudo foi que ela deu à luz uma menina, me tornando totalmente dispensável.

— Quem é a minha menina? — mamãe dizia enquanto ficava de pé ao lado do berço, olhando para ela. — Como eu te amo, minha menina.

Aquilo me fazia querer vomitar.

Uma noite, mamãe e John me deixaram cuidando da Amy por algumas horas, o que, para ser honesta, não foi a melhor decisão que tomaram como pais, considerando que eu era apenas uma adolescente. Eles fizeram um grande alarido sobre isso, repetindo um milhão de vezes para Amy "Sua irmã mais velha vai cuidar de você" com uma voz boba infantil. Todos nós só existíamos em relação ao grau de parentesco com Amy. A mamãe *da Amy*. O papai *da Amy*. A irmã mais velha *da Amy*. Como se tivéssemos deixado de ser outra coisa. Como se não existíssemos antes de ela aparecer.

Mamãe achou que me deixar de babá fosse ser uma boa maneira de eu começar a criar laços com a Amy. Eu achei que fosse ser uma boa oportunidade para ignorá-la e assistir à TV. Poderia ter ficado tudo bem se ela não tivesse chorado. Ela chorou até seu rostinho ficar vermelho e as pernas ficarem encolhidas contra sua barriga. *Não me parece tão bonitinha agora, não é mesmo, minha menina?*, pensei enquanto olhava para ela.

Eu queria machucá-la? Bem... Não direi que não foi bom jogá-la contra a parede. Não direi que não foi bom acabar com o choro. Não direi que não foi bom ver o rosto de mamãe e John quando viram o que eu tinha feito.

Foi mamãe quem a enterrou. Em segredo — para me "proteger". Ela disse a John que não suportaria perder as duas filhas. Pelo amor de Deus. Presumi que ela a tivesse levado para a floresta ou algo assim, não a enterrado no porão da maldita casa! Em contrapartida, se ela não a tivesse enterrado embaixo da casa, eu nunca teria inventado essa história de gravidez na adolescência. Obrigada, mamãe. Obrigada por tudo.

Agradecimentos

Quando este livro ainda engatinhava, tive o privilégio de conversar com uma dúzia de mulheres que cresceram em lares adotivos na Austrália. Essas conversas foram completamente transformadoras. Sem elas, eu *não* teria conseguido compreender os sentimentos de confusão, deslocamento e impotência resultantes de ser uma criança pequena traumatizada tirada de casa e levada para morar com estranhos. Talvez o que mais tenha me tocado foi a afirmação espontânea de cada uma delas sobre se sentir sortuda. *Sortuda* por ter conseguido manter contato com o irmão biológico. *Sortuda* porque não foi abusada sexualmente mais de uma vez. *Sortuda* porque seus pais adotivos foram gentis com ela. Isso me inspirou e me deixou de coração partido na mesma medida. Elas receberam muito menos do que qualquer criança merece. Mas, na cabeça delas, eram sortudas.

Sou imensamente grata aos pais adotivos e assistentes sociais que se dispuseram a conversar comigo. Para cada vilão no mundo dos lares adotivos, há centenas de heróis trabalhando incansavelmente para ajudar essas crianças e lutar contra esse sistema falido. Precisamos de mais heróis. Essas crianças pertencem a todos nós, e, enquanto o sistema falhar, nós também falharemos.

No fundo, este é um livro sobre irmãs nascidas de ventres diferentes. Consegui escrever sobre isso com alguma autoridade porque experimentei esse tipo de irmandade. Sasha Milinkovic, Emily Ball, Emily Makiv, Kena Roach, Jane Merrylees, Danielle Sanders — obrigada por me mostrar que a maior história de amor de todas é a amizade.

O livro é infinitamente mais rico por causa da equipe que trabalhou nele — liderada por Jen Enderlin, a quem este livro é dedicado. Obrigada, pessoal.

Na editora St. Martin's: Brant Janeway, Erica Martirano, Katie Bassel, Kejana Ayala, Christina Lopez, Kim Ludlum, Brad Wood, Lisa Senz e Tracey Guest.

E na Pan Macmillan Australia: Alex Lloyd, Ingrid Ohlsson, Katie Crawford, Praveen Naidoo, Charlotte Ree, Tracey Cheetham, Ali Lavau, Brianne Collins, Claire Keighery, Candice Wyman e Christa Moffitt.

E, como sempre, agradecimentos especiais e gratidão ao meu agente literário, Rob Weisbach.

É impossível escrever sobre lares adotivos sem refletir sobre sua própria família de origem. Sempre serei grata aos meus pais, Geraldine e Trevor Carrodus, por me darem um lar onde cresci me sentindo segura e amada — tão segura e amada que eles tiveram que vender a casa da família e se mudar para um apartamento de um quarto para que nós fôssemos embora. Na época, eu não entendia como isso era um privilégio. Agora entendo.

Aos meus irmãos, Simon e Chris Carrodus; e às minhas cunhadas, Nikki e Therese; obrigada por me darem sobrinhos e sobrinhas. Se algo acontecer com vocês, vou acolher todos eles. Vamos encarar a realidade: eu os acolherei mesmo que nada aconteça com vocês. Só gostaria que cada criança fosse tão amada e protegida quanto as nossas são.

Finalmente, a Oscar, Eloise e Clementine — vocês três são minha vida, minha alegria, minha razão de existir. Mas também gostaria que um dia vocês se mudassem, e estou de olho no apartamento de um quarto da vovó e do vovô, então não se acostumem muito. Amo vocês.

SUA OPINIÃO É MUITO IMPORTANTE

Mande um e-mail para **opiniao@vreditoras.com.br**
com o título deste livro no campo "Assunto".

1ª edição, jul. 2025
FONTES Gotham Book 21/16pt
        Adobe Caslon Pro 11,5/16pt
PAPEL Polen Bold 70g/m^2
IMPRESSÃO Braspor
LOTE BRA160525